KB198253

이별은
모차르트

OWAKARE WA MOZART

by Shichiri Nakayama

Copyright © 2023 by Shichiri Nakayama

Original Japanese edition published by TAKARAJIMASHA, Inc.

Korean translation rights arranged with TAKARAJIMASHA, Inc.

Through JM Contents Agency Co., Korea.

Korean translation rights © 2025 by Blueholesix

이별은
모차르트

나카야마 시치리 장편소설

문지원 옮김

옮긴이 **문지원**

보라색 캐리어를 끄는 번역가.
당신의 충실한 낮을, 은밀한 밤을, 깊은 새벽을 여행합니다.
처음보다 두 번 세 번 읽었을 때 더 재밌는 책을 선물하고 싶습니다. 이번에
준비한 선물은 『이별은 모차르트』입니다. 지난 선물로는 『표정 없는 검사
의 사투』, 『4일간의 가족』, 『아침과 저녁의 범죄』, 『귀축의 집』, 『카인의 오만』,
『레몬과 살인귀』, 『너의 퀴즈』, 『표정 없는 검사의 분투』, 「내 것이 아닌 잘못」,
『닥터 데스의 유산』, 「인면창 탐정」, 『야미하라』, 『언더독스』, 「머더스」, 「교실
이, 혼자가 될 때까지」, 『앨리스 더 원더 킬러』, 『비웃는 숙녀』(시리즈), 『안녕,
드뷔시 전주곡』, 『현지인처럼 홍콩&마카오』, 『Let's Go 하와이』 등이 있습
니다.

이별은
모차르트

1판 1쇄 인쇄 **2025년 2월 6일**   1판 1쇄 발행 **2025년 2월 20일**

지은이 나카야마 시치리 옮긴이 문지원
표지 디자인 솔트앤블루 편집·본문 디자인 송재원 제작 송승욱
총괄이사 황인용 발행인 송호준

발행처 블루홀식스
주소 경기도 파주시 회동길 483-1
전화 031-955-9777 팩스 031-955-9779
출판등록 2016년 4월 5일 제 2016-000100호

가격 17,800원 ISBN 979-11-93149-40-9 03830

인스타그램 @blueholesix
블로그 https://blog.naver.com/blueholesix

일러두기
본문의 각주는 전부 독자의 이해를 돕기 위한 옮긴이 주입니다.

I

Non tanto ad lib
너무 자유롭지 않게

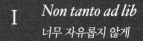

I

완벽하게 방음된 연습실은 온도와 습도가 일정하게 유지되지만 피부에 닿는 산뜻한 공기로 아침이라는 사실을 알았다.

내려앉은 침묵 속에 자신의 심장 소리와 맨발로 마루를 걷는 발소리 외에 아무 소리도 들리지 않았다.

피아노는 늘 정해진 위치에 놓여 있으므로 더듬지 않아도 찾을 수 있다.

높이가 고정된 의자에 앉아 두 팔을 앞으로 뻗으면 자연스럽게 손가락이 건반에 닿는다.

사카키바 류헤이는 숨을 살포시 내쉰 뒤 손가락을 가볍게 움직였다.

모차르트 피아노 소나타 제11번 A장조 K.331 제3악장 Rondo Alla Turca, 부제 '터키 행진곡'. 모차르트의 피아노곡 중 매우 유명한 곡이다.

첫 주제부를 여리게 연주했다. Alla turca(알라 투르카, 터키
풍으로)라는 지시대로 제1주제부는 시작부터 이국적인 멜로
디였다. 류헤이는 A단조에서 A장조로 조를 바꾸며 왼손 아
르페지오 반주에 앞꾸밈음을 넣었다. 앞꾸밈음은 최대한 짧
게 연주해 터키 군악풍을 더욱 강조했다.

이 소나타는 1783년에 작곡됐다고 전해진다. 1783년은
1683년에 빈을 침공한 오스만투르크군을 오스트리아가 물
리친 지 백 주년을 맞는 해였고 터키풍 문화가 유행하기도
했다. 모차르트가 그 유행을 영리하게 차용했다.

전쟁 당시 오스만 제국군은 '메흐테르(mehter)'라는 터키
전통 군악을 연주하는 군악대 '메흐테르하네(mehterhane)'
를 거느렸고 그들의 연주 음악은 서유럽인에게 큰 영향을 끼
쳤다. 베토벤과 모차르트 같은 작곡가도 예외는 아니었다. 독
특한 민족 악기로 연주하는 활기찬 리듬은 요즘 시대에도 통
용된다.

A단조와 A장조를 연신 오가다 보니 조금 전까지 반쯤 몽
롱하고 둔했던 머리와 손가락과 귀가 순식간에 깨어났다. 자
신의 본능은 음악과 함께한다는 사실을 절실히 실감했다. 컨
디션이 매우 좋을 때 연주하면 마음과 곡이 하나가 된다. 음
악이 만들어내는 세상에 자신이 녹아드는 기분도 든다. 하지
만 컨디션이 나쁘거나 기분이 좋지 않으면 그 순간 음악의

세상으로부터 거부당한다. 공허하게 건반만 두드릴 때는 마치 작곡가에게 외면받은 기분마저 들고는 한다.

전조가 반복되다가 갑자기 웅장한 제2주제부가 등장했다. 오른손 옥타브와 왼손 반주가 군대의 행진을 연출했다.

아, 기분 좋아.

류헤이는 제2주제부를 연주할 때 음량이 풍부해지도록 힘이 넘치게 치되 손가락을 재빨리 떼는 기법을 즐겨 사용한다. 본래 이 부분은 조금 더 차분한 박자로 연주해야 한다고 배웠지만 손가락을 빠르게 떼며 연주하면 모차르트 피아노곡다운 맛이 살아서 좋았다. 무엇보다 지금은 잠기운이 남은 정신을 깨우려는 의식 같은 연주라서 자유롭게 쳤다.실제 군대가 행진하는 모습을 본 적은 없지만 행진곡을 연주하고 있으면 자연스럽게 그 정경이 머릿속에 떠오른다. 병사들의 기세가 용맹해지는 것도 나약해지는 것도 모두 자신의 손가락에 달려 있다.

슬슬 왼손이 힘겨운 부분에 접어들었다. 스물네 번째 마디부터 서른한 번째 마디까지 세 음이나 되는 겹꾸밈음을 넣어야 해서 오른손과 박자를 맞추기 어려웠다. 특히 스물일곱 번째 마디는 꾸밈음이 연달아 나와서 음을 하나라도 놓치지 않도록 고삐를 바짝 당겨야 한다. 꾸밈음을 내는 방식도 중요하다. 한 음 한 음 또렷하게 짚지 않고 세 손가락을 모아 세 방향으로 손목을 돌린다. 그러면 세 음이 한 음처럼 부드럽게 흐르는 장식음이 된다.

'터키 행진곡'은 피아노 초보자가 주로 연주하는 피아노곡이라고들 한다. 류헤이는 그 말이 늘 의아했다. 곡 구조가 단순해서 아이들이 참가하는 발표회에서 자주 연주되곤 한다. 어린아이처럼 천진난만하게 연주하면 모차르트의 피아노곡만큼 즐거운 곡도 없다.

그러나 모차르트의 곡을 해석해서 연주하려는 순간 곧바로 어려운 곡으로 돌변한다. 곡이 심플해서 연주자의 실력이 금세 드러나기 때문이다. 실제로 아무리 프로라도 연주회에서 모차르트를 연주하는 것을 주저하는 피아니스트가 적지 않다.

지휘자 앙드레 프레빈은 모차르트의 피아노곡에 대해 이런 말을 남겼다.

— 모차르트는 지휘하든 피아노로 연주하든 음악가에겐 매우 어려운 작곡가다. 사실 악보는 간결하고 음표도 많지 않다. 그러나 음 하나하나에 다양한 의미가 담겨 있다. 따라서 기교는 단순할지 모르지만 악구 하나로도 수백 가지 해석을 할 수 있기에 어려운 곡이다.

— 전 세계 지휘자들에게 물으면 다들 모차르트가 가장 어렵다고 대답하지 않을까.

하지만 어렵기 때문에 연주하는 즐거움이 크다고 류헤이는 생각한다.

연주는 두 번째 고비인 여든여덟 번째 마디부터 아흔다섯 번째 마디 구간에 들어갔다. 오른손은 팔분음표에서 십육분음표로 분해됐고 더욱 경쾌하게 튀어 올랐다. 선율이 노도처럼 밀려들었다. 왼손은 꾸밈음이 이어지기 때문에 소리가 건반에서 벗어나지 않도록 주의했다.

　구간의 십육분음표를 하나도 놓치지 않고 끝까지 연주하면 짜릿한 쾌감을 느낀다. 끝없이 이어지는 음표들과 분주하게 움직이는 손가락이 뇌와 이어져 마약과도 같은 도파민이 분비되는 듯한 착각에 빠졌다. 이런 순간엔 연주가 끝을 향해 갈수록 아쉬웠다. 그래서 아마 프레빈도 이렇게 말했겠지.

　— 하지만 가장 좋아하는 작곡가로 모차르트를 꼽는 사람이 많을 것이다.

　연주는 기세를 올린 제1주제부에서 제2주제부로 이어지며 조를 바꾼 뒤 마침내 코다로 들어갔다.

　한없이 부드럽게, 그러나 위풍당당하게. 오른손 옥타브가 미묘하게 엇갈리면서 아르페지오를 연주하며 터키풍 에피소드를 노래했다. 점점 화려해지는 반주가 분위기를 정점으로 이끌며 질주했다.

　열정이 손가락에 활기를 한껏 불어넣었다.

　황홀경에 빠지며 피아노와 한몸이 됐다.

　마침내 마지막 터치에 울려 퍼진 음 하나가 공중에 부서져 흩어졌다.

류헤이는 가슴에 고여 있던 깊은 숨을 토해냈다. 삼 분 남 짓한 연주지만 이마에 땀방울이 맺혔다. 기분 좋은 피로감에 온몸의 근육이 풀렸다.

문득 인기척이 느껴졌다. 연주에 집중해서 도중에 사람이 들어왔다는 사실을 눈치채지 못했다.

"아침부터 컨디션 좋은데?"

어머니인 유카가 류헤이의 등에 살며시 손을 댔다. 아무리 어머니라도 피아니스트의 팔을 직접 만지지 않는 것은 암묵 적인 약속이었다.

"완성도는 어때?"

"아직 오십 퍼센트 정도."

겸손이 아니라 진심으로 그렇게 생각했다. 잠기운을 쫓는 연주라고는 해도 손가락을 삐끗할 뻔한 부분이 있었다. 실전 에서는 용납되지 않는 터치였다.

"엄마가 듣기에는 문제없어 보이던데."

유카의 평가는 아들을 향한 애정으로 가득했다. 류헤이가 처음 건반에 손을 올려놓던 날부터 지켜본 유카가 연주의 완 성도를 모를 리가 없다.

그러나 목소리만으로 어머니의 마음을 판단하자니 망설여 졌다. 이럴 때일수록 어머니의 표정을 두 눈으로 자세히 살 피고 싶었다.

사카키바 류헤이는 빛 한 점 보지 못하는 맹인이었다.

아침 식사가 평소와 같은 월요일 메뉴라는 사실을 냄새로 알았다. 소금을 한 번 뿌린 베이컨 에그, 폭찹, 오크라와 여주 무침, 오렌지주스. 접시 위치도 포크 위치도 시계 방향으로 놓도록 정해져 있어서 보이지 않아도 헤매지 않았다. 무엇보다 배치를 바꿔도 코를 가까이 대기만 하면 음식 종류 정도는 냄새로 구분할 수 있었다.

"잘 먹겠습니다."

류헤이는 손을 뻗어 포크를 잡았다. 유카는 날마다 다른 식단을 짜려고 궁리한다. 피아니스트에게 체력은 음악을 느끼는 감성만큼, 혹은 그보다 더 중요하다. 연주회 한 번에 두 시간 이상, 어느 때는 세 시간 가까이 쉬지 않고 연주해야 한다. 투어를 시작하면 그런 연주회가 연일 이어진다. 당연히 컨디션 관리와 체력 증진이 중요한 과제였다.

류헤이가 피아니스트로서 두각을 나타낼 무렵, 유카는 음식으로 아들의 건강을 보살피기 위해 영양사 자격증을 취득했다. 그 후로 집에 있을 때나 지방으로 원정 연주회를 떠났을 때나 류헤이는 유카가 요리한 음식이나 허가받은 음식만 입에 담는다. 다소 과보호라는 생각도 들지만 유카의 의지가 대단해서 어머니가 원하는 대로 따르고 있다.

"류헤이는 원래 체력이 좋지 않은 편이니 투어를 시작하기 전에 마라톤 풀코스를 뛸 수 있을 정도로 끌어올려야지."

"그러면 피아노 연주회가 아니라 패럴림픽이에요."

비장애인이 말하면 비난받을 만한 농담이었지만 류헤이가 말한 만큼 나무랄 수 없었다.

애초에 이런 종류의 농담을 무작정 터부시하는 일본 사회가 불편했다. 류헤이는 2010년에 출전한 쇼팽 콩쿠르에서 각국의 피아니스트와 음악 관계자들과 대화할 기회가 있었다. 그들이 하는 이야기는 모두 좋은 자극이 됐지만 가장 감명 깊었던 건 장애에 대한 인식이었다.

— 사카키바 류헤이는 앞을 보지 못한다. 그러나 Absolute pitch(절대음감)가 있다면 이런 개성도 마이너스 요인이 되지 않을 터다.

현지 신문 '가제타'에 실린 평점을 들은 류헤이는 신선한 충격을 받았다. 그때까지 앞을 보지 못하는 걸 주변에선 장애로만 취급했는데 쇼팽 콩쿠르에서는 단순히 '개성'으로 인식됐기 때문이다. 실제로 류헤이 외에도 시각장애를 지닌 피아니스트는 적지 않다. 시각장애에 부담을 느끼지 않아도 된다는 깨달음을 얻은 기회였다.

쇼팽 콩쿠르는 류헤이에게 또 다른 자신감을 선물했다. 바로 콩쿠르 입상 실적이었다. 쇼팽 콩쿠르는 우승은 물론 상위 입상 사실만으로도 피아니스트에게는 대단한 훈장이 되는 권위 있는 콩쿠르였다.

류헤이가 쇼팽 콩쿠르에서 입상하자 일본의 분위기는 손바닥 뒤집듯 바뀌었다. 그전까지만 해도 맹인 피아니스트라는 특징만 거론하며 류헤이를 신기한 존재로만 여기던 언론은 순식간에 태도를 바꾸어 기적을 일으킨 일본인 참가자로 보도하며 열렬히 환영했다.

자신의 인생에 전환기가 되었다는 사실에 쇼팽 콩쿠르에 감사한 마음뿐이었다. 영예 외에도 소중한 것을 얻었다. 각국에서 모인 개성 넘치는 참가자들은 한결같이 존경할 만한 인물뿐이었다. 성격이 다소 모난 사람은 있어도 타인의 장애를 조롱하는 사람은 한 명도 없었다. 그들은 이국땅에서 만난 나를 진정으로 이해하는 사람들 같았다.

그리고 무엇보다 그 사람을 만났다.

그곳에서 사건에 휘말린 류헤이를 비호하며 경찰의 의혹을 불식시켜준 남자. 쇼팽 콩쿠르 후에 유럽과 미국을 오간다고 들었는데 지금은 도대체 어디서 연주하고 있을까.

어찌 됐든 쇼팽 콩쿠르에서 낸 성과로 류헤이는 귀국 후 일약 스타덤에 올랐다. 외국뿐 아니라 국내에서도 화제가 되어 연주회 요청은 물론이고 작곡 의뢰까지 쇄도했다.

유럽과 미국에 비하면 일본은 클래식 수요도 적고 시장도 작아 전국 투어를 개최할 수 있는 피아니스트가 드물기 때문에 클래식계가 류헤이의 동향에 더욱 집중하는 감이 있었다. 하지만 이는 음악 잡지를 여러 권 정기 구독하는 유카의 의견이었고 류헤이는 단순히 바쁘다는 생각만 들었다.

아침 식사를 마치고 다시 연습을 시작하기 직전에 누군가 찾아왔다.

"오, 류헤이 군. 이른 아침부터 미안하군."

톰 야마자키는 평소처럼 가벼운 어조로 말을 걸었다. 말을 걸지 않아도 그가 다가오면 강한 향수 냄새가 코를 찔러서 금세 알 수 있었다.

"연주회 투어 일정이 바뀌어서 급히 유카 씨와 상의해야 해서 말이야."

"전화로 대충 듣기는 했는데 벌써 추가 공연 이야기가 나왔다면서요."

"응. 도쿄, 나고야, 오사카에서 총 삼 회. 첫 티켓은 판매 삼십 분만에 매진돼서 프로모터*가 어떻게 좀 안 되겠냐고 우는소리를 하더라고. 유카 씨, 방법이 없을까요?"

"저보다 본인의 의견이 중요하잖아요. 류헤이, 어떻게 할래?"

얼굴은 볼 수 없지만 두 사람의 목소리에는 기대감이 서려 있었다.

톰의 본명은 토마스 야마자키로 예전엔 스튜디오 뮤지션으로 이름을 떨치다가 십 년 전부터 연예 기획사 매니저로 변신했다고 한다. 류헤이가 주목받을 무렵 유카가 지금의 소속사와 계약을 맺었고 톰이 류헤이의 매니저를 자처했다.

톰은 류헤이와 처음 만났을 때 대단한 기세로 떠들어댔다.

---

* 공연을 기획하고 주관하는 기업.

— 스튜디오 뮤지션은 밴드에서 어떤 악기를 맡게 되든 피아노로 시작하는 사람이 많아. 어릴 적부터 배운 악기가 대부분 피아노기도 하니까. 그래서 류헤이 군이 몇십 년에 한 번 나올까 말까 한 천재라는 걸 아주 잘 알지. 그런 연주를 하는 사람은 본 적이 없어.

— 실례지만 태어날 때부터 줄곧 안 보인 거지? 건반의 위치는 피나는 연습으로 어떻게든 익힌다고 해도 악보는 어떻게 읽지? 참, 그렇지. 점자 악보가 있다는 건 나도 알지만 두 손을 건반 위에 올린 채로 어떻게 점자를 읽는지 참으로 궁금하고 신기하거든.

점자 악보는 류헤이도 유카에게 들어서 안다. 1834년, 파이프 오르간 연주자였던 루이 브라유가 점자 음표의 표기 체계를 완성했고 일본에선 1893년에 사토 구니조가 처음으로 점역했다. 현재는 요코하마국립대학의 프로젝트팀이 점역 자원봉사 단체 등의 협조를 얻어 악보 자동 점역 시스템(BrailleMUSE)을 개발해 과거보다 널리 보급됐다. 저작권자의 허락 없이 저작물을 자유롭게 점역하고 데이터베이스를 구축할 수 있도록 저작권법으로 보호되어 보급 속도가 빨랐다고 들었다.

'들었다'고 표현한 이유는 류헤이는 점자 악보를 전혀 사용하지 않기 때문이다. 이 말을 들은 톰은 매우 놀란 듯했다.

— 뭐라고? 악보 없이 연주한다고? 어떻게 그럴 수 있지?

전혀 이해할 수 없군.

유카가 사정을 설명하자 톰은 얼빠진 목소리로 크게 말했다.

— 대단하다, 정말 대단해. 그러면 몇십 년에 한 명이 아니라 한 세기에 한 명 태어나는 천재잖아.

톰은 악수를 요청했다. 같은 연주자라면 피아니스트의 손을 어떻게 다뤄야 하는지 알 테니 류헤이는 조심스럽게 손을 내밀었다.

걸걸한 말투와 달리 톰의 손은 아기처럼 부드러웠고 잡는 손길도 류헤이가 답답할 정도로 신중했다. 류헤이는 그 사실만으로 톰이 매니저를 맡는 것을 승낙했다.

"……저는 상관없어요."

회상에서 깨어나 현실로 돌아온 류헤이는 약간 망설이다가 대답했다. 두 사람의 잔뜩 부푼 기대감을 저버리기에는 상당한 각오가 필요했기 때문이다. 거절하느라 정신이 피곤한 것보다 무대 위에서 퍼포먼스를 보여주며 몸이 지치는 편이 훨씬 마음이 편했다.

"그래, 고맙다. 프로모터에 당장 연락해야겠어."

톰과 유카가 기뻐한다는 사실을 눈치로 알 수 있었다. 자신은 눈치나 분위기를 읽는 데 달인의 경지에 이르렀다고 남몰래 자화자찬했다.

절대음감도 그렇지만 류헤이는 자신이 시각 대신 다른 감각들을 타고났다고 생각했다. 미각과 후각도 다른 사람들보다 예민하다는 말을 자주 듣고 손끝만 대도 건반의 재질을 알아맞힐 수 있다. 피부는 습도와 온도는 물론 공연장 크기까지 짐작할 수 있다. 눈이 보이지 않아서 불편한 점이 적지 않지만 그만큼 다른 감각으로 보완할 수 있어서 감사하다고 생각하면 괴로운 마음도 어느 정도 누그러졌다.

"제법 빡빡한 스케줄이지만 힘내 줘. 지금 국내 클래식을 이끄는 사람은 단연 류헤이 군이니까. 일을 줄줄이 가져오는 내가 귀찮은 건 아니지?"

"그렇지 않아요."

"클래식도 인기 장사니까. 팔아야 할 때 팔지 않으면 재능 낭비야. 이 바닥에 오래 있으면서 재능은 있는데 팔 시기를 놓쳐서 울어보지도, 날아보지도 못하고 져 버리는 녀석들을 많이 봐왔거든."

목소리에 물기가 어려 더욱 믿음이 갔다. 가끔 침소봉대해서 말하긴 해도 이 이야기에서 거짓의 기색은 느껴지지 않았다.

"인기에도 유통기한이 있어. 아무리 쇼팽 콩쿠르 결선 진출자라고 해도 오 년 후면 새로운 결선 진출자가 탄생하지. 류헤이 군의 인기를 한때의 유행이 아니라 꾸준한 관심으로 굳히려면 계속 노출해야 해. 연주회뿐만이 아니야. 잡지나 TV에 등장해서 여러 언론에 얼굴과 이름을 알려야 해. 팔고, 팔고 또 팔아야 해. 남들 눈에는 과해 보일 수 있지만 대중을 향한 노출은 과해 보일 정도여야 딱 적당하다고."

유카도 특별히 목소리를 내진 않았지만 톰의 말에 동의하는 것으로 짐작됐다. 떠올려 보면 예전에는 유카가 매니저 일을 전적으로 담당했다. 류헤이의 아버지가 일찍 세상을 떠난 뒤 여자 혼자의 몸으로 생계를 책임지는 것은 물론 피아노 교사의 요청부터 비용 마련까지 뒷바라지했다. 톰이 매니저 일을 맡은 뒤론 유카는 그 일을 모두 톰에게 맡기고 의지했다. 대형 기획사 소속인 데다 음악 업계에 정통한 열정 넘치는 매니저라는 점에 마음을 빼앗겼는지도 모른다. 어쨌든 어머니와 매니저의 관계가 우호적이라면 좋은 일이었고 류헤이도 마음이 편했다.

"우리 회사에는 아이돌과 로커에 헤비메탈 가수까지 있지만 모든 장르의 CD 매출이 해마다 감소하고 있어. 스트리밍이 대폭 증가하면서 음원 배포는 확대되고 있지만 음악 소프트웨어의 단가와 괴리가 커서 구세주라고는 부를 수 없는 수준이지. 안타깝게도 클래식은 다른 음악 장르에 비해 신규 팬이 잘 유입되지 않아. 미국에는 클래식 음반 코너가 없는 CD 판매점이 있을 정도고 일본도 일주일 판매량이 고작 천 장인 음반이 오리콘 차트 10위 안에 오르니 상황은 비슷하지."

톰은 담담하게 설명했지만 현 상황을 개탄하는 것이 틀림없었다.

"상황이 이러니까 클래식 아티스트들도 태평하게 구경만할 수 없어. 모두의 주목을 받을 때일수록 더 적극적으로 노출해야 하고 활발하게 연주회를 열어야 해. 지금 이 시기에 무엇을 하느냐에 따라 오 년 뒤, 십 년 뒤의 위치가 정해지는 거야."

톰의 말투가 절실해서 따를 수밖에 없는 기분이 들었다. 아티스트를 격려하는 일이 매니저의 역할이라면 톰은 분명 유능한 매니저였다.

"체력과 기력이 받쳐주지 않아 무리라면 빨리 말해줘. 하지만 지금이 중요한 고비라는 사실은 류헤이 군도 잘 알고 있을 테지."

능구렁이 같은 화법이었다. 그렇게 말하면 설령 한창 투어 중이라 지쳤어도 못한다는 말을 꺼내기 어려울 것이다.

"저는 괜찮아요."

같은 대답만 반복하는 데 급급했다.

"OK, OK. 그리고 유카 씨, 연주회장에서 판매할 상품 말인데요, CD와 DVD는 당연하고 한정 굿즈도 기획하고 있어요. 일단 샘플을 만들어 왔는데 확인해 보세요."

가방에서 무언가를 꺼내는 소리에 이어 유카의 탄성이 터져 나왔다.

"와. 이게 뭐예요. 귀엽다."

"핀 배지뿐 아니라 아크릴 열쇠고리와 일러스트 티셔츠도 있어요."

"와, 와, 와. 다 귀엽네요."

한껏 들떠서 떠드는 유카의 목소리에 불안해졌다.

"엄마, 도대체 어떤 굿즈예요?"

"네 일러스트를 배지와 키링으로 만들었어. 여기, 좀 만져 보렴."

활짝 펼친 손바닥 위에 놓인 물건은 원형 배지 같았다. 손가락으로 표면을 덧그리자 인쇄된 부분의 요철 모양으로 그림 형태를 알 수 있었다. 아무래도 류헤이의 얼굴을 데포르메 기법으로 그린 듯했다. 확실히 제법 귀여운 일러스트 같았다.

류헤이는 자신의 얼굴을 본 적이 없다. 한번 조각상을 만들어 촉감으로 얼굴 윤곽과 이목구비를 확인한 정도가 다였다. 솔직히 어떻게 생겨야 아름다운 얼굴인지, 못생긴 얼굴인지 판단하기 어려웠다. 사람들의 얼굴을 비교할 수 없는 데다 애초에 자신의 외모를 본 적이 없어서 관심도 생기지 않았다. 좌우대칭인지 비대칭인지는 판별할 수 있지만 아름다움과 추함의 기준을 이해할 수 없었다.

그러나 맛이나 냄새가 좋은지 나쁜지, 촉감이 불쾌한지는 순식간에 판별할 수 있다.

무엇보다 예민한 감각기관은 역시 청각이었다. 한 번 들은 목소리나 들린 소리는 잊지 않았다. 여러 사람이 동시에 말해도 구분할 수 있었다. 그리고 목소리와 소리에는 류헤이만의 절대적인 가치 기준이 존재했다. 목소리에는 아름다움과 추함이 있다. 소리에도 인격이 있다.

"내 굿즈 같은 걸 사는 사람의 마음을 모르겠어요."

류헤이의 얼굴에 호감을 느끼는 팬이 있는지는 몰라도 굿즈에 얼굴이 커다랗게 인쇄되는 것은 솔직히 부끄러웠다.

"살 마음이 없으면 살 마음이 들게 만들어야지. 남극에서 얼음도 사게 하는 것이 비즈니스야."

톰이 자신만만하게 말했다.

"그리고 프리미엄이라는 느낌을 줘야 구매 욕구를 불러일으킬 수 있어. 그러려면 네 개성이 세일즈 포인트가 되어야해. 류헤이 군에게는 미안하지만 맹인 피아니스트라는 특징은 그 자체만으로 매력적이니까. 실제로 업계에선 이번 투어를 주목하고 있어. 쇼팽 콩쿠르 결선 진출자라지만 스물네 살짜리 피아니스트가 얼마나 많은 관객을 불러 모으고 얼마나 많은 수익을 올릴 것인가. 이번 투어로 클래식 연주회 개최에 소극적인 프로모터의 인식을 바꿀 수 있을지도 관건이야."

이때 역시나 유카가 이의를 제기했다.

"아무리 그래도 신체적 장애를 판매 전략으로 내세우는 건 좀 그렇지 않을까요?"

"장애가 아니라 개성이라고 생각하세요. 류헤이 군 본인은 그렇게 생각해요. 장애라는 건 어떻게 받아들이냐에 따라 플러스 요인이 되죠. 류헤이 군의 연주를 보고 들을 때마다 긍정적으로 받아들이는 사람이 늘어날 겁니다. 인지도를 높이는 일은 편견을 없애는 일이기도 해요. 처음에는 단순 호기심에 티켓을 산 관객도 류헤이 군의 연주를 듣고 나면 시각 장애는 아티스트의 음악성에 아무런 장벽이 되지 않는다는 사실을 깨달을 겁니다. 그리고 류헤이 군의 팬이 되어 돈을 쓰겠죠."

유카는 수긍했는지 반박하지 않았다.

하지만 정작 류헤이는 회의적이었다.

장애는 그저 개성이며 플러스 요인이 될 수 있다. 류헤이 같은 연주자가 적극적으로 노출되면 장애인에 대한 편견이 사라진다. 모두 논리적이고 긍정적인 말이었다.

그러나 장애를 겪어 보지 못한 비장애인인 톰이 하는 말은 그저 공허하게 울릴 뿐 가슴에 닿지 못했다.

2

톰이 떠난 뒤 류헤이는 다시 연습실에 틀어박혔다. 투어가 벌써 다음 주로 다가와서 지금은 먹고 자는 것도 잊고 연습에 매진하는 시기였다.

오전 10시, 시오타 하루히코가 찾아왔다.

"얼마나 완성됐는지 보러 왔다."

"아직 오십 퍼센트 정도예요."

"네 오십 퍼센트와 내 오십 퍼센트는 다르지."

시오타는 반론의 여지를 주지 않는 투로 말했다.

"23번 1악장만 연주해도 돼. 쳐 봐."

다른 사람이 들으면 상당히 거만한 말투였지만 류헤이는 오히려 기분이 좋았다. 마치 류헤이의 장애를 신경 쓰지 않고 비장애인과 동등하게, 또는 그 이상으로 강하게 대해 주기 때문이었다.

"그런데 참 계산적인 프로그램이군. 처음 봤을 때는 모차르트 탄생 기념 연주회인가 착각했어."

그렇게 말할 만했다. 이번 투어 프로그램은 처음부터 끝까지 모차르트의 곡으로 채워졌기 때문이다.

1. 피아노 협주곡 제20번 D단조 K.466

2. 피아노 협주곡 제21번 C장조 K.467

3. 피아노 협주곡 제23번 A장조 K.488

인터미션까지 약 두 시간인 프로그램. 앙코르까지 더하면 공연 시간은 그보다 더 길어진다. 모차르트 피아노 협주곡은 하나같이 대중적인 명곡이기에 클래식 초보자도 쉽게 즐길 수 있었다.

"프로그램은 누가 짰지? 보나 마나 톰이겠지만."

"맞아요."

"모차르트의 곡들은 누구나 한 번쯤 들어 봤을 정도로 유명하니 멜로디가 귀에 익어서 클래식 팬이 아닌 관객도 쉽게 끌어모을 수 있지. 정말이지 톰 씨다운 기획이야. 류헤이의 음악성은 완전히 무시하고 관객 모으기를 우선시한 프로그램 구성이야."

"남극에서 얼음도 사게 하는 것이 비즈니스라고 하더라고요."

"클래식계를 남극 취급하는 건가."

불만스러운 말투였지만 시오타는 아무에게나 거친 말을 하는 남자가 아니었다. 평소에는 신사같이 정중하지만 마음을 터놓을 수 있는 상대와 대화할 때는 신랄해진다. 즉 류헤이는 시오타가 신뢰하는 사람이며 류헤이 또한 시오타를 전적으로 믿었다.

류헤이와 시오타는 오래 알고 지낸 사이다.

어려서부터 피아노 연주에 재능을 보인 류헤이였지만 안타깝게도 스승 복은 없었다. 그럴 만도 하다고 이제는 생각한다. 류헤이는 악보를 읽어 본 적 없기 때문이다. 음표도 기호도 인식하지 못하는 아이를 가르치려는 피아노 교사는 많지 않았다. 심지어 한동안은 피아노를 배운 적 있는 유카가 잠시도 곁을 떠나지 않고 연습을 도왔을 정도다.

다섯 살이 됐을 때 처음으로 발표회에 참가했다. '작은 별 변주곡'을 연주했으니 지금 생각하면 처음부터 모차르트와 인연이 있었던 셈이다.

다섯 살 아이라면 보통 제1변주만 연주하는데 류헤이는 그때 마지막 제12변주까지 모두 연주했다. 어린 나이에 시각 장애까지 있는 류헤이의 뛰어난 연주에 청중은 경악과 박수갈채를 보냈는데 그 속에 시오타가 있었다.

재회는 그로부터 십 년 후, 유카와 평범한 피아노 교사가 류헤이를 감당할 수 없는 수준에 도달했을 시기였다.

— 아무거나 괜찮으니 한번 쳐 보아라.

류헤이의 집에 찾아온 시오타는 느닷없이 말을 꺼냈다. 류헤이가 주저하지 않고 쇼팽 에튀드를 선보였고 연주를 다 들은 시오타는 그 자리에서 레슨을 제안했다.

— 류헤이 군의 피아니즘은 매우 독특합니다. 거의 독창적인 방식이라고 해도 좋아요. 류헤이 군이 이보다 더 높은 곳을 목표로 삼는다면 가르칠 수 있는 사람은 아마 저뿐일 겁니다.

어떻게 보면 오만하게 들릴 말투였지만 지도자를 찾지 못해 고민이 깊던 유카는 오히려 시오타에게 믿음이 갔다. 그렇게 시작된 인연도 곧 십 년째다.

시오타는 레슨에 관해서라면 어떠한 타협도 관용도 없다. 그리고 지금도 류헤이에게 솔직하게 말했다.

"류헤이의 피아노가 많은 사람에게 알려지는 걸 반대하지는 않아. 하지만 연주회 프로그램을 전부 모차르트의 곡으로 채우는 건 일종의 모험이야. 모차르트의 곡이 피아니스트를 애먹인다는 사실을 네가 모를 리 없을 텐데."

"네. 오늘 아침에도 일어나자마자 소나타 11번 3악장을 쳤는데 만만치 않더라고요. 연주자의 수준에 비해 한 단계 더 높은 연주를 요구한다고 느꼈어요."

"모차르트는 피아니스트에게 영원한 과제야. 악보에서 지시한 대로 쳤다 싶으면 곧바로 모차르트가 부족한 부분을 지적하지. 어떤 의미로 쇼팽보다 까다로워. 철저하게 따지면 쇼팽은 쇼팽다움을 터득하면 그만이지만 모차르트를 깊이 이해하려면 오로지 모차르트와 닮는 방법밖에 없어. 그것이 얼마나 어려운 일인지도 알 거야."

류헤이는 진지한 얼굴로 고개를 끄덕였다. 모차르트를 닮아 가는 것은 신과 같아진다는 뜻이나 다름없기 때문이었다.

볼프강 아마데우스 모차르트는 '신동'으로 불렸다. 세 살 때부터 쳄발로를 연주했고 다섯 살 때는 이미 작곡을 할 수 있었다. 그가 일곱 살에 연주했을 때 청중 중 한 명이었던 작가 괴테는 후에 "그 수준은 그림의 라파엘로, 문학의 셰익스

피어에 필적한다"라고 평했다. 작품은 교향곡, 협주곡, 실내악곡, 소나타, 오페라, 가곡, 종교음악 등 모든 장르를 아우르며 그 수는 무려 구백 곡이 넘는다. 모든 곡이 명곡으로 불리며 졸작은 단 한 작품도 없다.

모차르트가 이렇게나 많은 곡을 작곡할 수 있었던 이유 중 하나는 작곡 초안을 쓰지 않은 점을 들 수 있다. 괜히 '신동'이라고 불린 것이 아니다. '음악의 아버지' 바흐, '악성' 베토벤, '피아노의 시인' 쇼팽 등 별칭을 얻은 작곡가는 적지 않지만 '신'이라는 이름의 관을 쓴 작곡가는 모차르트뿐이다.

"새삼 모차르트를 신격화할 생각은 아니지만 피아니스트를 울리는 작곡가인 건 틀림없는 사실이야. 그런데 두 시간 연속, 투어로 일 년 내내 연주해야 한다니. 그야말로 피아노 트라이애슬론이지. 쉴 수도 없고 조금도 긴장을 늦출 수도 없어."

"엄마가 석 달 전부터 체력을 기를 수 있는 식단을 준비해주세요."

"식단은 유카 씨가 보여줬어. 아침 댓바람부터 오크라니 폭참이니 원기를 돋울 음식들이 즐비하기에 국가대표 레슬링 선수가 먹는 식단인가 했다."

"'클래식 아티스트들도 태평하게 구경만 할 수 없다. 모두의 주목을 받을 때일수록 더 적극적으로 노출해야 하고 활발하게 연주회를 열어야 한다. 지금 이 시기에 무엇을 하느냐에 따라 오 년 뒤, 십 년 뒤 위치가 정해지는 거다'라고 하더라고요."

"그것 역시 톰 씨다운 말이군."

시오타의 분노에는 어쩔 수 없다는 마음도 담겨 있었다. 비록 성향은 다르지만 톰의 매니지먼트 능력만큼은 인정하기 때문이리라.

"앞부분은 몰라도 뒷부분은 동의해. 지금 시기에 네가 무엇을 어떻게 연주하냐가 미래를 결정하는 중요한 요인이거든. 하지만 그것이 무리한 연주 스케줄이나 지나친 대중 노출을 의미하지는 않아. 너만의 피아니즘을 착실하게 다져가야 해. 협주곡 20, 21, 23번만 매일같이 계속 연주하면 분명 모차르트는 익숙해지겠지. 하지만 모차르트만 연주하고 싶은 건 아닐 테니."

"선생님은 연주회 투어를 반대하세요?"

"연주회 투어 자체는 좋아. 프로그램이 편향된 점이 문제라고 말하는 거야."

기분 탓인지 시오타의 불만에 체념이 담겨 있었다. 자신의 역할은 류헤이에게 연주 기법을 가르치는 일뿐이라는 사실을 알기 때문이었다.

시오타는 류헤이의 특성에 맞춰 독창적인 방식으로 가르치기 때문에 다른 피아노 교사가 따라 할 수 없었다. 그러나 류헤이를 어떻게 대중에게 알리고 상품화할지는 몰랐다.

반면 톰은 스튜디오 뮤지션 출신이지만 연주에 대해서는 전혀 지적하지 않는다. 그 대신 류헤이라는 상품의 가치를 올릴 가장 효과적인 방법을 모색한다.

유카는 유카대로 레슨과 매니지먼트를 두 사람에게 모두 맡기고 본인은 류헤이의 컨디션 관리에 모든 열정을 쏟는다.

세 사람이 각자 맡은 역할을 충실히 수행해 준다. 서로 그 사실을 알기 때문에 상대에게 다소 불만은 있어도 참견하지 않는다. 톰은 트로이카 체제라고 자찬하는데 세 사람이 서로를 인정하지 않았다면 이렇게 오래 관계를 유지하지 못했으리라.

"관계자라면 누구라도 클래식을 둘러싼 현실이 어렵다는 걸 알지. 그래서 필사적으로 관객을 끌어모으려는 톰 씨의 마음도 이해돼. 하지만 스튜디오 뮤지션이었던 톰 씨는 잊고 있어."

"무엇을요?"

"관객을 모을 수 있다는 건 돈을 모을 수 있다는 뜻이야. 돈을 모을 수 있는 사람은 사회적 가치를 인정받지. 관객이든 돈이든 모을 수 있는 힘은 귀중하고 어느 분야에서나 원하는 가치니까. 물론 모차르트도 그런 면이 있었지."

"알아요."

모차르트 시대에는 작곡가를 포함한 예술가들이 교황이나 귀족 같은 권력자의 후원을 받으며 활동했다. 애초에 모차르트가 어릴 적부터 각지를 여행한 이유도 후원자 찾기가 주된 목적이었을 정도였다. 창작물의 색채는 당연히 당시 유행이나 후원자의 취향에 영향을 받았다. 모차르트의 작품 대부분이 경쾌한 장조인 이유도 시대와 후원자가 분위기가 밝은 곡을 원했기 때문이었다.

"모차르트는 시대의 요구에 따르거나 후원자의 주문을 반영한 작품을 많이 작곡했어. 그래서 작품 수가 많지. 의뢰인이 원하는 그대로 작품을 완성하니 모차르트의 사회적 가치는 높았을 거야. 하지만 모차르트는 사회적 가치와 별개로 음악적 가치도 있었지. 말년에는 후원자에게도 냉대받아 사회적 가치는 하락했지만 음악적 가치는 사망 후에야 높아졌어. 지금은 모차르트가 만든 작품이 신의 선물이라는 것을 의심하는 사람은 아무도 없어. 내 말이 무슨 뜻인지 알겠니?"

"사회적 가치보다 음악적 가치가 더 중요하다는 말씀이죠?"

"아니. 사회적 가치와 음악적 가치가 꼭 일치하는 건 아니라는 말이야. 톰 씨는 류헤이의 사회적 가치만 중시하고 음악적 가치에는 무게를 두지 않아. 하긴 이건 톰 씨뿐 아니라 음악 매니지먼트 전체의 풍조기도 하지. 외국에서 수많은 연주가를 초청해 놓고도 선곡의 자유도 주지 않잖아. 이번에는 베토벤으로 채워달라는 둥 하이든의 어떤 곡은 반드시 넣어달라는 둥. 그들 말고도 훌륭한 작곡가와 곡이 많은데도 유명한 곡들만 연주하게 해."

공감했다. 류헤이도 다른 피아니스트의 연주회를 자주 들으러 가는데 현대 음악이나 일본 작곡가의 곡은 좀처럼 연주하지 않는다. 반대로 유럽이나 미국에서는 베토벤 교향곡 제 9번을 일본처럼 자주 연주하지 않는다.

"매니지먼트하는 사람이 진정한 클래식 음악이 뭔지 이해하지 못하는 거야. 관객 모으기, 돈 모으기를 지나치게 고집해 음악적 가치를 경시하고 있어. 이런 풍토가 계속되면 진짜를 모르는 청중이 늘어나고 그러면 당연히 제대로 된 연주가도 자라나지 않을 테니 일본 클래식계는 악순환이 반복되는 거야."

시오타의 불안한 마음이 류헤이에게까지 전해졌다. 톰과 다른 시각이지만 업계의 미래를 걱정하는 마음은 두 사람 모두 같았다.

"무엇보다 네 피아니즘은 이론보다 감각이 차지하는 부분이 훨씬 커. 피아니스트로서 한창 성장하는 이때, 꼬박 한 해를 모차르트만으로 물들이는 건 위험한 감이 있지."

자신의 연주가 다른 피아니스트의 연주와 크게 다르다는 사실은 잘 안다. 그것은 시각을 가진 자와 가지지 못한 자의 차이기도 하다.

류헤이는 선천적으로 앞을 보지 못했고 음악을 접했을 때도 음표와 악보에 대한 인식이 없었다. 아니, 인식하지 못해도 아무런 문제가 없었다.

류헤이는 음표의 개념을 몰라도 음악 자체를 이해할 수 있기 때문이었다. 신은 류헤이의 눈을 앗아간 대신 절대음감을 선물했다. 절대음감이야말로 류헤이의 피아니즘의 기반이 됐다. 한 번 들은 연주를 머릿속에 완벽히 재현해 버리는 것이다.

악보란 작곡가가 곡의 이미지를 기호로 표기한 소프트웨어다. 그래서 같은 악보라도 연주자라는 하드웨어의 성능에 따라 연주된 음악에 차이가 생긴다. 악보를 읽을 때 곡이 만들어진 배경과 지시 기호에 담긴 작곡가의 의도를 이해하는 능력이 다르기 때문이다. 즉 악곡→기보→해석→연주라는 과정을 거쳐 소리를 내는데 각각의 과정에서 정보가 누락되거나 왜곡된다.

그런데 류헤이는 한 번 들은 음악을 완벽하게 재현하기 때문에 악곡→연주라는 매우 간단한 과정만 거친다. 이상적인 악곡을 듣고 이후에 머릿속 이미지대로 손끝을 움직이기만 하면 같은 음악을 연주할 수 있다. 물론 연습 과정에서 류헤이의 독자적인 해석이나 편곡을 더할 수도 있다. 시오타가 '류헤이의 피아니즘은 이론보다 감각이 차지하는 부분이 훨씬 크다'라고 평가한 이유는 바로 그 때문이었다.

"네 기억력이 매우 뛰어나긴 하지만 일 년 동안 협주곡 세 곡만 계속 들으면 편향될 위험이 없을까?"

"지금까지 그런 경험이 없어서 뭐라 대답할 수 없어요."

"모차르트 투어는 하이 리스크 하이 리턴이야. 톰 씨니까 위험부담은 알고 있겠지만 그 사람 입장이라면 당연히 얻을 것을 우선시하겠지."

"하지만 이제 와 공연을 취소하기는 어렵잖아요."

"그건 나도 알지. 다만 네 미래를 생각한다면 투어 중에도 다른 곡을 듣거나 연주해야 해."

"바이올린이나 플루트였다면 좋았을 텐데요. 피아노는 들고 다닐 수 없으니까요."

"그것도 그렇지. 그러니 무대에 오르지 않을 때는 DAP(디지털 오디오 플레이어)로 다른 곡을 듣거나 몰입해서 연주를 시뮬레이션하도록 해. 너라면 쉬울 거야."

최근 DAP와 헤드셋은 성능이 매우 뛰어나서 플로어 스탠딩 스피커로 듣는 음질과 큰 차이가 없다. 그러나 역시 실황 연주에 비할 바가 아니다.

"다른 사람의 연주회에 가서 듣고 싶어요."

"나도 그게 좋다고 생각하지만 스케줄에 여유가 없지 않니."

"무리해서라도 시간을 내 볼게요."

"그런 무리를 유카 씨나 톰 씨가 허락할 것 같아?"

일 년 내내 진행하는 투어기에 하루 일정은 무대를 최우선으로 한다. 타인의 연주회를 감상할 시간을 내기란 여간 어려운 일이 아니다. 분명 류헤이의 컨디션을 관리하는 유카가 거절할 것이다.

"분명 허락 안 하시겠죠."

"정말 고민이군."

머리를 벅벅 긁는 소리가 났다. 시오타가 생각이 복잡할 때마다 나오는 버릇이었다.

"유카 씨와 톰 씨도 다 류헤이를 생각해서 하는 말이니까. 이게 만약 류헤이 죽이기라면 상대를 때려서라도 내 의견을 고집하겠다만."

"그러지 마세요."

류헤이가 아는 시오타는 성격이 불같아서 틀렸다고 생각하는 것은 상대가 누구든 거침없이 말하는 사람이었다. 한번인가는 톰의 회사에 소속된 아티스트를 이래도 되나 싶을 정도로 깎아내린 적도 있다. 가식 없이 솔직한 사람이란 바로 이런 사람이구나 하고 감탄했다.

"안심해. 지금의 세 사람 체제를 오랫동안 유지해 왔으니. 사카키바 류헤이의 이름이 어느 정도 알려진 데는 쇼팽 콩쿠르 성적의 역할이 컸지만 팀으로 운영되는 덕분이기도 해. 새삼 분란을 일으킬 생각은 없어."

결국 어느 부분에서는 무리를 감수해야 하는구나 생각했다. 따지고 보면 자신의 실력으로 모차르트 전국 투어를 감행하는 일 자체가 무리거나 당치도 않은 기획이었다. 연주자 스스로 뼈를 깎는 노력을 할 수밖에 없었다.

"대성할 사람은 언젠가는 자신의 한계를 시험받는 법이야."

시오타가 한 단계 누그러진 톤으로 말했다.

"예술가, 아티스트, 창작자, 표현자, 어떤 호칭이든 좋아. 무릇 무언가를 만들어내는 사람은 더 높은 레벨로 뛰어오를 때 반드시라고 해도 좋을 만큼 톱 기어를 넣게 되지. 작품 내용도 그렇고 작품 수도 그래. 그러다 보면 언젠가 터무니없이 바쁜 시기, 혹은 바빠져야 할 시기가 와. 시대가 그 사람과 그 사람의 예술을 갈망하기 때문이지. 천재로 불린 인물 대부분도 예외는 아니었어. 한 시기에 수많은 작품을 왕성하게 내놓는 것은 천재가 갖춰야 할 자질 중 하나라고 나는 생각한다. 모차르트가 바로 그런 인물이지."

담담한 말투지만 듣다 보니 어딘가 비딱한 느낌이 드는 까닭은 왜일까.

조금 생각해 보니 납득이 갔다.

시오타는 천재나 대성을 남의 일로만 받아들이기 때문이었다.

"그러니까 류헤이가 톱 기어를 넣는 데는 아무런 이견도 없어. 단지 그 시기가 지금인지 아닌지 나는 판단이 서지 않을 뿐이야."

"선생님이 투어를 반대하시는 이유가 그 때문인가요?"

"미안하군. 그릇이 종지만한 사람이라. 스스로 납득할 수 없는 것에 쉽게 동의하지 못해."

그러나 그 그릇은 류헤이를 위한 형태를 띠었다. 이렇게까지 가족처럼 세심하게 챙겨주는 사람과 어떻게 인연이 닿았는지 신기할 따름이었다.

류헤이는 철이 들 무렵부터 주위에 신세만 졌다. 선천적인 장애 때문에 어머니가 하지 않아도 될 고생을 짊어졌다. 아버지가 세상을 떠난 뒤로 그 짐은 더욱 무거워졌다. 유카는 부모님에게 상속받은 재산이 있었지만 류헤이를 보살피는 일을 결코 타인에게 맡기지 않았다. 아무리 경제적으로 문제가 없다고 해도 시각장애 아동은 비장애 아동보다 훨씬 돌보기 힘들다.

보호자는 시각장애인의 눈이 되어야 한다.

차나 커피를 권할 때 보호자가 손을 이끌어 찻잔을 만지게 해야 한다. 외부에서 타인이 권했을 때도 마찬가지다. 찻잔을 탁자에 놓기만 하면 손으로 더듬거리다가 음료를 쏟아 자칫 화상을 입을 우려가 있기 때문이다. 실제로 류헤이도 어릴 적 뜨거운 국을 엎질러 가벼운 화상을 입은 적이 있다. 그때 유카가 몹시 당황한 기색이라 화상을 입은 류헤이가 오히려 안타까운 마음이 들 정도였다.

도로를 걸을 때는 더욱 주의해야 한다. 보호자는 항상 차도 쪽에서 걸어야 한다. 오가는 차량을 경계하는 한편 인도에 난 측구*나 도로의 움푹 파인 곳, 길게 뻗은 나뭇가지, 간판

* 길 위의 물이 잘 빠지도록 도로 경계선을 따라 만든 얕은 도랑.

등도 눈을 부릅뜨고 살펴야 한다. 한순간 방심이 사고로 이어질 수 있으니 가볍게 산책할 때도 세심한 주의를 기울여야 한다.

화장실을 이용할 때도 보통 일이 아니다. 화장실에 먼저 들어가 변기와 화장지와 세면대의 위치를 설명하고 용변을 본 뒤에 말하라고 알린 다음 화장실 밖에서 기다린다.

그밖에 일상생활 속 사소한 일까지 포함하면 끝이 없다. 유카는 말할 것도 없고 그녀가 없을 때는 톰이나 시오타가 그러한 수많은 귀찮은 일을 맡아 준다.

시오타에게도 적잖이 신세를 지고 있다. 음표 개념부터 점자 악보를 읽는 법까지 배웠다. 동서고금을 막론하고 이것만은 들어야 한다는 연주를 골라 악곡 분석 강의도 받았다. 배우는 사람이 시각장애인이라서 일반 학생과 달라 당황스러울 텐데 그런 내색은 일절 내비치지 않았다. 나중에 유카에게 전해 들은 이야기인데 시오타는 일부러 복지시설에 찾아가 직원에게 장애인을 상대하는 법을 배웠다고 한다.

시각장애를 개성으로 받아들이는 사고방식은 긍정적이라고 생각하며 당사자인 류헤이도 매우 동의하지만 곁에서 돕는 사람의 희생이 어느 정도 필요하다는 사실은 변함없다. 비장애인과 장애인이 서로 도우며 살아간다는 말은 어차피 허울 좋은 소리다.

비굴해지지 말라고 유카는 늘 말한다. 설령 부담을 느낀다고 해도 류헤이의 피아노가 선사하는 감동은 그보다 훨씬 크다고.

류헤이가 피아노에 매진하는 이유 중 하나는 주변 사람에게 보답하려는 마음도 있다. 자신을 위해 고생하는 사람들에게 그보다 더한 감동을 돌려줄 수 있도록 연주한다. 그것이 자신이 존재하는 이유라는 생각이 들었다.

"일단 투어가 시작되면 내가 할 수 있는 일은 제한돼. 기껏해야 곁에 붙어 도와주는 노릇이나 하겠지."

피아노 연주회에는 페이지 터너가 피아니스트 옆에 대기하기도 하는데 애초에 악보를 보지 않는 류헤이에게는 그마저도 필요 없다.

"선생님이 동행해 주시는 것만으로도 든든해요."

"그렇게 말해주니 고맙다만 시중드는 역할밖에 못 한다니 아무래도 안타까워."

"마음만으로 충분합니다."

"나한테는 겉치레 같은 말 하지 마."

시오타가 웃으며 핀잔했다.

"쇼팽 콩쿠르 이후 인터뷰가 많아져서 인터뷰 스킬이 늘은 점은 다행이지만 세상에 물드는 건 마뜩잖아. 그런 건 나나톰 씨가 할 일이야."

"저 올해 스물네 살이에요."

"세상에 물든다는 건 타협의 또 다른 이름이야. 안하무인이 되라는 말은 아니지만 너는 아직 세상에 도전할 나이니 몸을 사릴 필요 없어. 네 성품을 잘 아는 만큼 너무 폐쇄적으로 굴라고 강요는 안 하겠지만 적어도 업계 사람들은 신경 쓰지 마. 그런 곳에 신경 쓸 여유가 남아 있다면 전부 피아노에 쏟아부어."

다소 거친 말투였지만 밑바탕에 신뢰가 깔린 사이라 거부감은 들지 않았다. 오히려 등을 밀어주는 격려처럼 느껴졌다.

"너를 투어에 내보내기까지 아직 며칠 남았어. 어차피 내보내야 하면 서로 후회가 없도록 연습시켜야지. 각오는 됐겠지?"

"언제라도 좋아요."

류헤이는 고개를 가볍게 흔든 뒤 두 팔을 건반 위로 치켜들었다.

3

쇼팽 콩쿠르 입상자가 되면 음악 잡지는 물론 신문이나 일반잡지도 주목한다. '사카키바 류헤이의 모차르트 투어'를 공식 발표하자 일반 언론사 몇 군데에서 인터뷰를 요청했다.

Q. 프로 피아니스트라도 무대에서 모차르트를 연주하는 것을 주저한다고 들었습니다. 역시 쇼팽 콩쿠르 결선 진출자라는 자신감이 이번 투어를 진행하는 원동력이 됐을까요?

A. 특별히 자신이 있어서가 아니라…… 아, 물론 여러분께 들려드릴 수준인 건 당연하지만 피아니스트로서 좋아하는 작곡가 중 한 사람이라…… 발표회 때 처음 연주한 곡도 '작은 별 변주곡'이었고요.

Q. 가장 좋아하는 작곡가라는 말씀이군요.

A. 좋아하는 작곡가 중 한 명입니다.

Q. 모차르트, 클래식 팬이 아니라도 모두가 아는 유명한 작곡가죠.

A. 그렇죠. TV 광고나 배경음악으로 자주 사용되니까요.

Q. 굳이 대중적인 작곡가를 전면에 내세운 이유는 최근 클래식 관객이 감소하는 현상을 막기 위해서일까요?

A. ……음, 그런 거창한 의도는 아닙니다. 아직 배울 것이 더 많거든요.

Q. 저희는 클래식 전문 기자인데요, 이번 모차르트 투어를 포함해 최근 연주회들은 모두 19세기에 작곡된 작품들만 연주하는 인상이 강하더군요. 소위 전위 음악*이라고 불리는 슈톡하우젠이나 블레즈, 쇤베르크 같은 작곡가들을 다룰 계획이 있습니까?

A. 블레즈의 작품은 저도 좋아하지만 무대에서 연주할 계획은 아직 없습니다.

Q. 아르보 패르트, 알프레트 시닛케, 헨릭 고레츠키는 어떤가요? 현대 음악이지만 전위 음악처럼 실험적이지 않고 난해하지 않아 부담 없이 들을 수 있다고 생각하는데요.

A. 아르보 패르트는 참신하죠. 열성 팬도 많다고 들었습니다.

Q. 무대에서 연주할 계획은 없습니까?

A. 죄송합니다. 계획은 없습니다.

Q. 그러니까 사카키바 류헤이 씨는 현대 음악보다 모차르트로 대표되는 고전파 쪽에서 연주 가치를 찾는다는 말씀이군요.

A. 찾아와 주신 클래식 팬들이 만족할 수 있는 연주를 하도록 노력하고 있습니다. 그 점은 당분간은 변하지 않을 것 같습니다. ('데이토신문' 일요판 문화·예술 칼럼)

"이게 뭐야."

* 제2차 세계대전 이후에 대두되었으며 전통과 관습을 부정한 새로운 양식을 바탕에 둔 음악.

인터뷰 기사를 읽던 유카는 참다못해 짜증을 터뜨렸다.

"류헤이가 고전파에만 관심 있다는 식으로 써놨잖아. 류헤이, 정말 이렇게 대답했니?"

"아니에요, 유카 씨."

유카의 옆에 있던 톰이 일언지하에 부정했다.

"인터뷰할 때 저도 동석했는데 류헤이 군의 대답은 이런 뉘앙스가 아니었어요. 기회가 된다면 현대 음악도 연주해 보고 싶다고 했는데. 그렇지?"

"네. 그렇게 대답했어요."

"그런데 왜 현대 음악을 무시하는 대답으로 둔갑했지?"

"그건 제 실수예요."

톰이 탁자를 두드리는 소리가 났다.

"전국 일간지에 구독자도 많은 신문이에요. 문화·예술 코너의 거의 한 면을 내준다는 약속 때문에 인터뷰를 수락했는데 담당자의 신상까지 조사하지는 않았어요."

"무슨 이상한 경력이라도 있는 사람이에요?"

"예전에 모 야당 대표를 담당하던 정치 기자였더라고요. 그 당 대표는 대단한 클래식 마니아에 현대 음악 팬이죠."

"그 당 대표라면 알아요. '레코드 예술'에서 본 적 있어요."

"당 대표의 영향으로 완전히 현대 음악의 팬이 됐나 보더 군요. 그 후 문제를 일으켜 부서 이동을 했는데 아무래도 대중의 입맛에 맞춘 고전 음악을 싫어하는 모양이에요. 그래서 모차르트 투어를 여는 류헤이 군을 일종의 적으로 인식한 것 같아요."

"편견이잖아요."

"'데이토신문' 자체가 리버럴을 표방해서 권위 있는 메이저 언론사를 경멸하는 경향이 있죠. 편견은커녕 사풍에 부합하는 훌륭한 기사죠."

"이 기사를 읽은 사람이 예매를 취소하지 않을까요?"

"그건 걱정 마요."

톰이 달래듯 말했다.

"이런 기사를 읽는 사람들은 기사 내용을 금방 잊어버리거든요. 하지만 사카키바 류헤이의 얼굴과 이름, 그리고 모차르트 투어가 열린다는 사실만 기억하죠. 내용이 중요한 게 아니에요. 핵심은 얼마나 노출되느냐지."

"얼굴."

대화를 가만히 듣던 류헤이는 그 한마디를 놓치지 않았다.

"신문에 내 얼굴이 실렸어요?"

"인터뷰 기사인걸. 당연하지 않니."

"얼마나?"

"손바닥 크기쯤 되나?"

수치심이 뭉게뭉게 피어올랐다. 언론에 기사가 실린 지는 오래지만 사진까지 실리는 건 아직 익숙하지 않았다. 기사를 직접 보지는 않지만 타인에게 노출된다는 사실에 거부감이 일었다.

"노출도가 중요한 건 알지만 기사가 실리기 전에 조금은
고칠 수 없었나요?"

"신문이잖아요. 신문사는 원칙적으로 취재 대상에게 완성
된 원고를 보여주지 않아요. 취재 대상에게 검열을 허용하면
보도의 주체성을 빼앗긴다느니 자기가 쓴 기사에 자신이 있
다느니 떠들어대지만 결국 정치부를 비롯해 자존심과 오만
으로 똘똘 뭉친 집단이니까. 무지한 대중에게 고상한 음악
같은 걸 가르치고 싶어 안달이 난 족속이죠."

톰이 신문을 싫어하는 데는 이유가 있다. 스튜디오 뮤지션
시절에 문화면 기자가 상당히 비판적인 기사를 쓴 것 같다.
당시는 젊었기 때문에 더욱 화가 났고 그 응어리가 지금까지
남아 있다고 했다.

"뭐, '데이토신문'은 이런 논조지만 '월간 Piano'나 '음악
친구' 같은 음악 전문 잡지는 교정쇄를 보여줘요. 애초에 류
헤이에게 호의적이기도 하고요. 이런 편향된 기사를 쓰고 자
기 마음에 안 든다고 아티스트를 폄훼하는 짓은 음악을 사랑
하는 사람이 할 행동이 아니죠."

본래 음악에는 귀천이 없다. 클래식이든 힙합이든 펑크든
모두 리듬과 멜로디의 집합체다. 마음을 위로하기도 격려하
기도 한다. 장르에는 급이 없으며 팬들이 저마다 즐길 수 있
으면 그만이다. 특정 장르를 유난스럽게 치켜세우는 행위는

왜인지 불온한 느낌이 들었다.

"그런데 톰 씨. 오늘 취재는 괜찮아요? 상대 언론사가 신문도 음악 잡지도 아니잖아요."

"'주간슌초'. 정치부터 연예계 소식까지 다루는 종합잡지죠. 현재 화제의 인물을 주목하는 코너에 기사가 실리는 것 같아요."

"어떤 기자인가요?"

"종합잡지 인터뷰는 처음이라서 상황이 어떨지 모르겠네요. 데라시타라는 기자라던데 '주간슌초' 홈페이지를 둘러봐도 프로필이 나오지 않더군요."

"저도 이름을 알 정도니 제대로 된 잡지사겠죠."

"대형 출판사에서 발간하는 잡지니 그런 이상한 기자는 고용하지 않았을 겁니다."

"그렇겠죠."

두 사람 모두 불안하지만 억지로 스스로를 속이는 듯한 말투였다. 아니, 자신보다 류헤이에게 불안을 심어주지 않으려는 것 같았다.

"중요한 점은 종합잡지라는 사실이에요. 전국지처럼 클래식 팬이 아닌 사람이 볼 수 있죠. 기사를 읽고 류헤이에게 관심이 생겨 연주회에 올 수도 있어요. 팬을 늘리기에 다시 없을 기회예요."

톰은 류헤이의 어깨에 살며시 손을 얹었다.

"내가 옆에 꼭 붙어 있을게. 위험한 질문이라고 생각하면 바로 신호를 보내. 끊을 테니까."

그러면 마치 꼭두각시 같지 않은가.

"위험해도 대답해야 하는 질문이면 어떡해요."

"내가 대신 대답할게. 안심해. 상대가 불쾌할 만한 대답은 안 할 테니. 이래 봬도 오랫동안 매니저 일을 한 몸이야. 한때는 아이돌도 담당했는데 그 시절에 비하면 백번 낫지."

"그렇게 힘드셨어요?"

"취재 대상이 아이돌이면 흥미 위주로 항간에 떠도는 속된 이야기만 꺼내거든. 애초에 아티스트의 포부나 목표를 물을 생각 따위 없지. 나중에 수정을 요청할 때 죽는 줄 알았어."

자신은 아이돌이 아니니 그들에 비하면 확실히 편할 것이다. 속된 이야기라고 해봤자 기껏해야 시각장애에 관한 호기심 정도겠지만 그 소재라면 그리 새삼스럽지 않다.

일부러 꾸며 낸 듯 동정 어린 목소리에 들으라는 식으로 비꼬는 시샘까지, 지금껏 온갖 일을 당했다.

"처음 뵙겠습니다."

데라시타 히로유키라는 기자는 약속 시간보다 일찍 도착했다.

류헤이는 얼굴은 볼 수 없지만 목소리만 들어도 인상을 대략 상상할 수 있다. 목소리가 굵은 사람은 대체로 목이 굵고 목소리가 가는 사람은 목이 가늘다. 또 턱 모양과 입 크기로도 목소리가 달라져서 인상을 대략 유추할 수 있다. 유카에게 확인하니 보통 류헤이가 떠올린 얼굴과 실제 얼굴이 크게 다르지 않았다.

데라시타의 목소리는 가늘고 끈적거렸다. 실제 인성은 어떤지 몰라도 그다지 호감이 가는 목소리는 아니었다.

"사카키바 류헤이입니다."

"매니저인 톰 야마자키입니다. 오늘 인터뷰 잘 부탁드립니다."

서로 옷이 스치는 소리가 났다. 명함을 교환하는 것 같았다.

"어라?"

톰이 의아한 목소리로 말했다.

"데라시타 기자님, '주간슌초' 소속이 아니십니까?"

"아아, 저는 프리랜서 기자입니다. 기사를 기획하고 제안해서 팔죠. 지금은 절반쯤 주간슌초에 소속된 형태라고 보시면 됩니다."

"그렇다면 사카키바 류헤이 인터뷰도 데라시타 기자님의 기획이라는 말씀입니까?"

"네. '주간슌초'는 연예계 정보에는 강하지만 음악, 그중에서도 클래식 분야는 전혀 조예가 없어서 모처럼 류헤이 씨가 주목받는데도 기사를 다룰 사람이 없거든요. 그래서 제가 기획을 제안했습니다."

"그 기획안이 통과됐나 보군요."

"뭐, 기사의 완성도에 따라 게재가 보류되는 일도 잦지만요."

데라시타는 자조 섞인 목소리로 말했지만 교만하게 들렸다.

큰일이다.

류헤이는 위기를 조금 감지했다. 프리랜서 기자에 편견은 없고 데라시타의 성격도 모른다. 하지만 앞으로 진행될 인터뷰 분위기가 화기애애할 것 같지는 않았다. 정확히 꼬집어 말할 수는 없지만 아무래도 불안했다.

"미리 확인하고 싶습니다만 저희가 인터뷰 기사의 교정쇄를 확인할 수 있을까요?"

"그건 상관없는데 교정 마감까지 시간 여유가 없어서 최대한 부분 수정 정도로만 끝내주시면 좋겠네요."

"류헤이 군의 의도가 왜곡되지 않은 내용이라면 크게 수정할 부분은 없을 겁니다."

"유의하겠습니다. 그러면 녹음해도 될까요?"

"괜찮습니다."

바로 앞에 달그락거리며 물건을 놓는 소리가 났다. 아마 소형 IC 녹음기 같았다. 요즘 녹음기는 모두 손바닥 안에 들어갈 정도의 크기라서 내려놓을 때 가벼운 소리가 난다.

"편하게 한담 나눈다 생각하세요. 정말 편하게 대답하시면 됩니다. 근황 이야기부터 시작할게요. 최근에 재밌거나 놀랐던 일은 없습니까?"

"계속 연습실에 틀어박혀 지내다 보니 특별히 재미를 느낄 만한 일은 없었습니다."

"투어를 앞두고 있어서겠죠. 공연이 없을 때는 외출하시기도 하나요?"

"공연이 없을 때는 다른 연주가의 연주회에 자주 가요. 다른 사람이 어떤 식으로 피아노를 연주하는지 들으면 공부가 많이 되거든요."

한동안 사소한 이야기가 오가자 류헤이의 경계심도 점점 풀어졌다. 인터뷰를 시작하기 전에는 어떻게 진행되려나 걱정했는데 데라시타는 역시 취재 대상의 답변을 끌어내는 데 능숙했다. 상대를 적당히 치켜세우고 적당히 자극해서 대화가 끊기지 않았다. 투어를 준비하는 자세, 이번 연주회 프로그램으로 협주곡 20번, 21번, 23번을 선택한 이유 등을 물었고 류헤이도 즐겁게 대답했다. 평소에는 말수가 적은 류헤이도 음악 이야기를 시작하자 청산유수였다. 대화를 싫어하는 게 아니라 흥미 없는 이야기를 이어가는 것이 고통스러울 뿐이었다.

"그런데 사카키바 씨는 언제부터 피아노를 쳤습니까?"

"기억은 안 나지만 한 살 때 걸음마를 뗄 무렵이었다고 들었어요."

"와, 한 살부터 쳤다고요? 천재로군요."

"곡을 제대로 연주한 시기는 다음 해였다고 들었습니다. 어머니가 연습곡을 치면 나중에 제가 따라서 연주하는 식이었죠. 천재라니 과찬이세요."

"아뇨 아뇨 정말, 두 살부터 연습곡을 치다니 더 말할 것도 없죠. 될성부른 나무는 떡잎부터 알아본다고 하잖아요."

조금이지만 데라시타의 어조에 비아냥이 섞였다. 서로 마음을 열고 편해진 줄 알았는데 착각이었다.

"그런 천재 에피소드, 또 없나요?"

"음, 저는 다른 사람들이 피아노와 어떻게 친해지는지 몰라서 차이점을 잘 몰라요."

"예컨대 말입니다, 연주 중에 악마의 모습을 한 존재가 나타나 춤을 춘다거나 하지는 않나요?"

데라시타가 예로 든 이야기는 바이올리니스트 니콜로 파가니니의 일화였다. 빈에서 열린 연주회에서는 무대에 악마가 나타났다고 주장한 사람이 속출했다고 한다. 심지어 무대에서 연주하는 파가니니를 또 다른 파가니니가 관객 사이에서 지켜보고 있었다는 소문도 떠돌았고 또 다른 파가니니가 반인반수의 모습으로 허공에 떠서 자신의 연주를 지켜봤다는 이야기도 전해진다. 하나같이 에피소드라기보다 판타지 같은 이야기였다.

널리 알려진 일화도 아니었다. 데라시타가 예전부터 알았거나 이번 인터뷰에 대비해 사전 조사를 했거나 둘 중 하나일 것이다. 제법 성실한 인터뷰어라며 감탄했지만 어떠한 인물인지 평가하기는 일렀다.

"아쉽네요. 설령 무대에 악마가 나타난다고 해도 저는 볼 수 없으니까요."

말하고 나서야 아차 싶었다. 듣는 사람에 따라 블랙 유머로 받아들일 수도 있기 때문이다.

"'민둥산의 하룻밤'이나 '마탄의 사수'를 들을 때면 상상 속에 악마가 등장할 때도 있긴 하지만요."

"실제로 악마와 만난 적은 없습니까?"

이야기가 묘하게 흘렀다. 그래도 톰이 저지하지 않아서 계속 대답했다.

"현실에서 악마와 만난 사람이 있나요?"

"많죠. 언론인 중에도. 저도 그런 사람을 많이 만났어요."

"흥미로운 이야기지만 음악 업계는 관계없을 것 같아요."

"아, 그건 아닙니다."

데라시타가 재미있다는 듯 말을 이었다.

"음악 업계에도 악마를 만난 사람이 있어요. 아, 이런 식으로 말하니까 '무'*의 취재 같네요. 정확히 표현하면 악마에게 영혼을 판 사람이라는 뜻입니다."

불길한 예감이 들었다. 하지만 톰이 아직 제지하지 않았다.

"무슨 말씀을 하시는지 이해가 잘 가지 않네요."

"이 년 전에 현대의 베토벤이자 시대의 총아로 사랑받은 작곡가가 있죠. 스스로 감음 신경성 청력 손실로 양쪽 귀가

* 일본의 오컬트 잡지.

모두 안 들린다고 떠벌렸지만 사실은 새빨간 거짓말이었어요. 악기 소리도 들을 수 있고 일상 대화도 나눌 수 있었습니다. 게다가 청각장애인 작곡가로 이름을 알린 무렵부터 만든 곡은 대필 작곡가의 곡이었죠. 그 사람은 베토벤이 아니라 그냥 사기꾼이었습니다."

그 이야기는 류헤이도 안다. 해당 인물은 클래식계에서도 유명한 인물이었기 때문에 거짓 행각과 대필 작곡가 의혹이 주간지에 보도되자 변호사를 통해 본인의 자필 사과문을 발표했고 이후 벌집을 쑤시어 놓은 것처럼 한바탕 난리가 났다.

청각장애는 음악가에게 치명적인 결점이다. 소리의 세계에서 살아가는 사람이 청각을 잃으면 사형선고를 받은 것이나 마찬가지였다. 베토벤을 '악성'이라며 신격화하는 이유는 그가 훌륭한 작품을 남기기도 했지만 난청으로 고통받으면서도 음악 활동을 이어갔기 때문이기도 하다.

"그 사람과 그 사람의 대필 작곡가 노릇을 한 사람 모두 악마와 만난 사람들이죠."

장애인인 척 속이고 대필 작곡가를 고용한 일이 악마에게 영혼을 판 행위인지 아닌지 류헤이는 판단할 수 없다. 하지만 역시 장애인 입장에서 장애를 사칭하는 행위를 좋게 생각할 수 없었다. 자신은 장애를 개성이라고 생각하지만 거짓 장애인 행세를 하는 인간은 장애를 돈벌이 수단으로 취급하기 때문이다.

등에 손이 살며시 닿았다. 톰이 보내는 주의 신호였다.

"그건 안타까운 사건이었습니다."

이런 표현이라면 누가 봐도 모나지 않은 대답이리라.

"음악계를 사랑하거나 동경하는 분들께 같은 업계 사람으로서 죄송할 따름이에요."

자기혐오가 일 것 같은 미사여구를 주렁주렁 달았지만 그 소동이 안타까웠던 마음만은 사실이었다. 대필 작곡가 노릇을 한 사람도 업계에서 이름이 알려진 인물이었기 때문에 더욱 그랬다.

"사건 당사자가 아니라 구구절절 말씀드릴 수는 없지만 제가 할 수 있는 일은 음악과 진지하게 마주하고 좋은 연주를 여러분께 전해드리는 것입니다."

"안타까운 사건이었다고 하셨는데 그것 말고 다른 감정은 안 드셨습니까? 예컨대 갑자기 두려워졌다거나 초조해졌다거나."

"조금 무섭다는 생각은 했지만 초조하지는 않았어요."

"언젠가 나도 같은 전철을 밟지 않을까 두렵지 않았냐는 말씀입니다. 그 사람처럼 거짓 장애를 들킬까 봐."

"잠시만요."

톰의 목소리가 데라시타의 말을 잘랐다.

"가만히 들어 넘길 수 없는 발언이군요. 류헤이 군이 지금 장애인인 척 사람들을 속이고 있다는 말입니까?"

"류헤이 씨가 그렇다는 말은 아닙니다."

톰의 항의에도 데라시타는 태연하게 대답했다.

"음악 업계는 경력 사칭이나 대필 작곡이 드물지 않다고 전부터 관계자에게 들었습니다. 사업이다 보니 곡뿐 아니라 아티스트도 이런저런 특징들을 이용해 다소 각색하거나 꼬리표를 만들 필요가 있다고요."

"무례하군요."

"너무 그렇게 무섭게 굴지 마세요, 매니저님. 나이를 속이거나 성형하는 아이돌도 수없이 많지 않습니까."

"잠깐 반짝하는 그런 흔한 연예인과 류헤이 군을 똑같은 취급하지 마시죠."

"외모를 내세우는 연예인과 연주 기술을 내세우는 피아니스트를 왜 비교하면 안 되죠? 확실히 피아니스트는 신체 특징을 속이든 말든 세일즈 포인트인 연주 기술이 가치를 잃지는 않습니다. 하지만 팬들이 류헤이 씨의 그 특징 때문에 CD나 연주회 티켓을 산다면 큰 배신이죠."

"녹음 그만하세요."

"잠깐만요."

탁자 위에서 녹음기가 사라지고 두 사람이 밀치락달치락하는 분위기가 전해졌다.

"왜 남의 물건에 함부로 손을 댑니까."

"지금 함부로 구는 사람이 누군데요."

"녹음되면 곤란할 만한 내용인가요?"

"근거 없는 모욕입니다."

"저는 단지 음악계에 만연한 거짓 행위에 대해 류헤이 씨는 어떻게 생각하는지 듣고 싶을 뿐인데요."

"그런 걸 바로 생트집이라는 겁니다."

"오해하시면 곤란합니다. 저는 류헤이 씨의 가짜 장애인 행세를 규탄하려는 의도가 아니에요. 업계에 사칭이 당연한 풍토로 자리 잡았다면 심각한 일 아닙니까. 그렇다면 저나 다른 기자에게 들통나 까발려지기 전에 이번 기회에 이실직고하는 편이 이미지 타격이 덜할 겁니다. 미우니 고우니 해도 궁지에 몰린 새가 품에 뛰어들면 사냥꾼도 죽이지 못한다지 않습니까."

"퍽이나 생각해 주는 척 지껄여대는군."

톰의 말투가 점점 거칠어졌다. 내부에서야 어떻든 외부 사람에게는 늘 예의를 지키는 사람인데 평소와 다른 모습이었다.

"처음부터 류헤이 군을 뒤흔들어서 가짜뉴스를 만들 속셈이었어."

"남부끄러운 이야기네요. 현재 클래식계를 대표하는 신예 피아니스트에게 거짓 장애 시비가 붙다니."

"당장 나가요."

"취재를 거부하는 겁니까? 질문에 대답하지 않으면 의심하지 않는 사람도 이상한 생각이 들 텐데요."

데라시타는 도발하듯 말했다. 아니, 의기양양하다고 표현하는 편이 맞았다.

"잡지를 읽는 사람 모두가 깊은 교양과 올바른 판단력을 지녔다면 좋겠지만 말입니다. 공교롭게도 이 세상에는 뻔한 가짜뉴스나 음모론에 쉽게 걸려드는 바보가 수없이 많거든요. 그런 사람들은 한번 거짓에 세뇌되면 어지간해서는 고집을 꺾으려고 하지 않아요. 원래 단세포이고 복잡한 생각은 못 하는 데다 자존심만 남달리 강하기 때문이죠. 만약 류헤이 씨의 시각장애가 거짓이라는 소문이 퍼지기라도 하면 팬이 급속도로 줄지 않을까요? 모처럼 어렵게 구한 티켓을 환불받으려는 관객도 나오지 않을까 싶은데요."

"나가라고 했을 텐데?"

톰은 폭발 직전이었다.

"경찰을 부르겠어."

"후후훗. 그렇게까지 대담하고 싶지 않습니까?"

"류헤이. 이제 아무 말도 하지 마. 이 남자의 귀는 지독하게 비뚤어졌어. 상대방의 말을 곡해해서 듣는 귀야."

"그건 기자로서 당연한 자질이라고 생각하는데요. 자, 이렇게 더 버텨봤자 진전이 없을 것 같네요. 오늘은 이만 하죠."

"다시는 오지 마."

"그건 당신들에게 달렸죠. 그럼 실례하겠습니다."

문을 열고 멀어지는 발소리. 아무래도 데라시타가 자리를 떠난 듯했다.

"미안해, 류헤이 군."

톰은 그 어느 때보다 미안해했다.

"진작에 내쫓았어야 했는데. 파가니니와 악마 운운할 때는 이야기가 이런 식으로 전개될 줄 몰랐어."

"저도 깜짝 놀랐어요."

"헛소문에 걸려드는 쪽이 나쁘다는 말까지 지껄이다니. 언론사 놈들이 비열한 건 지겹도록 겪어 봐서 잘 안다고 생각했는데 그 데라시타라는 놈은 상놈 중에서도 천하의 상놈이야. 인터넷 가짜뉴스를 마치 고요 속의 외침 게임처럼 여기며 즐긴다고."

후, 하고 한숨을 내쉰 톰이 진지하게 말했다.

"이 자리에 시오타 선생님이 없어서 다행이야. 만약 같이 있었으면 높은 확률로 그놈에게 주먹을 날렸을 테니까."

동감했다.

4

"왜 나를 그 자리에 부르지 않았어."

시오타는 데라시타 이야기를 듣자마자 격분했다. 격앙된 목소리만 들어도 톰과 류헤이의 예상이 맞았다는 사실이 증명됐다.

"류헤이가 시각장애를 연기한다고? 개소리도 정도껏 해야지. 가짜 청각장애인과 대필 작곡 사건은 악질이라서 변호의 여지가 전혀 없지만 그것 때문에 다른 장애인 연주가를 의심한다니 도대체 어떤 인간이야. 너 잘도 참았구나."

"화가 나기 전에 일단 놀라서."

자신을 나무라는 것도 아닌데 류헤이는 그만 움츠러들고 말았다.

"지금까지 제가 시각장애인이라는 사실을 의심한 사람은 한 명도 없었으니까요."

별안간 침묵이 내려앉았다.

시오타가 애써 할 말을 찾았다. 감정이 격해진 시오타가 침묵할 때면 늘 류헤이를 배려하기 위해서였다.

"톰 씨와 유카 씨는 뭐라고 했지?"

"톰 씨는 잡지 출판사에 항의한다고 했어요. 엄마는 도저히 믿을 수 없다며 계속 화를 내다가 결국 눈물을 보이셨고요."

"울었다고? 하긴 그럴 만도 하지. 류헤이의 눈 때문에 류헤이 다음으로 고생한 사람이 유카 씨니까."

아니.

류헤이는 마음속으로 부정했다. 어머니는 자신과 똑같이 고생했다. 아마 류헤이보다 더 슬펐을 것이다. 류헤이가 철이 들 무렵부터 유카는 줄곧 사과했다.

미안, 엄마가 미안해.

엄마를 용서해줘.

어머니가 딱히 건강을 돌보지 않았거나 부주의해서 류헤이가 맹인으로 태어난 것은 아니다. 출산한 병원이나 의사의 탓도 아니었다.

원인은 선천 녹내장이라고 했다.

안구는 방수라고 불리는 안내액이 배출되며 내압을 가하기 때문에 안정적으로 둥근 모양을 형성한다. 방수는 안구 속에서 순환하며 전방우각(각막과 홍채의 경계선 부분)을 지나 슈렘관으로 배출되는데 이러한 과정을 거치며 안압이 일정하게 유지된다. 그런데 우각 발달에 이상이 생기면 배출이 원활해지지 않고 안압이 높아져 시신경을 압박한다. 압박당한 시신경은 손상되고 최악의 경우 실명된다. 바로 류헤이처럼.

현재 선천 녹내장의 유전성은 명확하지 않았으며 우각 형성에 이상이 생기는 원인도 밝혀지지 않았다. 이른 시기에 발견하면 안압 저하를 촉진하는 수술도 검토할 수 있지만 류헤이는 병세의 진행이 너무 빨라서 병명을 알았을 때는 이미 늦었다.

그러므로 누구의 잘못도 아니다. 굳이 따지자면 신의 장난이다.

"상상력을 아주 조금만 발휘해도 시각장애인이 얼마나 고생하는지 짐작할 수 있어. 그런데 사기니 연기니, 도대체 데라시타라는 인간은 얼마나 막돼먹은 놈이야. 개인적인 호기심이라면 그나마 취미가 고약하다며 넘길 수 있지만 보나 마나 스캔들로 판매 부수를 늘리려는 더러운 속셈이겠지. 생각만 해도 속이 뒤집히는군. 너도 그렇지만 함께 있던 톰 씨도 참 잘도 참았어."

"톰 씨는 폭발 직전이었어요."

인터뷰 중단을 통보한 톰과 데라시타가 주고받은 대화 내용을 전하자 시오타가 "오호" 하고 놀랐다.

"바깥에서는 사무적인 인간 그 자체인 톰 씨가 상대 기자의 녹음기를 빼앗다니. 상당히 화가 난 모양이군."

그 자리에 시오타가 없어서 다행이라고 두 사람이 가슴을 쓸어내렸다는 이야기는 하지 말아야겠다고 생각했다.

시오타의 분노는 계속됐다.

"데라시타의 언행도 부아가 나지만 그와 별개로 화가 나는 점이 있어."

"또 있으세요?"

"바로 데라시타가 한 말 중 일부가 정곡을 찌른다는 사실이야. 가짜뉴스에 쉽게 걸려드는 바보가 너무 많거든. 그런 무리는 한번 세뇌당하면 생각을 바꾸려고 하지 않아. 애초에 단세포에 복잡한 생각은 못 하는 데다 자존심만 남들보다 강하지. 만약 데라시타가 류헤이의 장애가 거짓이라는 기사를 쓴다면 그 기사를 믿는 바보가 몇몇 나올 거야. '주간슌초'의 발행 부수를 생각하면 그런 바보들도 상당히 많아지겠지."

"하지만 여차하면 저는 장애인 수첩을 공개할 수 있어요."

"문제를 일으켰던 가짜 청각장애인도 요코하마시에서 발급한 장애인 수첩 제1종 2급을 갖고 있었어. 네가 수첩을 공개해도 어차피 의심할 놈은 더 의심할 거야. 그런 사고회로에 빠지면 빠져나오기 몹시 어렵거든."

곤혹스러웠다. 류헤이는 올해로 스물네 살이다. 연주가로서는 나이답지 않게 많은 경험을 했다고 생각하지만 스물네 살 일반인 남성으로서는 미숙한 것 같다는 생각을 떨칠 수 없었다.

시각장애 때문에 당연히 생활하기 불편한 점이 있지만 더러운 것이나 불쾌한 것을 기억하지 않아도 된다는 몇 안 되는 장점도 있다. 유카가 "○○ 따위 이제 보기 싫어"라는 말을 자주 하는데 달리 생각하면 눈이 보이지 않는 만큼 세상의 추악한 존재와 격리되어 있기도 한 셈이다.

자신은 음악의 우아함과 화려함은 잘 알지만 인간의 추악함과 악랄함은 추상적으로만 안다. 그래서 시오타가 인간의 얄팍한 습성에 대해 말해도 전혀 와닿지 않았다.

"톰 씨가 출판사에 항의한 것은 정공법이지만 정공법이 통하지 않는 상대도 있는 법이야."

"마치 야쿠자같네요."

"겉으로는 멀쩡해 보이지만 야쿠자 같은 놈들이 세상에 많아. 평범한 아저씨, 아주머니 행세를 하지만 터무니없는 억지를 부리거나 거짓 선동으로 피해를 주는 놈들이지. 지켜야 할 인의도 없으니 어떻게 보면 야쿠자보다 더 질이 나쁜 셈이야."

실감 나는 이야기지만 아무리 그래도 가짜뉴스를 진지하게 받아들이는 사람이 그렇게 많을 것 같진 않았다. 자신이 세상 물정을 모르기 때문일까.

"톰 씨가 그놈에게 명함을 받았지?"

"확인하지는 않았지만 명함을 주고받는 분위기였어요."

"프리랜서 기자라면 명함에 개인 연락처가 적혀 있겠지."

"선생님."

불길한 예감이 들었다.

"설마 그 기자의 집에 쳐들어갈 생각은 아니시죠? 그런 위험한 행동은 하지 마세요."

"이 녀석이, 오랫동안 함께한 은사가 히트맨인 줄 알아? 걱정 말거라, 만약 또다시 찾아온다면 으름장만 놓을 거야. 밤길 조심하라고."

"……선생님이 훨씬 더 야쿠자 같은데요."

"아까 말했잖아. 겉으로는 멀쩡해 보이는 야쿠자 같은 놈들도 많다고. 피아노 야쿠자라고나 할까."

조금도 웃지 못할 농담이었다.

"상대가 어디 사는지 알아 두면 손해 볼 건 없어. 사람은 얼굴, 이름, 주소가 알려지면 대부분 행실이 좋아지는 법이거든."

"데라시타 씨가 펜을 든 야쿠자라면 어떡해요?"

"그러니까 말했잖니."

드디어 웃음기 어린 말투로 말했다.

"질 나쁜 놈을 상대할 때는 정공법도 한계가 있어. 상대는 우리가 사카키바 류헤이라는 브랜드를 짊어지고 있으니 거칠게 행동할 수 없을 거라며 우습게 보는 거야. 그 점을 노릴 만하다고 생각하지 않아?"

"그만하시라고요."

"이래 봬도 음대 시절에 무력투쟁파였는데."

"계속하시면 화낼 거예요."

"그래, 그래. 미안. 그럼 연습으로 돌아갈까. 하지만 말이야, 류헤이. 나와 톰 씨가 서로 성격은 다르지만 우리 모두 그놈을 경계하고 있다는 뜻이라는 건 알아 두려무나. 직접 만난 적은 없지만 데라시타는 언터처블이라는 느낌이 들어."

"언터처블이라는 영화가 있죠. 연방수사관*이었나요?"

"본래 의미는 카스트 제도의 최하급, 불가촉천민이라는 뜻이야."

"일단 직함은 프리랜서 기자인데요."

"직함과 인간성이 일치하지 않는 사람이 많아. 눈에 보이는 정보는 현혹되기 쉽지."

그래서 눈이 보이지 않는 자신은 현혹되지 않는다는 말인가.

대단한 과대평가라고 생각했다. 비록 왜곡된 내용이 섞여 있어도 정보가 아예 없는 것보다는 있는 편이 당연히 낫다.

"너는 네 가치를 조금은 자각해야 해."

"가치요?"

느닷없는 화제 전환에 말문이 막혔다.

지금까지 자신의 가치를 한 번도 생각하지 않았다고 하면 거짓이다. 세상에는 빛과 색이 존재한다는 사실을 알았을 때, 그와 동시에 자신만 그것을 감지할 수 없다는 사실도 알았다. 동갑내기 친구는 혼자 밥을 먹고 혼자 외출할 수 있다는 말도 들었다.

장애의 의미가 '불리한 조건'이라는 것을 배운 뒤로 나는 이 세상에 태어난 순간부터 '불리'한 존재인가 하고 운명을

---

* 1987년에 개봉한 영화 '언터처블'에서 알 카포네를 체포하기 위해 활약하는 미연방수사관들을 어떤 것으로도 매수할 수 없는 의미에서 언터처블이라고 부른다.

원망했다. 하지만 유카의 헌신이 절망에서 허우적대던 류헤이를 건져줬다. 삶의 의미를 찾을 수 없던 시절에도 하다못해 어머니를 위해 살아야겠다는 생각은 들었다.

툭하면 열등감과 자기혐오에 시들어가는 자신을 격려해준 존재는 피아노였다. 여든여덟 개 건반과 마주할 때면 류헤이의 손과 피아노가 한몸이 되어 속박에서 벗어나 자유롭게 노래했다. 악보를 읽을 필요 없이 한 번이라도 음악을 들으면 귀와 머리에 새겨졌다. 이는 사람들이 자신은 결코 흉내 낼 수 없다며 놀라는 류헤이만의 특기였다.

단 하나의 특기가 있었기에 지금껏 살 수 있었다고 해도 과언이 아니다. 그런데 그 특기가 과연 잃어버린 시각을 보상하고도 남는다고 할 수 있을까?

쇼팽 콩쿠르 입상은 분명 자랑스러운 성과다. 각국의 결선 진출자들과 소통하면서 자신이 음악 세계의 축복을 받았다고까지 느꼈다.

하지만 따지고 보면 그것이 전부다. 쇼팽을 치고 베토벤을 연주하며 모차르트를 들려줘도 무대에서 내려간 류헤이는 홀로 자유롭게 돌아다닐 수도 없는 '불리한' 인간에 불과하다.

"솔직히 모르겠어요."

유카에게는 말할 수 없는 이야기도 시오타에게는 할 수 있다.

"저는 남들보다 피아노를 조금 더 잘 칠뿐인데 그 사실이 장애를 얼마나 상쇄하는지, 얼마나 비장애인에 가까워질 수 있는지 짐작조차 가지 않아요."

"진심으로 그런 생각을 하는 거야?"

"장애가 있는 사람이라면 다들 그럴 거예요."

"장애인은 비장애인보다 못하다는 말인가?"

"감정론이 아니라 현실이에요."

"이런 멍청이."

시오타는 류헤이의 머리를 손으로 마구 흐트러뜨렸다.

"너는 비장애인을 너무 이상적으로 생각해. 눈이 멀쩡해도 아무것도 보지 못하는 어리석은 사람도 많아. 멀쩡한 귀를 갖고도 시답지 않은 이야기만 듣는 놈들도 있고."

그건 선생님이 비장애인이니까.

하려던 말을 목구멍으로 삼켰다. 위축된 자신을 인정하는 말이라는 생각이 들었기 때문이다.

"시각장애 음악가는 수없이 많아. 새삼 그들의 음악성을 일일이 평가할 마음은 없지만 사카키바 류헤이의 피아노가 얼마나 훌륭한지에 관해서는 내가 최고의 평론가지. '피아노를 잘 치는 것만으로 장애를 얼마나 보완할 수 있느냐'고? 흥, 보완이 뭐야, 훨씬 뛰어넘었지. 도대체 비장애인 중 몇 명이나 쇼팽 콩쿠르에 출전할 수 있다고 생각하느냐. 도대체 몇 명이나 입상할 수 있다고 생각하느냐고."

"하지만 그건 피아노에 한정된 이야기고."

"그래, 피아노만의 이야기지. 하지만 피아노 연주만으로 타인을 위로하거나 격려할 수 있는 사람은 선택받은 자뿐이야. 눈이 보이든 안 보이든 상관없어. 음악의 신에게 재능을 받은 사람이 승리자다. 류헤이, 알아들어? 데라시타라는 야비한 기자 놈이 왜 네게 인터뷰 요청을 했다고 생각하지?"

"쇼팽 콩쿠르 입상자가 연주회 투어를 하기 때문이죠."

"맞는 말이지만 정확하지는 않아. 사카키바 류헤이라는 피아니스트에게 취재 가치가 있기 때문이야. 네 일거수일투족을 지켜보는 팬이 많기 때문이다. 네 가십이나 스캔들이 터지기를 이제나저제나 기다리는 안티들 때문이지. 평범한 놈, 평범해 지지도 못하는 놈은 아무도 주목하지 않아. 그래서 그런 놈들일수록 자신을 과대 포장하거나 자극적인 말, 과장된 표현으로 눈에 띄려 하기도 하지."

"기뻐해도 되는 일일까요?"

"적어도 비하할 일은 아니야. 유명세라는 잡스러운 말도 있지만 무시당하는 것보다는 훨씬 나아."

시오타의 사고방식을 이해할 것도 같았다. 클래식 음악도 일종의 인기 장사라는 점을 감안하면 어떤 일로든 주목받을 필요도 있을 것이다.

그럼에도 류헤이는 자신이 언론의 구미를 당길 먹잇감이 될 만한 존재가 아니라는 생각이 들었다.

"그 얼굴을 보니 아직도 이해하지 못한 모양이군."

"죄송합니다."

"사과하지 마. 으음, 류헤이는 타인의 평가로 일희일비하는 부류가 아니니까. 아, 그래. 무대에서 전곡을 다 연주하고 박수받는 순간이 있지? 그때 기분이 어때?"

"그냥 좋아요. 제 연주를 듣고 즐거웠구나 싶어서."

"이번 투어에서는 그런 기분을 매일같이 맛보게 될 거야. 심혈을 기울인 연주를 들려준다면 더욱더 고양되겠지."

시오타는 얼굴을 가까이 대고 유혹하듯 말했다.

"투어 일정을 모두 마쳤을 때 너는 총 몇만 명의 박수갈채를 받게 되는 셈이야. 그렇게 많은 사람의 축복을 받았다고 생각하면 스스로에 대한 평가도 달라지겠지. 프로그램을 모차르트 곡으로만 채운 건 아쉽지만 투어 자체는 너를 한 단계 더 높은 무대로 올려놓을 거야. 나는 그 점을 기대하고 있단다."

II

Ancora amarevole
더욱 비통하게

I

그저 손가락으로 누르기만 하는 것이 아니라 건반에 자신의 마음을 싣는다. 피아노를 지배하지 않고 한몸이 된다. 바로 류헤이의 연주 스타일이었다.

지금 치는 피아노는 화가 치밀 정도로 고집이 셌다. 류헤이가 아무리 애를 써도 말을 듣지 않았다. 힘을 실어 건반을 친 소리는 맥없이 시들었고 반대로 부드럽게 어루만진 검은 건반은 새된 소리를 냈다.

왜 이러지?

내 목소리를 사람들에게 대신 전해주는 것 아니었어?

답답한 마음은 커져만 가고 연주는 갈피를 잡지 못했다. 소리는 이리저리 튀고 리듬은 점점 무너졌다.

제발 지시에 따라줘.

하지만 류헤이의 부탁이 헛되게, 흘러나온 선율은 공중에 힘없이 부서지고 박자와 음계도 장대하게 흩어졌다.

귀에 불협화음이 울려 퍼졌다. 류헤이는 구사야 같은 건어물이나 낫토 등 싫어하는 것이 몇 개 있지만 그중에서도 불협화음은 천적이라고 해도 좋을 정도로 혐오했다.

그만, 그만해.

이건 내 소리가 아니야.

수습하려고 필사적으로 허둥댔지만 조바심이 날수록 음표는 손가락 사이로 주르르 흘러내렸다.

결국 손가락이 허공에서 갈팡질팡했다.

도와줘.

소리를 지르려는 순간 류헤이의 의식이 현실로 돌아왔다.

꿈이었구나.

침대에서 상체를 일으킨 뒤 기진맥진한 듯 힘없이 고개를 떨궜다.

류헤이가 꾸는 꿈은 시각, 미각, 후각, 촉각으로 이루어졌다. 무대에 서 있는 꿈을 꿔도 느끼는 것은 피아노가 울려 퍼지는 소리와 함성, 건반의 감촉 정도다. 꿈속은 현실 세계처럼 빛도 색도 없다. 꿈에서도 실제로 체감할 수 있는 감각만 느낄 수 있다.

꿈과 현실이 다르지 않기 때문에 깨어난 뒤에도 현실이라고 인지하는 데 시간이 걸린다. 유카의 말로는 비장애인은 훨씬 쉽게 분간한다고 한다. 아마도 시각과 연관 있는 듯했다.

연주에 실패하는 꿈은 육 년 만에 꾸는데 공교롭게도 쇼팽 콩쿠르 결선 전날 밤 이후 처음이었다. 결선 진출이 확정됐을 때 현지 신문과 대회 관계자들은 류헤이를 천재라고 격찬했지만 정작 본인은 자신감을 잃어 불안해진 탓에 그런 꿈을 꿨다.

불안의 원인은 말할 것도 없이 또 다른 일본인 참가자였다. 당시 스물일곱 살, 그전까지 국제 콩쿠르에 한 번도 출전한 적 없는, 순식간에 다크호스로 주목받은 그 남자. 그렇다. 그의 연주를 듣고 불안에 사로잡혔다.

그러나 실전에서는 그러한 번뇌를 말끔하게 털어내고 멋지게 상을 거머쥐었다. 그 성취감 덕분인지 이후로는 연주 중에 길을 잃고 헤매는 꿈은 전혀 꾸지 않았다.

그런데 그 악몽이 되살아났다.

어떠한 징조일까? 불길하다며 머릿속에서 지워 버리려고 했지만 가슴속 깊은 곳에 스며든 불안은 좀처럼 사라지지 않았다.

"예상한 대로 어처구니없는 놈이었어요."

류헤이와 유카가 점심 식사를 마쳤을 때 톰이 거실로 들어왔다.

"행동 한번 빠르네요."

"그자와 아는 사이라는 지인에게 건너 들었습니다. 류헤이 군을 담당하면서 클래식계에서만 활동하는지라 정보를 듣지 못했어요. 클래식계는 가십지와 별로 관계가 없어서 정보가 늦거든요."

"그러고 보니 여성주간지에서 지휘자나 연주가의 기사를 싣는 일은 드물죠."

"클래식계 사람들이 신기할 정도로 매너 있는 편인지, 아니면 기삿거리가 될 만한 유명인이 없는 건지, 와이드 쇼에서 신이 나서 떠들 만한 스캔들이 전혀 없는 수준이잖아요. 하지만 아이돌이나 인기 배우는 소속사를 아찔하게 하는 떡밥이 여기저기 굴러다니니. '주간슌초'의 기자 같은 놈들이 그야말로 스물네 시간 삼백육십오일 내내 붙어 다닐 정도예요."

톰의 이야기가 다소 과장된 감은 있어도 스물네 시간 삼백육십오일 연예인의 스캔들을 쫓는 일은 분명 힘들 것이라는 생각이 들었다.

"데라시타라는 프리랜서 기자도 그중 한 명이라는 뜻이죠?"

"아니, 그 사람은 달라요. 보통 연예기자는 내부 정보나 소문을 듣고 그에 해당하는 유명인에게 달라붙어요. 스캔들이 진짜면 일단 기사로 쓴 뒤 그 기사를 실을지 말지 편집장이 판단하죠. 그 유명인의 소속사에 언질을 줘서 최소한의 도리를 지킨 뒤 잡지를 발매해요."

"어머나. 그렇게 도리를 지키는구나."

"앞으로도 계속 마주칠 사이니까 취재하는 사람도 소속사와 전면전을 할 마음은 없죠."

"도리라기보다 담합이네요."

"그런 말씀 마세요. 아무튼 데라시타 히로유키는 그럭저럭 실력은 있다던데 지금까지 계속 프리랜서로만 활동하고, 어느 언론사도 그를 정직원으로 채용하지 않았어요. 어떤 편집장이든 데라시타를 통제할 자신이 없기 때문이죠."

"잘도 에둘러 말하네요. 그 사람은 도대체 뭐가 문제예요? 인간성이 비열한 건 알겠는데."

"데라시타는 기삿거리를 수집하기만 하지 않아요. 건질 만한 소재가 없으면 본인이 직접 조작하죠."

"무슨 그런 인간이 다 있어요?"

"말하자면 가짜뉴스예요. 예를 들면 소문 수준에 불과한 불륜 정보가 있다고 치죠. 데라시타는 정교한 합성사진을 만들어서 발칙하게도 취재 대상을 협박해요."

'그럴 수가.'

류헤이는 생각했다.

"두 사람은 지금 당장 믿기 어려운 이야기겠지만 실제로 있었던 이야기예요. 한창 인기가 오르던 아이돌 그룹 멤버가 데뷔 직전에 원조교제를 했다는 소문이 떠돌았어요. 실제로는 근거 없는 헛소문이었는데 다른 그룹의 멤버가 과거 남성

편력이 폭로되며 결국 AV 여배우로 전향한 사건이 있었어요."

"아. 그 사건 기억나요."

"데라시타는 그 기회를 틈타 소문의 주인공이 남자와 호텔에서 나오는 사진을 날조해 소속사에 거래를 제안했어요. 사진을 비싸게 사라는, 뻔한 뻥뜯기 수법이죠. 평소라면 거절했겠지만 시기가 몹시 나빴어요. 소속사는 울며 겨자 먹기로 조작된 사진을 데라시타가 부르는 가격에 사들였어요. 데라시타는 그 짓을 여러 번 반복했나 보더군요. 그냥 깡패예요. 그런 깡패 같은 놈이 서식하는 곳이 연예 매체고요. 말이 나온 김에 덧붙이면 데라시타가 사진을 조작해서 죽음을 부른 사건도 있어요. 데뷔한 지 얼마 안 된 여성 연예인이 성매매업소에 근무했다는 가짜뉴스를 만들어 소속사에 팔려고 했죠. 그런데 소속사가 받아들이지 않자 성매매업소의 접대 여성 소개 사진과 합성해 출처가 불명한 사진을 증거랍시고 인터넷에 뿌렸어요. 소속사는 서둘러 불을 끄려고 애썼지만 결국 언론 노출이 줄어들면서 그 연예인은 뜨지 못하고 며칠 뒤 자살했어요."

"그런 말도 안 되는 일이 있을 수 있어요?"

유카는 반신반의하는 어투로 말했다.

"가짜뉴스로 본인과 소속사를 협박하다니. 무엇보다 그게 합성사진인지 아닌지 당사자는 단번에 꿰뚫어 볼 수 있잖아요."

"비록 가짜뉴스라도 상대에게 켕기는 구석이 있다면 어떨

것 같아요?"

"아."

"무엇보다 제대로 된 종이 매체에 실을 필요도 없어요. 인터넷에 퍼뜨리면 그날 바로 인기 검색 순위 1위에 오르거든요. 먼저 움직이는 자가 이기는 싸움이에요."

"명예훼손이나 모욕죄로 고소하면 되잖아요."

"소송으로 끌고 가면 이길 수도 있겠죠. 하지만 데라시타가 배상금을 낼 능력이 없다면 어떤 판결이 나오든 무용지물이에요. 하지만 가짜뉴스의 당사자가 입는 피해는 상당하죠. 재판까지 가서 가짜뉴스였다는 사실이 판명돼도 한 번 꼬리표가 붙으면 떼어낼 수 없어요. 유명인과 일반인이 같은 판에서 싸우면 결국 가진 게 많은 사람이 잃는 것도 더 많은 셈이죠. 재판으로 가는 순간에 이미 진 싸움이라고 보면 돼요. 소송에 드는 수고와 피해 규모를 생각하면 가짜뉴스를 사들이는 게 어느 정도는 낫다는 계산이죠."

유카는 말이 없었다. 아들인 류헤이는 어머니가 불안한 마음에 목소리마저 빼앗겼다는 사실을 금세 알아차렸다.

"클래식계 사람들은 아이돌만큼 인지도가 높지 않습니다. 뉴스 가치도 없어요. 그래서 지금까지 간과해 온 면이 있어요. 하지만 류헤이 군은 달라요. 인터넷에 가짜뉴스가 퍼지면 우리는 방어에 전념하는 한편 소모전을 펼칠 수밖에 없어요."

"하지만 류헤이가 가짜 장애인 행세를 한다니, 그런 말을 믿는 팬은 없을 거예요."

"평소라면 그렇겠죠. 하지만 그 사건 기억 안 나요? 청각장애 사칭 사건이 불과 이 년 전 일이에요. 그 사건으로 클래식계를 의심하는 사람이 늘어난 것이 사실이고 장애인 연주가를 예전만큼 신성시하지 않는 분위기인 것도 분명해요."

"어떻게 류헤이를 의심할 수 있죠."

"요즘 세상에도 천동설을 믿는 사람이 일부 있다고 하니까요. 세상에는 뻔한 루머에도 쉽게 속아 넘어가는 사람들이 정말 어이가 없을 정도로 많아요. 사람들이 다 자신과 같은 수준이라고 생각하지 않는 편이 좋아요."

어딘가 독선적인 톰의 말투가 마음에 걸렸다.

저도 모르게 얼굴을 찌푸렸는지 곧바로 톰의 목소리가 날아왔다.

"류헤이 군은 아무래도 내 말이 마음에 안 드는 것 같군."

"아니에요."

"류헤이 군은 말보다 표정으로 먼저 드러나. 그 점이 바로 장점이지만 우리 앞에서만 드러내도록 해. 솔직한 성격이 화근이 될 때도 있거든."

"사람이란 그렇게 쉽게 속는 존재일까요? 저는 하나도 와닿지 않아서요."

"속는다기보다 속고 싶은 심리야."

톰은 타이르듯 설명했다.

"사고 정지라고 하지. 세상에는 논리적으로 깊이 생각하기 싫어하는 사람들이 적지 않거든. 그런 사람들은 누군가가 말한, 자못 있을 법한 근거 없는 헛소문에 달려들지. 논리적으로 깊게 생각하기보다 헛소문에 편승해 떠들어대는 것이 편하고 마치 옳은 일을 하는 것 같아 기분이 좋기 때문이야. 그들은 류헤이 군보다도 앞을 보지 못하는 사람들이야."

류헤이는 생각에 잠겼다.

톰은 류헤이에게 뉴스 가치가 있다고 말했지만 데라시타 같은 사람이 기회를 노린다면 오히려 마이너스 아닐까.

"아무튼 이제 데라시타가 절대로 접근하지 못하게 할게. 류헤이 군은 시오타 선생님과 연습에 전념하도록 해."

"네, 그럴게요."

애초에 인터뷰 자체가 부담스러웠다. 역시 나는 사람보다 피아노와 대화하는 것이 좋다.

"류헤이는 그런 추잡한 기자는 만날 필요 없어."

유카가 다그치듯 끼어들었다. 스물네 살 된 아들을 아직 어린아이 취급하는 점은 솔직히 싫었다.

"그럼 연습하고 올게요."

두 사람에게 말한 뒤 류헤이는 거실에서 별채 연습실로 향했다. 별채로 가는 길은 직선 복도로 이어져 있다. 위치와 거리를 몸이 기억하므로 류헤이 혼자서도 어렵지 않게 이동할 수 있었다.

원래는 정원의 일부였지만 류헤이의 연주 수준이 높아지면서 업라이트 피아노에서 그랜드 피아노로 교체하는 김에 연습실을 증축했다.

　깊은 밤에 연주해도 이웃에 피해를 주지 않도록 벽과 바닥과 천장에 각각 방음재를 설치했고 개구부*는 문과 채광창과 환기구뿐이었다. 게다가 창문은 방음 기능을 하도록 이중새시를 설치했다. 하나뿐인 문은 안쪽에서 잠글 수 있지만 연습실을 드나드는 사람은 한정되어 있어서 딱히 잠그지 않는다.

　연습실에 들어가 문을 닫으면 그곳은 피아노와 류헤이 둘만의 세계가 된다. 방해꾼도 협잡물도 아무것도 없다. 환경소음도 생활소음도 차단돼 타인의 숨소리와 발소리조차 들리지 않는다. 설치된 대용량 에어컨은 상시 적정온도 모드로 설정되어 있다.

　방음 상태는 확실하지만 방음재와 함께 음향재가 사방을 둘러싸고 있어 잔향음이 풍부하다. 시험 삼아 한 음을 쳐 보면 소리가 오 초 정도 뻗으며 울린다. 벽이나 천장에 부딪히는 반향음도 분명하게 들을 수 있어서 방의 넓이와 천장의 높이까지 손바닥 들여다보듯 알 수 있다.

　연습실은 류헤이의 성역이다. 이따금 유카와 시오타가 방

* 채광, 환기 등을 목적으로 건물의 벽, 지붕, 바닥 등에 트인 부분.

문할 때 외에는 자신과 피아노만 존재한다. 연습실과 그랜드 피아노를 선물 받은 날을 지금도 기억한다. 마치 어머니의 배 속으로 돌아간 듯 평온했고 전능해진 느낌에 더없는 행복을 실감했다.

조금 전 들은 이야기에 기분이 몹시 꺼림칙했다. '민둥산의 하룻밤' 같은 음악적 흥취는 느낄 수 없었고 오로지 생리적 혐오감만 솟구쳤다. 마치 목덜미에 끈적끈적한 오물이 들러붙은 듯 불쾌했다.

기분 전환이 필요했다. 경쾌하고 밝은 곡.

류헤이는 때묻은 세상과 불쾌한 계산을 저 멀리 쫓아내고 건반에 살며시 손을 올렸다.

모차르트 피아노 협주곡 제21번 K.467.

21번은 20번과 함께 모차르트의 창작력이 절정에 올랐던 시기에 작곡된 걸작 중 하나다. 사순절 예약 연주회를 위해 작곡했는데 완성된 시기는 연주회 직전이었다고 한다. 그야말로 방대한 일감을 안고 있던 모차르트다운 일화였지만 완성된 곡에서는 그러한 고생을 조금도 느낄 수 없다.

21번에서 특히 유명한 부분은 제2악장이리라. 안단테, F장조. 류헤이는 불쾌한 감정을 떨쳐내는 의미를 담아 이 악장부터 연주했다.

다른 악기는 준비할 필요가 없다. 오케스트라 악기들은 파트별로 분류되어 머릿속에 저장되어 있다.

투어가 시작되면 각 지역의 오케스트라와 협연하는데 지금은 류헤이가 좋아하는 필하모니아 오케스트라와 협연한다고 상상했다.

우선 바이올린이 주제를 부드럽게 노래한다. 누구나 한번은 들어본 멜로디. 아쉽게도 류헤이는 본 적 없지만 영화에서도 자주 사용된다고 한다.

하늘거리는 선율을 듣고 있노라면 온몸이 사르르 녹아내리는 기분이 든다. 음표가 사뿐사뿐 춤을 췄다.

바이올린 선율이 서서히 높아지면서 류헤이의 기분도 고조됐다.

어떻게 이런 주제를 생각해냈을까.

류헤이는 최근 작곡도 시작했는데 모차르트에게 동경인지 질투인지 모를 감정이 샘솟았다. 단 하나의 음만 어긋나도 엉망이 되는 완벽한 멜로디. 마치 신이 만든 곡을 모차르트가 받아 적은 것 아닌가 하는 의심이 들 정도다.

다음 순간, 류헤이의 손가락이 건반에 내려앉았다. 여기서부터 피아노 독주가 주제를 반복한다.

조심스러운 기색은 느껴졌지만 음 하나하나 결코 놓치지 않았다. 왼손 반주로 새기는 셋잇단음표가 곡의 세계관을 탄탄하게 뒷받침했다.

몇 번을 연주해도 연주할 때마다 황홀해진다. 자신이 연주하고 있는데도 선율이 머리 위에서 내려오는 기분이 들었다.

하늘에서 내리쏟아지는 음악.

신이 창조한 선율.

건반을 치는 감각도 점점 희미해졌다. 플루트와 호른, 현 5부가 조용히 다가와 피아노와 보조를 맞췄다. 조가 바뀌면서 선율이 잠시 멈춰 섰다가 주위를 살피듯 살며시 다시 춤을 추기 시작했다.

전개부에 접어들자 단조로 바뀐 선율이 애절한 빛을 띠었다. 우아하게 조를 바꾸는 순간 셋잇단음표가 잠시 사라졌다.

류헤이는 이 악절이 매우 마음에 들었다. 발랄과 애수, 장조와 단조, 백과 흑. 저명한 음악평론가들은 이 부분을 '독특'하다고 표현한다. 장조인데도 애처로운 분위기를 자아내는 것은 모차르트만의 독특한 세계관이다. 상반되는 두 요소가 서로 얽히며 음악이 아니면 형용할 수 없는 감정을 빚어낸다. 한없이 기쁘거나 한없이 슬프기만 한 단순한 감정이 아니었다. 류헤이가 시각은 갖지 못했어도 보통 사람은 상상도 할 수 없는 행복을 손에 쥔 것처럼.

신은 류헤이에게 빛은 허락하지 않았지만 그 대신 풍부한 소리를 내려 줬다. 보통 사람에게는 그저 평면적으로만 들리는 소리도 류헤이의 귀에는 입체적인 울림으로 들린다. 명확한 의미를 지닌 음소들이 겹겹이 쌓여 자아내는 음색을 들을 수 있다. 무언가를 잃어도 다른 무언가를 얻을 수 있다. 세상은 만화경과 같아서 한 가지 면만 존재하지 않는다.

중간부를 지나도 멜로디는 여전히 경쾌하면서 애절했다. 이따금 음이 끊어지기 쉬운 부분이 나왔지만 결코 멈추지 않았다. 때때로 피치카토*로 상승하는 아르페지오의 울림에 의지해 쉬지 않고 손가락을 움직였다. 주제는 천천히 선회해 시작점으로 되돌아갔다. 악절의 종지가 약해지며 선율이 가라앉았다.

다면성을 품은 채 느리게 흘러가는 이 악장은 1악장이나 3악장처럼 팀파니나 트럼펫이 등장하지 않으며 셈여림표 중 *f*(포르테)는 거의 사용되지 않는다. 그래서 선율에 시종일관 야릇한 아름다움이 감돌고 경외감이 실린 우수가 코다까지 지배한다.

재현부에 들어갔다가 다시 주제로 돌아오며 류헤이의 손가락도 서서히 빨라졌다. 기쁨이라는 씨실과 슬픔이라는 날실을 가만가만 엮어 가며 마지막 악절을 향해 조심스럽게 다가갔다.

류헤이의 영혼은 육체를 떠나 멜로디를 바싹 뒤따랐다. 아직 한몸이 되기에는 이르다. 반복되는 연습 속에서 시행착오를 거듭하다 보면 단 몇 분 동안 자의식이 사라지고 멜로디에 녹아드는 감각에 빠지는 순간이 있지만 아직은 때가 아니었다.

---

* 바이올린이나 첼로 등 현악기의 현을 손으로 튕겨서 연주하는 기법.

이윽고 소리를 낮춰 짧은 코다로 들어갔다. 애수를 띤 주제를 반복하면서 류헤이는 조용히, 그리고 속삭이듯이 선율을 자아냈다. 모차르트의 가장 낭만적인 부분은 이 작고 섬세한 소리에 응축되어 있다. 세심하게 주의를 기울여 손가락 끝에 온 신경을 집중했다.

소리를 죽이며 마지막 한 음을 내려놓았다.

이윽고 건반에서 살며시 손가락을 떼며 짧게 탄식했다.

단 칠 분 남짓한 연주였지만 상쾌한 피로감에 조금 전까지 마음을 잠식했던 우울감이 흔적도 없이 사라졌다. 역시 음악은 활력소이자 정신안정제이며 자양강장제다.

류헤이의 안녕은 이틀도 가지 못했다.

투어를 하루 앞둔 11월 2일, 류헤이, 유카, 시오타 세 사람은 투어의 첫 공연이 열릴 도쿄문화회관을 찾았다.

도쿄문화회관은 류헤이가 좋아하는 콘서트홀이었다. 1961년에 지은 오래된 음악당이지만 재작년에 리뉴얼해서 최신 시설이라고 해도 무방했다. 아레나형 공연장으로 좌석 수는 대공연장 2303석, 소공연장 649석. 클래식 전용 홀로도 유명하며 도쿄에 산토리홀이 생기기 전까지는 이 콘서트홀이야말로 일본 클래식 음악계의 성지였다고 들었다. 류헤이는 울림이 더 풍부한 소공연장을 좋아하지만 톰은 "투어 첫 연주회를 소공연장에서 한다니 말도 안 돼"라며 단칼에

잘랐다.

공연장이 도쿄문화회관인 만큼 해당 콘서트홀을 홈그라운드로 사용하는 도쿄도교향악단과 협주할 예정이었다. 오늘은 무대와 의상을 점검할 겸 최종 리허설을 하기 위해 방문했다.

쇼팽 콩쿠르 이후 프로 오케스트라와 협연하는 일이 급작스레 잦아졌다. 류헤이의 피아노가 세계적으로 인정받았으니 당연한 일이라며 유카는 자랑스러워했지만 정작 류헤이 본인은 주눅이 들었다. 시각장애인인 자신에게 프로 오케스트라가 어떻게 맞춰줄지 여전히 불안했기 때문이다. 그러나 결과적으로 그 염려는 기우에 불과했다. 쇼팽 콩쿠르 때처럼 일본의 오케스트라도 류헤이의 시각장애는 연주에 아무런 문제도 되지 않는다는 사실을 증명해 줬기 때문이다.

의상을 입어보기 직전에 공연장에 들어서자 조율 소리가 들렸다.

류헤이가 매우 좋아하는 소리였다. 조율은 본래의 음정과 균형에서 어긋난 고집스러운 피아노를 정상으로 되돌리는 작업이다. 이러한 연주회에서는 콘서트홀이 적절한 조율사에게 맡기거나 프로모터가 의뢰하거나 아티스트가 지정하는데 이번에는 시오타가 직접 조율사를 선택해 의뢰했다.

작업 소리만 들어도 조율사의 실력이 뛰어나다는 사실을 알 수 있었다.

"오늘도 잘 부탁해요, 류헤이 씨."

지휘자인 야자키 유카리가 인사했다. 여성 지휘자는 아직 드문데 야자키는 그야말로 유망주로 주목받는 신진 음악가였고 몇 번 진행한 리허설에서 맞춰 본 결과 류헤이와도 마음이 잘 맞았다.

지휘자도 여러 유형이 있는데 개중에는 리허설을 싫어하는 사람도 있다. 그런 지휘자는 음식을 편식하듯 특정 부분들만 발췌해서 연습하는데 야자키 유카리는 곡을 처음부터 끝까지 제대로 연주해서 믿음이 갔다.

조율이 그럭저럭 끝난 듯했다. 이제 의상을 입고 최종 리허설만 하면 된다. 그때 류헤이의 귀가 객석에서 들린 목소리를 잡아챘다. 최종 리허설을 관객에게 공개하는 경우가 적지 않기 때문에 객석에서 목소리가 들리는 것도 딱히 드문 일은 아니지만 대화 내용이 마음에 걸렸다.

"그런데 그 이야기 사실이야?"

"사실이라면 완전 실망이지. 큰마음 먹고 비싼 티켓을 샀는데."

"류헤이 군은 대규모 연주회가 이번이 처음이지?"

"만약 시각장애가 거짓이라면 무슨 일이 있어도 투어 중에 들통나겠지."

류헤이는 꺼림칙한 마음에 물었다.

"야자키 지휘자님, 객석에 있는 사람들이 무슨 이야기를 하는 거죠?"

"무슨 소리가 들려요?"

"'만약 시각장애가 거짓이라면 무슨 일이 있어도 투어 중에 들통나겠지'라고 하던데요."

순간 야자키 유카리의 대답이 한 박자 늦었다.

"……저는 못 들었는데 류헤이 씨에게는 들렸나 보군요."

"지휘자님."

유카가 황급히 끼어들었다.

"굳이 본인에게 말할 필요는 없잖아요."

"말하지 않아도 류헤이 씨가 알게 되겠죠. 그러면 아무리 숨긴들 의미 없지 않을까요."

유카가 대답하지 않은 까닭은 야자키 유카리의 말이 옳다고 판단했기 때문이었다.

"어젯밤 느닷없이 여러 사이트에 류헤이 씨의 소문이 마구 올라왔어요. 공신력 있는 뉴스 사이트가 아니었기 때문에 그저 소문이랄까, 근거 없는 비방에 불과했지만요."

곧바로 데라시타의 이름과 질척질척한 목소리가 떠올랐다.

"엄마, 알고 있었어요?"

"연주회 직전에 네가 흔들릴까 봐 걱정돼서……."

"시오타 선생님은요?"

"어젯밤에 일찍 잠들었어. 나도 방금 처음 알았다."

"엄마, 어떤 소문이에요?"

유카가 머뭇거리는 기색을 느낀 류헤이는 깨달았다.

"네가 정 알고 싶다면 어쩔 수 없지. 그래도 최소한 최종 리허설이 끝난 후에 듣는 편이 좋겠구나."

유카의 간절한 설득에 인터넷에 퍼진 소문과 여러 이야기는 오후가 되어서야 들을 수 있었다.

게시글의 내용은 이러했다.

—'모차르트 전국 투어'를 코앞에 둔 시각장애인 피아니스트 사카키바 류헤이에게 의혹이 제기됐다. 그가 사실은 비장애인이며 앞을 보지 못한다는 것은 '캐릭터 설정' 아니냐는 의혹이다. 모두가 알다시피 사카키바 류헤이는 2010년 쇼팽 콩쿠르에서 훌륭한 연주를 선보이며 입상한 유명인이며 시각장애라는 사실이 인기의 한 부분을 차지한다는 것은 의심할 여지 없는 사실이다.

그런데 그 인기 요인이 소문대로 거짓이라면 과연 윤리적인 문제를 피할 수 있을까? 앞이 보이지만 보이지 않는다고 말할 수 있고 시각장애인의 걸음걸이도 조금만 연습하면 따라 할 수 있다. 컬러 렌즈로 눈동자를 탁해 보이게 가리는 방법도 있다. 무엇보다 그 정도 연주 테크닉을 자랑하는 피아니스트가 악보도 읽지 못한다는 주장은 아무리 생각해도 터무니없다.

음악계에는 경력을 속이는 자나 대필 작곡가가 드물지 않기 때문에 이 정도는 흥행 수단 중 하나라고 잘라 말하는 사람도 있겠지만 아무리 그래도 장애를 홍보 수단으로 이용하는 행위는 인도적으로 문제가 있다. 당사자인 사카키바 류헤이는 이 의혹에 어떻게 답할 것인가.

게시글을 읽어 준 사람은 시오타였다. 어머니인 유카는 주저할 내용도 시오타라면 숨기지 않고 알려주리라 믿었다.

"여느 때처럼 아무런 근거도 없는 억측이야. 글만 봐서는 게시자가 그 데라시타라는 기자일 가능성이 크지."

시오타의 말에서 간신히 억누른 분노가 느껴졌다.

"그런 기사에는 댓글이 달리죠. 어떤 댓글들이 달렸나요?"

"전부 익명으로 쓴 댓글이야. 그리고 대부분 익명 댓글은 경제적으로나 정신적으로 결핍된 인간들이 배설한 비방이지. 악의의 토사물 같은 거야. 네가 알 만한 것이 못돼."

시오타는 그렇게 말하며 이야기를 끝냈다.

류헤이는 대화를 포기하고 건반으로 손을 뻗었지만 마음속 한구석에 들러붙은 울적한 기분은 해소되지 않았다.

2

11월 3일, 연주회 투어 첫날.

톰 야마자키는 무대감독인 후지나미와 사전 협의를 하느라 여념이 없었다.

무대감독은 공연장의 총책임자다. 대기실 운영, 접수 배치, 무대 위 지시, 연주자 배려, 타임 키퍼, 조명 지시 등을 책임지고 관리한다. 공연장 운영뿐만이 아니다. 행사 운영 능력부터 아티스트의 컨디션, 악기와 연주자의 위치에 따른 음향 판단까지 예민한 귀와 광범위한 음악 지식과 식견이 필요하다.

"매진이에요."

후지나미는 흥분을 감추지 못했다.

"외국 연주자가 아닌데 클래식 공연으로 대공연장을 매진시킨다는 건 일류라는 증거입니다."

"감사합니다."

비록 빈말이 섞였더라도 류헤이를 칭찬하는 말을 들으니 내 일처럼 기뻤다.

"류헤이 씨의 컨디션은 어때요?"

"전혀 문제없습니다."

"톰 씨가 그렇게 말씀하신다면 괜찮겠죠. 괜한 걸 물었네요, 죄송해요."

조심스러운 말투에 순간적으로 알아차렸다.

"어젯밤에 인터넷에 올라온 글을 아십니까?"

"연주회 투어의 사전 평가를 체크하려고 검색어에 '사카키바 류헤이'를 넣어 검색했더니 바로 뜨던걸요. 참, 아무리 악성 루머라도 그건 아니죠. 사실 톰 씨의 말을 듣기 전까지는 걱정이 많았습니다. 그 게시물 때문에 류헤이 씨의 멘탈이 흔들리지는 않을까 하고."

"염려해 주셔서 감사합니다."

"그따위 글 때문에 무너져서는 안 될 재능이에요."

후지나미는 톰의 눈을 지그시 바라봤다. 좀처럼 없는 일이기에 톰은 적잖이 놀랐다.

"사카키바 류헤이는 앞으로 일본 클래식계를 이끌 음악가예요. 잘 키워주세요."

표정을 보니 빈말이 아니라는 사실을 알 수 있었다. 후지나미는 겉치레 말을 하고는 하지만 마음에도 없는 아부를 하는 남자는 아니었다.

"책임이 막중하지만 매니저로서 보람 넘치네요."

"투어 성공을 기원하겠습니다."

후지나미와 헤어진 뒤 대기실로 향했다. 걸음이 다소 빨라지는 이유는 마음이 조급해서가 아니다. 악성 루머를 향한 분노와 후지나미에게 고마운 마음이 뒤섞여 진정되지 않기 때문이었다.

그래, 후지나미 씨. 맞는 말이야.

사카키바 류헤이는 이 나라 클래식계를 바꿀 잠재력을 지니고 있다. 처음 류헤이의 피아노를 들었을 때 직감했다. 그래서 당시 담당하던 아이돌의 매니저를 그만두면서까지 고집을 부렸다.

스튜디오 뮤지션으로 경력을 쌓았지만 오랜 세월 같은 일을 하다 보면 스스로 재능의 한계를 알게 되고 미래를 짐작하게 된다. 자신보다 재능 있는 사람이 넘쳐나는 세계이기 때문에 더욱 그렇다. 최소한 과거에 쌓은 성과가 퇴색하기 전에 직업을 바꾸자. 그런 생각으로 매니저 세계에 뛰어들었지만 새로 시작한 일은 실의의 연속이었다.

아이돌에게 음악성을 기대하는 것은 민달팽이가 하늘을 날기를 기대하는 격이라 처음부터 인기에만 집중했다. 하지만 아이돌은 유통기한이 있고 시간이 흐를수록 가치가 떨어진다. 한물간 아이돌이 차례차례 무대에서 사라지는 현상을 겪으면서 톰은 비로소 절대적인 재능을 갈구하는 자신을 깨달았다. 나보다 뛰어난 재능, 음악의 세계를 새로이 바꿀 만한 재능과 만나기를 소망한 것이다.

그 시기에 류헤이의 피아노와 조우했다. 처음 듣자마자 벼락을 맞은 듯한 충격을 느꼈다.

드디어 찾았다.

이 사람이다.

나는 이 귀한 재능이 빛을 발할 수 있도록 도우려고 매니저가 된 것이다.

류헤이의 피아노는 들으면 들을수록 재능의 끝이 보이지 않는다. 음악을 한 사람이면 누구나 뼈저리게 깨닫는다. 세상에는 음악의 신 뮤즈의 축복을 받은 자와 그렇지 않은 자가 분명히 존재한다는 사실을. 사카키바 류헤이는 명백히 축복받은 사람이었다.

신의 축복을 받은 재능이 제 손에 맡겨진 기분이었다.

이 재능은 망가지면 안 된다.

사카키바 류헤이를 더럽혀서는 안 된다.

가슴속에 끓어오르는 몇 번째인지 모를 충동에 떠밀려 톰은 대기실로 향했다.

예상대로 대기실 문은 잠겨 있지 않았다. 톰은 속으로 혀를 찼다. 어느 콘서트홀이든 대기실에 도둑이 들기 마련이다. 그래서 드나들 때마다 반드시 대기실 문을 잠그는 것이 습관이 됐다. 톰이 아이돌 매니저로 일하던 시절에는 당연히 경비를 삼엄하게 세우고 ID 관리도 철저하게 했다. 그런데 클래식 공연 대기실은 경비의 경 자도 보이지 않고 마치 화장실처럼 아무나 자유롭게 드나들 수 있어서 황당했다.

그제 인터넷에 올라온 게시글을 생각하면 류헤이에게 직접 위해를 가하려는 사람이 존재할 수도 있다는 생각에 염려스러웠다. 질 나쁜 언론인이 들이닥치는 상황도 충분히 생각할 수 있었다. 투어 중에는 아이돌 수준으로 경계 태세를 갖

취야 하리라.

그런데 톰의 걱정을 아는지 모르는지 류헤이와 유카와 시오타는 긴장보다 흥분에 휩싸인 얼굴이었다.

아아, 그렇구나.

문득 깨달았다.

그들은 원래 클래식계 사람들이기 때문에 주변을 경계하지 않는 데 익숙한 것이다. 인터넷에서 피어오른 악의가 현실로 번지리라고는 상상조차 못 한다.

"유카 씨, 시오타 선생님. 위험하니까 문단속을 잘하셔야 해요."

아무렇지 않은 척 말했지만 세 사람은 아무것도 눈치채지 못한 기색이었다. 어쨌든 이제 몇십 분 후면 연주회가 시작된다. 지금은 괜한 말로 마음을 어지럽히지 않는 편이 낫겠다고 판단했다.

"류헤이 군. Are you ready?"

"언제든."

"그럼 그 의식을 시작할까요?"

네 사람은 둥글게 마주 보고 선 뒤 톰, 시오타, 유카 순으로 손을 포갰다. 마지막으로 류헤이가 손을 얹자 일제히 소리쳤다.

"포르테(forte)!"

오후 5시 50분, 공연 시작 십 분 전. 톰은 시오타와 함께 객석에 있었다. 무대 뒤에 있는 사람은 유카뿐이었다.

객석이 아니면 소리가 어떻게 들리는지 파악할 수 없다. 연주 기술에 관해서는 시오타가 전적으로 맡고 있지만 매니저인 톰도 류헤이의 연주를 확인해야 했다.

— 오늘 도쿄문화회관을 찾아주신 여러분, 진심으로 감사합니다. 곧 '사카키바 류헤이 모차르트 투어' 도쿄 공연이 시작됩니다. 로비에 계신 관객은 서둘러 입장해 주시기 바랍니다. 사진 촬영, 녹음, 녹화는 불가합니다. 스마트폰, 태블릿 등은 매너모드로 설정한 뒤 전원을 꺼 주시기 바랍니다. 또한 알람 기능이 있는 시계를 소지하신 분은 알람 설정을 해제해 주시기를 부탁드립니다. 더불어 보청기를 사용하는 관객은 제대로 장착됐는지 다시 한번 확인하시기 바랍니다. 콘서트홀은 내진설계가 되어 있습니다. 비상시에는 담당자의 지시가 있을 때까지 자리에 앉아 기다려 주시기 바랍니다.

비상시라.

지진, 화재, 어느 나라에서 날아온 미사일. 무슨 일이 됐든 제발 일어나지 말기를. 적어도 지금부터 두 시간은 류헤이가 마음껏 피아노를 치게 해줘.

장내 안내방송이 끝나자 객석에서 바라보는 무대 왼쪽에서 오케스트라 단원들이 등장해 각자 조율하기 시작했다.

이윽고 공연 시작을 알리는 벨이 울리고 조명이 서서히 어두워졌다. 무대 왼쪽에서 지휘자 야자키 유카리가 류헤이를 이끌며 모습을 드러냈다.

류헤이는 몹시 불안해 보였다. 야자키의 안내가 없으면 무대 위에서 길을 잃을 것처럼 보였다.

톰과 시오타의 주변에서 박수가 쏟아졌다. 순수한 환영과 기대가 담긴 박수에 일단 안도했다.

류헤이가 피아노 앞에 앉았다. 지휘대에 선 야자키는 류헤이를 돌아보지 않고 지휘봉을 치켜들었다.

모차르트 피아노 협주곡 제20번 K.466. 제1악장. 알레그로 D단조 4분의 4박자, 협주풍 소나타 형식. 플루트, 오보에 2, 바순 2, 호른 2, 트럼펫 2, 현 5부, 그리고 독주 피아노.

음계를 차근차근 올라가는 첼로와 콘트라베이스, 팔분음표와 사분음표로 구성된 당김음을 연주하는 바이올린과 비올라. 박자감이 느껴지는 제1주제가 낮게 으르렁거리며 시작된다. 마치 한겨울 장례식을 연상케 하는 음울한 분위기에 톰은 순식간에 마음을 사로잡혔다.

당시에는 화려하고 밝은 피아노 협주곡이 주류였는데 모차르트 피아노 협주곡 20번은 자못 악마처럼 강렬하고 특이하다고 할 수밖에 없다.

20번은 예약 연주회를 위해 작곡됐다. 예약 연주회란 귀족이나 상류계급을 대상으로 여는 연주회였는데 음악가에게 중요한 수입원이었다. 예약 연주회에서 발표하는 곡은 당연히 유행을 따르기 마련이었는데 모차르트는 굳이 암울한 곡을 선보였다.

그러나 유행에 역행한 20번은 뜻밖에도 모차르트의 전환기를 앞당겼다. 그동안 천상의 음악을 작곡해온 '신동'이 방황하고 고뇌하는 '사람'이라는 사실을 증명했기 때문이다. 그리고 많은 사람이 단조로 이루어진 이 곡을 계기로 모차르트에게 깊게 빠져들었다. 사실 18세기 후반에는 고전파인 모차르트의 피아노 협주곡은 거의 연주되지 않았지만 피아노 협주곡 20번만큼은 예외였다. 격한 감정으로 덧칠된 이 협주곡을 좋아한 낭만파 음악가가 적지 않았다. 고전파와 낭만파의 가교역할을 한 베토벤도 그중 한 명이었다.

음울한 첫 번째 주제가 이어지다가 열여섯 번째 마디에서 모든 악기가 강렬하게 등장한다. 장송 행렬 앞에 악마가 강림한 듯한 분위기를 풍긴다.

힘찬 팀파니 소리가 존재감을 드러냈다. 오보에와 바순의 중주에 플루트가 화답했다. 정체 모를 이에게 쫓기는 듯한 절박감이 관객을 덮쳤다. 현이 풀어내는 여섯 마디 선율은 완벽한 대위법을 구현했다. 톰은 새삼 작곡가의 정교함과 치밀함에 혀를 내둘렀다.

드디어 류헤이의 피아노 독주가 시작됐다. 슬픔의 빛을 띤 서정적인 멜로디가 흘러나오자 톰은 곡 분석을 그만 포기하고 싶어졌다. 반주가 없지만 류헤이의 독주만으로 곡의 음울한 색채가 짙어졌다. 위태로운 선율에 마음이 술렁였다. 베테랑 피아니스트라도 누구나 우울한 정취를 이 정도로 깊이 있게 자아낼 수 있는 것은 아니다.

류헤이는 도대체 어디서 이런 경지의 피아니즘을 터득했을까. 그동안 다양한 음악가의 소리를 지겨울 만큼 들은 톰은 연주자의 나이가 소리에도 큰 영향을 미친다는 사실을 알았다. 하지만 류헤이는 아직 스물네 살이다.

물론 류헤이의 피아니즘이 타고난 재능에서 비롯됐다는 이야기는 류헤이 본인과 유카에게 들었다. 유명한 피아니스트의 연주를 그대로 머릿속에 저장한다던 믿기 어려운 이야기도 이제는 이해했다. 그렇다고 류헤이의 재능을 전부 설명할 수는 없다. 타인의 뛰어난 연주를 그대로 재현하는 것뿐이라면 고급 오디오 기기로도 충분하지만 류헤이는 더욱 발전시켜 자신의 곡으로 만든다.

역시 천재라고 다시금 생각했다. 어떤 곡이든 소화해 사카키바 류헤이의 곡으로 재탄생시킨다. 음악의 신이 류헤이에게만 허락한 능력이었다.

피아노 솔로는 시나브로 절망을 담아내기 시작했다. 이 부분이 F장조로 구성된 제2주제다. 관현악이 피아노 솔로의 멜로디를 이어받아 관객을 더욱 깊은 비애의 늪으로 끌고 들어갔다.

피아노가 돌변해 경쾌한 리듬을 흩뿌렸다. 하지만 앞서 깔아 놓은 어두운 멜로디 때문에 이 경쾌함이 오히려 비극성을 부각했다. 그저 가라앉기만 하는 것이 아니다. 늪 위로 떠오르려고 발버둥 치지만 다시 밑바닥으로 끌려 들어가는 상황이 반복되면서 더욱 비통해졌다.

류헤이의 피아노는 다시 조를 바꿔 평온을 노래했다. 아무리 여린 소리라도 공연장 구석구석까지 닿았는데 류헤이는 육 년 전에 이 기술을 익혔다고 했다. 육 년 전이면 쇼팽 콩쿠르에 출전한 해다. 류헤이는 말이 많은 성격이 아니라서 자세히 설명하지는 않았지만 역시 결선에서 겨룬 연주자들을 보며 배운 것이 적지 않으리라.

무대에서 피아노 솔로의 지배력은 압도적이었다. 관객의 눈과 귀가 모두 류헤이의 피아노에 집중됐다는 사실이 피부로 느껴졌다. 옆 좌석에 앉은 시오타도 류헤이의 연주에 푹 빠져 있었다. 경쾌한 선율을 연주하면서도 끊임없이 불길함이 쫓아오는 듯한 섬세한 터치는 단순히 건반을 누르는 것만으로는 구현할 수 없는 테크닉이었다. 비운에 저항하는 밝은 선율이라니, 톰은 전성기 때도 표현하기 어려웠으리라.

불현듯 스튜디오 뮤지션 시절이 떠올랐다. 경력과 호감 가는 인상으로 얼굴을 알렸지만 연주 테크닉은 더 이상 발전할 가능성이 없었다. 테크닉이 평범하면 평범한 아티스트들의 의뢰밖에 받지 못한다. 매니저로 직업을 바꾼 이유는 자신의 재능을 포기했기 때문이기도 했다.

재능은 잔인하다.

출신도 환경도 노력도 나이도 상관없다. 얼마나 열심히 연습하든 얼마나 풍부한 경험을 쌓든 재능 앞에선 모든 것이 빛이 바랜다. 뮤지션 은퇴 전 시기는 매일같이 그 사실을 확인하는 나날이었다.

그래서 류헤이에게 끌렸다. 시각장애라는 핸디캡을 보완하고도 남는 재능에 눈이 부셨다. 자신은 분명 재능이라는 찬란한 빛에 끌리는 불나방이리라 생각했다. 류헤이의 피아노를 듣고 있으면 자신의 선택은 틀리지 않았다며 자랑스러워졌다. 재능이 없다면 발굴한 재능을 꽃피우는 일에 힘쓰면 된다. 사카키바 류헤이라는 천재는 그런 의미에서 더할 나위 없는 음악가였다.

'사카키바 류헤이 모차르트 투어'의 기획 의도는 모차르트의 이름에 편승해 인지도를 올리려는 목적이라고 류헤이에게 설명했지만 실은 다소 무리해서라도 류헤이를 한 단계 높은 무대로 올리고 싶은 마음도 있었다. 일 년 내내 모차르트의 곡만 연주하면 위험부담이 적지 않다. 평범한 피아니스트라면 투어 도중 중심을 잃을 수도 있지만 류헤이에게는 적절한 시금석이 될 것이다.

무대 위 피아노가 발랄한 분위기로 돌아서었다. 곡 전체에 넘쳐흐르는 음울한 분위기 속에서 구원을 바라는 듯한 고독이 느껴졌다.

피아노는 다시 혼자 노래하기 시작했다. 경쾌한 듯 불안한 기운은 여전했다.

밝지만 어지럽고, 노래하지만 방황한다. 피아노가 제시하는 제1주제가 현과 얽히면서 전개부로 들어섰다. 구원을 바랄수록 절망으로 치닫는 것처럼 들렸다.

모차르트가 '신동'에서 '사람'으로 변하는 순간 처음으로 느낀 감정은 두려움과 슬픔과 절망이었다. 생각해 보면 피아노 협주곡 20번은 류헤이이기에 어울리는 곡이라고 할 수 있다.

류헤이는 태어나면서부터 줄곧 어둠 속에서 살아왔다. 건강한 육체를 타고난 자는 상상도 할 수 없는 두려움과 슬픔과 절망. 20번의 악상 그 자체 아닌가.

피아노는 갈피를 잡지 못하고 어지러이 방황했다. 모차르트의 고뇌를 류헤이가 대변하는 것 같았다. 관객은 누구 한 명 미동도 하지 않았다. 오로지 류헤이가 내는 소리에 사로잡혔다.

모차르트가 천재라면 류헤이도 또 다른 모습의 천재다. 달리 그 누구도 흉내 낼 수 없고 하찮은 노력과 열의는 산산이 박살 내는 압도적이고 악마 같은 재능. 신에게 선택받은 자 외에는 아무리 갈망해도 결코 얻을 수 없는 선물.

주제가 변주되고 피아노가 날카롭게 음을 새겼다. 한없이 고독한 피아노 선율에 오케스트라가 공명했다.

가슴 아리는 단조가 관객의 마음에도 깊은 흔적을 남겼다. 오르락내리락하던 선율은 재현부로 향했다.

무대 위의 류헤이는 선율에 몸을 싣고 머리를 흔들기 시작했다. 연습 중에는 그다지 보여주지 않는 모습이지만 본 무대에서 연주에 완전히 빠져들면 종종 이런 몸짓을 한다. 연주에 몰입하고 음악에 심취했을 때, 황홀경에 빠졌을 때 보이는 얼굴이었다. 그러고 보니 스티비 원더도 같은 몸짓을 하던 것이 생각났다. 그 모습을 처음 봤을 때 톰은 역시 맹인 가수 스티비 원더가 떠올랐다. 음악의 신에게 축복받은 사람들은 모두 이런 환희를 맛볼 수 있는 것일까.

재현부에 들어가자 오보에, 바순, 플루트는 F장조를 그대로 유지했고 제2주제는 D단조로 바뀌었다. 류헤이의 피아노가 돌연 격렬해졌다. 그전까지는 건반을 부드럽게 어루만지던 손가락이 돌변해 격정을 표출했다. 류헤이의 손가락이 너무 빨라서 톰이 앉아 있는 자리에서는 보이지 않은 지 오래였다.

소리가 잠잠해지며 끊겼다.

순간의 침묵.

그러나 심연처럼 어수선한 침묵.

고요한데도 절망에 짓눌린 기분이었다. 정적을 이토록 두려워할 순간이 얼마나 있을까. 물론 이는 극단적인 단조에 사로잡혀서 생긴 효과이자 류헤이의 피아니즘이 선사한 산

물이었다.

다음 순간 피아노가 침묵을 깨고 내달리기 시작했다. 코다로 향하는 도움닫기였다.

질주하는 피아노 소리가 이따금 끊길 뻔했지만 서서히 속도를 높였다. 악장의 마지막으로 향하는 카덴차에서 건반을 반복해서 오르내리는 손가락이 더욱 깊은 절망의 늪으로 인도했다.

그리고 오케스트라가 주제를 연주하자 톰은 관객의 긴장을 피부로 느꼈다. 공연 전 피어올랐던 불안은 저 멀리 자취를 감췄고 이곳에 남은 감정은 종착으로 향하는 흥분과 긴장뿐이었다.

죽음에 다가가는 듯 느려지다가 마침내 마지막 음이 울렸다.

류헤이는 얼굴을 비스듬히 기울여 위를 바라보며 여운을 맛보는 모습이었다.

무거운 정적이 떨어졌다.

원래라면 이어질 2악장을 기대하며 관객이 긴장을 풀 시간이었다.

그런데 그때 믿을 수 없는 소음이 날아들었다.

"어차피 다 보이는 거 알아!"

그 자리에 전혀 어울리지 않는 비난에 공연장이 술렁였다.

누가 소리쳤지?

눈은 옅은 어둠에 적응한 상태였다. 귀는 원래 좋으니 목소리의 출처도 짐작이 갔다. 1층 중간 자리, 톰과 시오타가 있는 곳에서 그리 멀지 않은 좌석이었다.

있다.

분명 데라시타 히로유키였다. 계속 야유를 이어가고 있었다.

"악보도 어디에 숨겨 놨을걸!"

옆에 앉아 있던 시오타가 막 일어서려 했다. 다혈질인 이 남자가 일어나게 해서는 안 된다. 상황을 살피니 무대감독인 후지나미가 곧바로 데라시타에게 다가가고 있었다.

"시오타 선생님은 가만히 계셔야 합니다. 제발요."

톰이 먼저 일어났기 때문에 시오타는 기선 제압을 당한 모습으로 마지못해 다시 자리에 앉았다.

톰과 후지나미가 거의 동시에 데라시타의 자리에 도착했다.

"방금 야유를 보낸 관객이 당신입니까?"

데라시타가 후지나미의 질문에 대답하기 전에 톰이 끼어들었다.

"물을 것도 없습니다. 내가 봤어요."

후지나미가 인상을 쓰며 데라시타 옆에 앉은 여성 관객에게 물었다.

"옆자리 관객분, 맞습니까?"

"네. 소리가 꽤 컸어요. 이게 무슨 민폐인지."

"죄송하지만 공연장에서 나가 주시기 바랍니다."

"엄연히 티켓값을 내고 들어온 손님인데 너무한 거 아닙니까?”

“실례지만 야유를 퍼부어도 되는 공연으로 착각하신 것 같네요. 다른 관객에게 불편을 끼치고 있으니 나가 주시죠.”

데라시타가 무어라 대꾸하려고 들자 후지나미가 거듭 다그쳤다.

“게다가 연주에 방해됩니다.”

안색이 변하는 데라시타를 보고 이번에는 톰이 말했다.

“불만이 있으면 제가 대신 들어 드리겠습니다.”

순간 톰과 후지나미의 시선이 마주쳤다. 입장은 다르지만 사카키바 류헤이의 재능을 지키고 싶어 한다는 점에서 이해관계가 일치했다. 톰의 뜻은 말하지 않아도 느껴졌다.

“감사합니다. 그럼 셋이서 공연장을 나가죠.”

데라시타를 앞뒤로 포위해 공연장을 나갔다. 후지나미는 데라시타가 난동을 부릴까 염려해 동행한 듯했다.

공연장 밖으로 나가자 데라시타는 기분 나쁘다는 듯 얼굴을 구겼다.

“인솔은 여기까지 하시죠. 애도 아니고.”

“애였다면 좀 더 얌전하게 야유했겠죠.”

오는 말이 고와야 가는 말이 곱다는 식으로 응수하려던 의도는 아니었지만 톰은 자신도 모르게 비꼬듯 대꾸했다.

“그럼 저는 이만 돌아가겠습니다. 혹시 무슨 일이 있으면 경비원을 부르세요.”

뒤를 맡기겠다는 듯 후지나미는 서둘러 자리를 떴다.

"도대체 목적이 뭐야?"

"목적이라뇨. 나는 취재를 할 뿐인데요. 만나주지 않으니 당사자가 있는 곳으로 찾아올 수밖에 없지 않겠어요?"

"개수작도 정도껏 부려."

"원래부터 매너 좋은 분이라고 생각 안 했습니다."

데라시타는 주눅 드는 기색도 반성하는 태도도 전혀 보이지 않았다. 어떤 취급을 당하든 태연했다.

"당장 나가."

"오늘은 일단 가죠."

"뭐라고?"

"투어의 모든 공연은 아니어도 몇몇 공연은 예매했거든요."

데라시타가 주머니에서 티켓 몇 장을 꺼내 팔랑팔랑 흔들어 보였다.

"제대로 취재할 기회를 주신다면 이런 수고를 들이지 않아도 되겠지만요."

데라시타는 기분 나쁘게 웃으며 출구로 향했다. 하지만 협박을 잊지 않았다.

"아니면 제가 쓸 기사를 사는 선택지도 있습니다."

"협박하는 건가?"

"나는 거래라고 부르죠."

데라시타가 시야에서 사라졌지만 질척질척한 감각이 주변

에 남아 떠도는 것 같았다. 톰은 방금까지 그를 잡았던 손을
소독하고 싶은 충동에 휩싸였다.

인간의 탈을 쓴 독이다.

데라시타는 반드시 사카키바 류헤이에게 재앙이 될 존재다.

무슨 수라도 써야 한다.

♫

무대 뒤에서 지켜보던 유카는 당장이라도 류헤이에게 달
려가고 싶은 마음을 필사적으로 억눌렀다.

20번 1악장이 끝난 뒤 터진 야유는 분명 그 데라시타라는
기자의 짓이었다.

도대체 무슨 짓인가.

우려한 대로 류헤이의 집중력이 흐트러졌다. 이어진 2악
장과 3악장은 물론이고 21번과 23번도 제 실력을 발휘하지
못했다. 미스 터치가 눈에 띄고 박자도 무너졌다.

절대음감과 유난히 뛰어난 곡 기억 능력을 지닌 류헤이라
도 몇 가지 약점이 있는데 그중 하나가 멘탈이 약하다는 점
이었다. 아직 스물네 살인 까닭도 있지만 빛이 없는 세상에
서 태어나고 자란 류헤이에게는 공포의 대상이 많아서 자연

히 신경이 지나치게 예민해졌다. 피아노를 칠 때도 도중에 방해를 받으면 공황에 빠져 제 페이스를 찾지 못했다. 지금 무대가 바로 그러한 상황이었다.

피아노 협주곡 제23번이 끝나자 공연장에서 박수가 쏟아졌지만 우레와 같은 박수갈채까지는 아니었다. 적어도 앙코르를 기대하는 박수는 아니었다. 연주 내용이 피아니스트 본인의 기대에 미치지 못했다는 사실을 관객도 아는 탓이다.

야자키 유카리의 안내로 류헤이가 무대 뒤로 내려왔다. 유카가 서둘러 달려가려고 했지만 류헤이가 거부 의사를 드러냈다.

"잠깐 쉴래요."

지금처럼 의기소침할 때는 관여하지 않는 편이 좋다는 것을 경험으로 배웠다. 류헤이의 손에 윗도리 옷자락을 쥐여주고 대기실로 이끌었다. 뒤에서 야자키 유카리의 시선이 느껴졌다. 자의식 과잉일지 몰라도 연민하는 것 같았다.

"이런 식이면 안 돼."

대기실에 들어서자 류헤이는 혼잣말처럼 중얼거렸다.

"이래서는 얀이나 첸이나 엘리안느를 볼 낯이 없어."

류헤이가 말한 인물은 쇼팽 콩쿠르 결선에서 겨룬 연주자들이었다.

낯을 가리는 경향이 있는 류헤이지만 콩쿠르에 참가하며 그전까지는 사귀지 못한 친구들을 만나며 인간관계를 구축할 수 있어서 뜻밖의 행복을 얻었다.

"무엇보다 그 사람을 어떻게 보지. 그 사람은 그렇게나 용
감했는데. 정말 부끄러워."

류헤이는 의자에 앉자마자 혼자 있게 해달라는 듯 고개를
떨궜다. 유카는 밖에서 기다리겠다는 말을 남기고 조용히 문
을 닫았다.

대기실 앞에 서 있으면 곧 톰과 시오타가 달려오겠지.

부모가 건재한 동안 자립정신을 길러주자 다짐하던 그때
남편이 교통사고로 돌아올 수 없는 사람이 됐다. 남편을 여
읜 슬픔과 혼자서 짊어져야 하는 육아라는 책임에 짓눌릴 뻔
하던 시기에 기적처럼 신이 미소 지었다. 소리 나는 장난감
과 미니 피아노를 사 줬더니 류헤이가 재능의 편린을 드러낸
것이다.

거실에서 류헤이와 놀아줄 때는 외롭지 않게 습관처럼 TV
를 켜뒀다. 그러던 어느 날 류헤이를 등지고 부엌일을 하는
데 광고에서 흘러나오는 음악을 한 박자 늦게 따라 연주하는
미니 피아노 소리가 들린 것이다.

화들짝 놀라 뒤를 돌아보니 류헤이가 이전까지 보여준 적
없는 행복한 모습으로 건반을 치고 있었다. 심지어 방금 TV에
서 흘러나온 멜로디를 한 음도 틀리지 않고 똑같이 연주했다.

마치 귀신에 홀린 기분으로 서 있는데 류헤이가 새 멜로디
를 듣더니 또 몇 초 후에 완벽하게 연주했다.

원래 소리에 민감한 아이라는 사실은 알았지만 미니 피아노 사건으로 명백해졌다.

신은 류헤이에게 시각을 빼앗은 대신 다른 사람이 그토록 원해도 결코 얻을 수 없는 능력을 주셨다. 한때는 저주했던 신에게 얼마나 감사했는지 모른다.

그날부터 음악은 류헤이의 언어가 되고 세상으로 통하는 창이 되고 무기가 됐다. 유카가 없더라도 홀로 살아갈 수 있도록 키우겠다는 바람은 예상치 못한 형태로 실현될 희망이 보였다.

입소문으로 실력 있는 피아노 교사를 찾아 류헤이의 레슨을 의뢰했다. 친정 부모님과 남편에게 상속받은 재산도 모두 류헤이의 피아노를 위해 쏟아부었다. 류헤이는 마치 스펀지 같았다. 피아노 교사가 가르치는 지식과 기술을 모두 순식간에 흡수했다. 그래서 웬만한 피아노 교사는 몇 년이 지나면 가르칠 게 고갈되어 다시 새 지도자를 찾아야 했다.

천재라는 단어는 함부로 사용하는 것이 아니라지만 이 아이야말로 천재라는 이름에 걸맞다고 절실히 느꼈다. 자신이 배 아파 낳았지만 신이 보낸 아이구나 생각했다.

이 재능은 망가지면 안 된다.

사카키바 류헤이를 더럽혀서는 안 된다.

류헤이의 피아노는 인류의 보물이자 유일한 무기이다.

그런데 데라시타라는 남자가 그것을 모욕하고 망치려고

한다. 연주회를 방해하는 것에 만족하지 않고 류헤이의 재능을 끄집어내려 땅에 떨어뜨리려고 한다.

그가 쓰레기 기자로 유명하다는 이야기는 들었지만 그 비열하고 파렴치한 인간성은 도저히 그렇게 간단한 말로 표현할 수 없었다.

인간의 탈을 쓴 독이다.

데라시타는 반드시 사카키바 류헤이에게 재앙이 될 존재다.

무슨 수라도 써야 한다.

♫

마지막 악장까지 간신히 버텨냈지만 류헤이의 실력과는 거리가 먼 연주에 시오타는 이를 악물었다.

객석에도 체념과 실망의 기운이 감돌았다. 티켓값은 충족하는 연주였다. 그러나 관객들이 사카키바 류헤이에게 기대했던 연주는 아니었다.

앙코르 박수가 잦아들었지만 류헤이의 등장을 열렬히 바라는 사람은 많지 않았다.

시오타는 더는 자리를 지킬 수 없었다. 가시방석에 앉은 기분이었다. 20번 1악장은 훌륭한 연주였다. 모차르트의 어둠

고도 뜨거운 열정을 생생하게 표현해 소름이 돋을 정도였다. 그대로 전곡을 연주하면 류헤이의 새로운 도달점을 목격할 수 있겠다는 예감마저 들었다.

기대감이 그 사람의 한마디에 산산조각 났다.

클래식 공연장에서 연주 중에 야유를 보내다니 도대체 어떤 야만인인가 싶었다. 오랫동안 클래식 공연을 관람했지만 지금껏 그런 미개한 관객은 한 명도 없었다. 아니, 그런 인간에게는 관객이라는 호칭조차 아깝다.

형식적으로나마 청중의 박수에 화답한 류헤이가 지휘자 야자키 유카리와 함께 무대를 떠났다. 처음 등장했을 때처럼 그대로 두면 무대 위에서 미아가 될 것 같은 분위기였다.

시오타는 자리에서 일어나 대기실로 향했다. 상심했을 류헤이에게 무엇을 해줄 수 있을지는 모르겠지만 곁을 지키고 싶었다. 연주를 망친 피아니스트의 마음을 충분히 이해할 수 있었다.

시오타도 과거에는 연주회를 열 수 있는 피아니스트가 되고자 노력했다. 음대 대학원까지 다니며 콩쿠르에 여러 번 도전했다. 그러나 가까스로 입상은 해도 우승자는 되지 못했다. 그러는 사이에 세월이 흘러 정신을 차리고 보니 서른이 넘었다. 불합리하지만 재능이 반드시 필요한 세계에서는 도전자의 연령에 제한이 있다. 음악의 세계는 시오타의 재능을 평범하다고 평가했다.

재능은 숭고하고도 잔인하다.

예술가이기를 포기하는 것은 신체 일부를 잘라내는 것과 같은 고통이었다. 시오타 같은 사람은 흔하다. 어릴 적부터 음악에 재능이 있다고 생각해, 또는 그렇다는 평가를 받아 악보와 건반의 포로가 되어 다른 놀이와 즐거움은 거세당한 채 살아왔다. 자신이 살아갈 길은 피아노뿐이라고 믿었고 무작정 건반을 쳤지만 종국에 자신은 선택받은 사람이 아니라는 사실만 뼈저리게 깨달았다. 다행인지 불행인지 시오타는 스스로와 타협할 줄 아는 성격이었다. 그래서 음악의 신이 미소 지어주지 않아도 다른 누군가를 웃게 해줄 수 있는 길을 찾기 시작했다.

대학원을 졸업하면 피아노 교사라는 선택지가 있다. 오기를 부리는 것은 아니었지만 예술가가 될 수 없다면 예술가를 키우는 사람이 되면 된다고 생각했다.

한동안 사람들을 가르치다 보니 다이아몬드 원석은 거의 존재하지 않는다는 사실을 깨달았다. 항간에 넘쳐나는 '천재'라는 단어는 단지 자신보다 뛰어나다는 의미의 표현일 뿐, 신들의 축복을 받은 진정한 천재를 찾기란 모래밭에서 바늘 찾기였다.

자신과 비슷하거나 그보다 못한 재능과 어울리는 데 염증을 느끼던 무렵, 지인의 자녀가 참가한 피아노 발표회를 관람하러 갔다.

그곳에서 시각장애인이면서 '작은 별 변주곡'의 12변주를 끝까지 훌륭하게 연주하는 다섯 살 사카키바 류헤이를 보고 말았다.

솔직히 감탄했지만 다섯 살짜리 아이에게 무엇을 어떻게 가르쳐야 할지 당시 시오타는 전혀 감도 오지 않았다. 더불어 시각장애인을 상대하는 일은 완전히 미지의 분야였다. 아직 자신이 감당하기에는 버거운 존재라고 판단해 일단 바라보기만 했다.

그런데 십 년 후, 시오타는 음악계 종사자의 입에서 다시 한번 사카키바 류헤이의 이름을 듣게 됐다. 최근 국내 콩쿠르를 휩쓰는 열다섯 살 소년. 바로 류헤이였다. 게다가 새 피아노 교사를 구하는 중이라고 했다.

인연이라고 생각했다.

시오타는 애가 타는 마음에 도저히 가만히 있을 수 없어 류헤이를 만나러 갔다.

"아무 곡이나 좋으니 한번 쳐보겠어?"

갑작스러운 방문인데도 류헤이는 그 자리에서 쇼팽 에튀드를 선보였다. 쇼팽의 곡에 대한 이해도와 나이에 어울리지 않는 기교는 금세 시오타를 사로잡았다.

찾았다.

사카키바 류헤이야말로 원석이다.

"류헤이 군의 피아니즘은 매우 독특합니다. 거의 아류라고 할 수 있죠.

더 높은 곳을 목표로 한다면 가르칠 수 있는 사람은 저밖에 없을 겁니다."

다소 오만한 말투였지만 절반은 본심이었다. 류헤이의 재능은 마흔의 남자를 미치게 할 만큼 경이로웠다.

그 후 류헤이의 레슨을 맡은 지 거의 십 년이 흘렀다. 류헤이는 그야말로 원석이었다. 갈고 닦으면 닦을수록 찬란하게 빛났다. 그리고 눈부시게 성장해 국내 유명 콩쿠르를 싹쓸이한 뒤 마침내 쇼팽 콩쿠르까지 입상했다.

세상은 열광했다. 하지만 시오타의 생각에 쇼팽 콩쿠르 입상은 단지 통과점에 지나지 않았다. 류헤이의 잠재력은 무궁무진하다. 아직 음악적 지식과 기교도 다 흡수하지 못했다. 연습과 무대를 거듭 경험하다 보면 언젠가 분명 음악사에 이름을 남길 피아니스트로 성장할 것이다. 그때 자신이 류헤이의 곁에 있을지는 그다지 중요하지 않다. 유일무이한 재능을 꽃피우는 데 조금이라도 영향을 미쳤다면 그것만으로 충분히 소망을 이뤘다고 생각한다.

류헤이의 피아노는 신이 세상에 선물한 보물이자 인류의 자산이기도 했다.

이 재능은 망가지면 안 된다.

사카키바 류헤이를 더럽혀서는 안 된다.

그런데 기념비적인 투어 첫날에 느닷없이 어처구니없는 방해꾼이 나타났다. 류헤이의 사생활뿐 아니라 연주에까지 잡음을 일으킨다. 재능 있는 자를 헐뜯으며 자신의 잔학한

욕망을 충족시키기 위해서라면 수단과 방법을 가리지 않는 천하의 상놈이다.

인간의 탈을 쓴 독이다.

데라시타는 반드시 사카키바 류헤이에게 재앙이 될 존재다.

무슨 수라도 써야 한다.

3

—'사카키바 류헤이 모차르트 투어'의 도쿄 공연이 얼마 전 도쿄문화회관 대공연장에서 개최됐다. 쇼팽 콩쿠르 결선 진출자의 공연답게 매진되며 성황을 이뤘다. 그러나 정작 사카키바 류헤이 본인에게는 불만족스러운 공연 아니었을까. 군데군데 귀를 매료시키는 부분은 있었지만 전체적으로 실수가 눈에 띄어 완성도가 떨어졌다. 아직 젊어서 긴장한 탓에 준비한 연주를 모두 보여주지 못했을까. 아무튼 첫 공연이다. 전국 투어를 도는 동안 긴장을 이겨내고 본래의 실력을 보여주기를 기대한다. ('데이토신문' 일요판 문화·예술 칼럼)

"야유 사건은 한마디도 언급하지 않았잖아. 이 기자, 정말로 객석에 있던 것 맞아?"

유카는 읽던 신문을 둥글게 말아 탁자에 내동댕이쳤다.

"이런, 진정해요, 유카 씨."

톰이 곧바로 달랬지만 그의 속마음도 유카와 비슷할 것이다. 이 자리에 유카가 없었다면 톰이 똑같이 분노했으리라.

두 사람은 본채 거실에서 선후책을 논의하고 있었다. 11월 3일에 열린 첫 공연을 본의 아니게 망쳐서 분하지만 기사 내용은 사실이었다. 두 번째 도쿄 공연이 임박했으니 류헤이의 컨디션을 완벽하게 회복시키고 데라시타의 방해를 막을 방도를 강구하는 것이 급선무였다.

시오타가 류헤이 곁에 붙어 있으니 연주 기술 측면은 안심이다. 문제는 데라시타를 어떻게 막느냐였다.

"입장할 때 확인하면 어떨까요?"

"정당하게 표를 구했다면 입장을 거부하기 어렵죠."

"하지만 일단 공연장에 들어와 앉으면 첫날 같은 일이 반복될 거예요. 옆에 저나 톰 씨가 앉는다면 막을 수 있겠지만."

"그놈의 좌석 번호를 알 수 없고 만약 안다고 해도 우리가 놈의 양쪽 옆자리를 확보하겠다는 건 무리입니다."

"그럼 어떻게 하죠? 시오타 선생님이 도와줘도 데라시타를 내버려 두면 같은 일이 되풀이될 텐데."

"티켓을 구한 시점에는 관객이긴 하니까요."

"역시 경찰에 도움을 요청합시다."

"그러니까 제가 조금 전에 말하지 않았습니까. 어렵다고요."

톰은 초조한 마음을 감추지 못했다. 유카의 말 때문이 아니라 경찰의 도움을 받을 수 없다는 사실에 짜증이 치밀었기 때문이다.

"개인을 향한 욕설이나 사실무근인 소문을 퍼뜨리는 행위는 개인 간의 문제예요. 민사 불개입의 원칙 때문에 경찰이 개입하지 않아요."

"그저 그런 욕이 아니잖아요. 분명히 헛소문인 데다 류헤이의 존엄성과도 관련된 문제예요. 그야말로 모욕죄나 명예훼손으로 고소할 수 있지 않나요?"

"그러니까 그 죄가 성립하는지 성립하지 않는지 확실히 구분 짓기가 어렵다고요."

톰이 신물이 난다는 듯 말했다.

"아이돌 매니저로 일할 때 이런 악성 루머에 한두 번 시달린 게 아니라 뼈에 사무쳐요. 욕설 내용이 모욕이나 명예훼손에 해당하는지는 사항마다 다르고 짜증 나게도 헌법이 보장하는 표현의 자유라는 것 때문에 경찰도 그리 쉽게 입건하려 하지 않죠."

"그런 막말이 어떻게 표현의 자유죠?"

"당하는 사람은 당연히 그렇게 생각하겠지만 객관적으로 보면 모호한 문제예요. 류헤이 군은 분명히 시각장애인이니 '사실은 눈이 보이지?'라는 야유가 모욕에 해당하는지는 해석하기 나름이에요. 여차하면 '마치 눈이 보이는 사람 같이 피아노 건반을 정확하게 짚더라'라고 둘러댈 수 있거든요. 그런 의미에서 데라시타의 야유는 교묘하죠. 내키는 대로 배설하는 SNS에 널린 바보들과는 달라요. 형사사건으로 입건할 수 있느냐 없느냐, 그 경계선에서 아슬아슬하게 줄타기하죠. 괜히 그 짓으로 벌어먹고 사는 게 아니에요."

"……쓰레기 같은 인간이네요."

"그래서 그 업계 밑바닥에서 살아갈 수 있는 거예요. 자존심과 양심만 시궁창에 버리면 되니까."

유카는 할 말을 잃었다. 자존심과 양심은 가장 큰 행동 규범이다. 그 두 가지를 포기한 사람을 다스릴 방법은 법밖에 없다.

별다른 대책이 떠오르지 않아 갈피를 잡지 못하는데 인터폰이 울렸다.

현관에는 낯선 남자가 서 있었다.

— 아카사카 경찰서에서 나왔습니다. 사카키바 류헤이 씨 계십니까?

자신도 모르게 톰과 서로 마주 봤다. 호랑이도 제 말하면 온다더니.

"어떡하죠?"

"무슨 일로 왔는지 모르겠군요. 일단 이야기부터 들어봅시다."

현관으로 나가자 남자가 경찰수첩을 꺼냈다.

"생활안전과 구마마루 다카히토입니다. 일전에 연주회에서 사카키바 씨가 연주를 방해받은 건으로 찾아왔습니다."

유카는 미심쩍었지만 한편으로는 든든하기도 했다. 구마

마루를 거실로 안내한 뒤 톰을 소개했다.

"형사님은 수사할 때 둘이서 움직이시는 줄 알았습니다."

"아직 수사라고 말할 단계는 아니라서요."

톰의 질문에 구마마루는 멋쩍게 대답했다.

"사카키바 류헤이 씨는 어디 계십니까?"

"연습 중입니다."

"하하. 그런데 피아노 소리가 안 들리네요."

"연습실은 별채에 있고 방음 설비가 완벽하게 되어 있거든요. 이야기라면 엄마인 제가 할게요. 류헤이의 연주회를 방해한 범인을 체포해 주세요."

"조급하게 굴지 마세요, 어머님. 아직 체포 운운할 단계는 아닙니다."

구마마루는 유카를 진정시킨 뒤 차분하게 설명하기 시작했다.

"아카사카 경찰서 관할에 연예 기획사가 많다는 걸 아십니까? 그 때문에 연예인 관련 상담이 자주 들어옵니다. 오로지 우리 생활안전과에서 담당하는 일이지요."

살면서 경찰과 인연이 없던 유카는 형사라고 하면 으레 인상이 험악하거나 심각한 척하는 남자일 것이라고만 생각했다. 그런데 구마마루는 평범한 회사원 같은 분위기에 관공서 직원 같은 말투였다.

"최근 열린 연주회에서 모욕을 퍼부은 사람이 누구인지 아십니까?"

"데라시타 히로유키라는 남자예요. 프리랜서 기자라고 알고 있습니다."

"악질로 유명한 사람이죠."

옆에서 톰이 거들었다.

"놈의 소문은 들었습니다. 그 인간은 기자가 아니에요. 그냥 양아치라고요."

"양아치라는 의견에는 동의합니다. 실은 몇 년 전부터 데라시타 히로유키와 관련한 신고가 많이 들어왔습니다. SNS에서 특정 아이돌의 악성 루머를 퍼뜨리거나 성희롱에 가까운 인터뷰를 한다고요. 출판사나 웹사이트에 항의해도 자기네 소속 기자가 아니라 기사만 산 것이라는 핑계로 회피한다더군요."

"손해를 입었다면 소속사에서 고소하면 되잖아요."

"입건할 수 있을지 없을지 확실하지 않은 모호한 사항이었고 소속사도 부정적인 이미지를 뒤집어쓸까 봐 소송은 피하려는 경향이 있어요. 결국 가만히 앉아서 당하거나 그가 부르는 돈을 내고 기사를 사들이는 수밖에 없죠."

뜻밖에도 톰이 들은 소문이 사실로 증명된 셈이었다.

"피해 신고를 하는 피해자도 있지만 입건까지는 잘 안 됩니다. 하지만 그렇다고 방치할 수는 없죠."

"생활안전과라는 부서를 찾는 사람은 대부분 연예인인가

요?"

"사이버 범죄 방지 차원에서 SNS의 악성 게시글이나 악플을 지켜보고 있지만 근본적으로는 시민의 안전과 평안을 지키는 것이 경찰의 일이죠."

구마마루는 상체를 조금 내밀었다.

"방금 말씀드린 이유로 경찰에서 데라시타의 동태를 주시하고 있습니다. 아카사카 경찰서 소속인 제가 다른 관할 지역인 사카키바 씨 댁에 방문한 이유는 그 때문입니다."

"야유를 퍼부은 사람이 데라시타인 건 어떻게 아셨어요? 형사님도 공연장에 계셨나요?"

"공연장 안까지 들어가지는 않았습니다. 야유의 내용도 관객이 트위터에 올린 글을 읽어서 알았습니다. 다만 그 남자의 성향이 어떤지는 잘 알죠. 데라시타가 전혀 어울리지 않는 클래식 연주회에 찾아간 시점에서 수상하다고 생각했습니다. 그 사람, 한 번쯤 댁에 방문한 적이 있죠?"

"네."

유카는 데라시타와 류헤이의 인터뷰 내용을 최대한 상세하게 설명했다. 이야기를 듣던 구마마루의 표정이 점점 험악해졌다.

"그 인터뷰 직후에 야유를 퍼부었다고요? 전보다 더 교묘하고 악랄해졌네요. 그 인터뷰는 녹음하셨습니까?"

"아뇨. 녹음은 데라시타가 준비한 IC 녹음기로 했거든요."

"공연장에서 끌어냈을 때는 이렇게 말했습니다."

톰이 데라시타가 내뱉은 말을 재현했다.

"그 대화는 녹음하셨습니까?"

"아뇨. 불행히도."

구마마루가 "안타깝네요"라며 입술을 삐죽였다.

"말씀을 들어보니 인터뷰 내용이 악의로 가득 차 있어서 매니저에게 내뱉은 욕설까지 포함해 증거만 있으면 공갈죄 성립 요건을 갖출 수 있습니다."

"저와 톰 씨가 증언할게요."

"증언만으로는 아무래도 어렵죠. 물증이 없으면 말했다 말하지 않았다 입씨름만 하다 끝납니다. 아마 그 위험성을 계산해서 행동했다고 봅니다. 지금까지 비슷한 짓을 여러 번 저지르며 기술을 충분히 익힌 거죠."

"피해 신고를 하려고 하는데요."

"피해 신고를 해도 확실한 물증이 없으면 결과는 같습니다. 달리 말하면 어떤 형태든 증거로 삼을 만한 기록이 있다면 입건할 가능성이 커지죠."

유카는 속으로 이를 갈았다. 류헤이는 물론 우리의 피해가 분명한데도 경찰이 손을 댈 수 없다니. 민사 불개입의 원칙이라고 하지만 협상하고 화해할 수 있다면 이렇게 고심하지는 않을 것이다. 상대는 태연하게 공연을 방해하는 야만인으로 상식과 양심이 통하지 않는 인간이었다.

무엇보다 우리가 숨겨야 할 비밀은 아무것도 없다. 류헤이가 가짜 시각장애인이라고 데라시타가 멋대로 우길 뿐이다. 즉 당치도 않은 의심을 받으며 협박까지 당하는 상황 자체가 한없이 부당했다.

하지만 청각장애 작곡가 사건이 일어난 지 아직 이 년밖에 지나지 않았다. 그 사건은 클래식계뿐 아니라 전 국민을 실망과 의심의 소용돌이로 몰아넣은 어마어마한 스캔들로, 지금도 건드리면 시끄러워지는 사건이다. 이런 시기에 자꾸 불을 지피면 아니 땐 굴뚝에도 연기가 나는 법이다.

무슨 수를 써서라도 데라시타의 입을 막아야 할 텐데.

잠시 생각에 잠겼다가 방법이 떠올랐다.

"톰 씨, 데라시타가 제대로 취재할 기회를 달라고 했죠?"

"네, 그랬죠. 그 자리에 시오타 선생님이 있었다면 주먹다짐이 벌어졌을지도 몰라요."

"그럼 정식으로 취재 자리를 마련하면 어떨까요? 물론 우리도 녹음기를 준비해서."

유카의 의도를 눈치챈 듯 톰은 이해했다는 표정을 지었다.

"함정을 파자는 말이죠?"

"인터뷰라면 당연히 매니저인 톰 씨가 함께하겠죠. 류헤이를 혼자 남겨 둘 걱정도 없어요. 중재 역할로 톰 씨가 동석하면 데라시타도 본인의 요구를 분명 확실히 할 테고."

유카와 톰은 거의 동시에 구마마루를 쳐다봤다.

"아아, 확실히 묘안이네요."

구마마루는 제법 내키는 듯 몸을 쭉 내밀었다.

"지난번 인터뷰는 어느 방에서 진행하셨습니까?"

"연습실에서요. 류헤이 군이 가장 편하다고 느끼는 공간이라 제가 류헤이 군과 함께 데라시타를 만났습니다."

"만약 두 번째 인터뷰에 응한다면 전과 같은 조건으로 진행하는 편이 상대방의 방심을 끌어내기 좋을 겁니다. 괜찮으시다면 제가 연습실을 둘러보고 녹음기를 감쪽같이 숨길 곳을 알려드릴 수 있습니다."

"제가 안내할게요."

유카가 나서서 구마마루를 안내했다. 정원으로 나가 연습실로 이어지는 통로를 걸으며 구마마루는 감탄했다.

"별채는 완전히 분리되어 있군요. 류헤이 씨를 배려하려고 이런 구조로 만드셨습니까?"

"본채와 완전히 분리돼야 집중이 잘 되어서요. 게다가 이 동네는 한적한 주택가여서 이웃에 피해가 가지 않도록 신경 썼어요."

"청각이 뛰어나다고 들었습니다. 그러면 주변 소음이 연습에 방해되지 않을까요?"

"방은 완전 방음 처리를 했고 본채에서 소비하는 전력에 영향을 받지 않도록 전력 시스템도 따로 사용하고 있어요. 연습실은 류헤이만의 세계니까요."

연습실에 드나드는 사람은 한정되어 있어서 문은 잠그지 않았다. 류헤이가 다른 사람보다 소리에 민감하기 때문에 피아노 소리가 들리지 않을 때 가볍게 노크할 뿐이었다.

"들어오세요."

대답 소리에 문을 열었다. 피아노 앞에서 류헤이와 시오타가 약간 지친 모습으로 각자 의자에 앉아 있었다.

"데라시타 일로 경찰이 오셨어요."

"아카사카 경찰서 생활안전과의 구마마루라고 합니다. 중요한 연습 시간에 방해해서 죄송합니다."

유카가 계획을 설명하자 류헤이는 고개를 갸웃했고 시오타는 미간에 주름을 잡았다. 두 사람은 톰과 달리 내키지 않는 듯했다.

"유카 씨, 벌써 결정된 계획인가요? 적어도 류헤이의 의견은 들어봐야 한다고 생각합니다만."

"아직 결정된 사안은 아니에요. 이곳에 온 이유도 류헤이의 생각을 확인하기 위해서죠."

당사자인 류헤이에게 물었다.

"류헤이는 어떻게 생각해?"

"상대를 함정에 빠뜨리다니 저는 못 하겠어요."

"류헤이는 평소처럼 그냥 인터뷰하면 돼. 톰 씨도 동석할 테니까."

"엄마와 톰 씨가 낸 결론이 그거라면 그렇게 해요."

평소 류헤이다운 소극적인 대답이었다. 타인을 배려해서인지 자기주장이 강하지 않기 때문인지, 웬만해선 자신의 마음을 표현하지 않았다. 그러나 음악에 관해서는 예외였다. 실력이나 완성도 등 호불호를 명확히 표현했다.

류헤이는 마지못해 동의했지만 시오타는 여전히 불만스러운 얼굴이었다.

"솔직히 그 남자와 류헤이가 다시 만나는 건 반대합니다. 류헤이의 멘탈이 어떤지는 저보다 유카 씨가 더 잘 아실 테죠. 데라시타와 만난 일로 연주할 때 영향을 받으면 어떻게 합니까?"

"인터뷰할 때는 톰 씨가 옆에서 잘 보호할 거예요. 데라시타의 협박을 증명할 만한 증거를 얻자마자 바로 쫓아낼게요."

"그래요."

"저도 이런 일은 하고 싶지 않아요."

시오타의 떨떠름한 반응에 그만 말에 가시가 돋치고 말았다.

"다른 방법이 있으면 말해주세요. 지금은 어쨌든 류헤이의 연주에 방해가 되는 존재를 제거해야 하니까요."

시오타의 얼굴이 불만스러운 표정에서 곤혹스러운 표정으로 바뀌었다. 자신의 엄마지만 약삭빠르다고 류헤이는 생각했다. 시오타에게 묘안이 없다는 사실을 알면서 다그치고 있었다.

유카도 류헤이를 미끼 삼아 함정을 파는 방법은 피하고 싶지만 생각할수록 이 방법밖에 없는 것 같았다. 인터뷰 동석은 톰에게 맡겨야겠지만 여차하면 자신과 시오타가 방 밖에서 대기해도 좋을 터다.

그러자 지켜보던 구마마루가 도움의 손길을 내밀었다.

"현직 경찰로서 이런 조언을 드리는 것이 맞을까 싶지만 데라시타 같은 남자는 그냥 내버려 두면 안 됩니다. 누군가 제동을 걸지 않으면 희생자만 늘어날 거예요."

경찰관인데 말투까지 진중한 구마마루의 설득에 시오타의 표정도 진지해졌다.

"류헤이 씨를 미끼로 삼는 것 같아 꺼려지는 심정도 이해합니다. 오늘 댁에 방문해서 어머님과 매니저님의 말을 들어보니 류헤이 씨가 얼마나 섬세한 성격인지 알겠어요. 데라시타와 다시 대면하는 게 염려스러우신 점도 당연합니다. 하지만 다소 무리하더라도 피해자를 미끼로 용의자를 유인하는 방법은 다른 사건에서도 사용하는 방법입니다. 예컨대 피해자가 현금을 이체하기 전에 보이스 피싱 범죄라는 사실을 알게 됐을 때 피해자에게 협조를 요청하는 경우는 흔하죠."

"지금 우리 상황을 보이스 피싱과 같다고 할 수 있겠습니까?"

"피해자가 협조해야 범인을 체포할 수 있다는 점에서는 같다고 볼 수 있죠. 류헤이 씨의 사건도 관계자의 증언만으로는 해결할 수 없습니다. 데라시타를 궁지에 몰아넣으려면 공갈 협박을 증명할 수 있는 증거가 필요합니다."

시오타는 잠깐 생각에 잠겼다가 류헤이에게 말했다.

"정말 괜찮겠어?"

"괜찮아요. 이 일로 지난번 같은 사고를 피할 수만 있다면."

"알겠습니다. 해 보죠."

시오타도 마지못해 동의했다. 그 심정은 뼈저리게 이해가 갔다.

"이 방에 녹음기를 설치하실 거죠?"

구마마루가 연습실을 둘러봤다.

"협박이 익숙한 인간은 조심성이 많습니다. 이 연습실은 다행히 그랜드 피아노 외에 눈에 띄는 것이 없어서 상대의 방심을 유도할 수 있겠네요. 피아노 속에 설치하는 건 어떠십니까?"

"안 돼요."

류헤이가 일언지하에 거절했다.

"피아노는 상판의 울림까지 고려해 만드는 악기예요. 속에 뭔가를 넣기만 해도 소리가 변해요."

"그게 바로 노림수죠. 데라시타도 류헤이 씨가 피아노를 얼마나 소중히 여기는지 알 겁니다. 그래서 그런 곳에는 녹음기가 설치되어 있지 않으리라 생각할 테죠. 설령 가능성을 떠올린다고 해도 본인이 보는 앞에서 피아노 속을 살피는 행동은 어지간하면 못 할 겁니다."

"그래도."

"인터뷰할 때만 설치할 겁니다. 그때 말고는 당연히 빼놓

으셔도 돼요.”

결국 류헤이가 포기하자 인터뷰 직전에 IC 녹음기를 설치하는 것으로 결정됐다.

“혹시 무슨 일이 있으면 바로 연락 주세요. 모쪼록 조심하시고요.”

구마마루는 분위기를 조금 환기한 뒤 떠났다. 모두 다시 연습실에 모였고 톰이 데라시타를 함정으로 유인할 준비를 마쳤다.

“그딴 놈의 명함이지만 버리지 않아서 다행이네요.”

명함을 주고받았던 톰이 전화를 걸었고 세 번째 신호음이 울렸을 때 상대가 전화를 받았다.

— 네. 데라시타입니다.

톰이 스피커 모드로 설정해서 모두가 통화 내용을 들을 수 있었다.

“사카키바 류헤이의 매니저, 톰 야마자키입니다.”

— 오오, 이거 참. 안 그래도 슬슬 전화 주실 때가 됐다고 생각했습니다.

전화로 들어도 기분 나쁘게 끈적거리는 목소리는 여전했다. 유카는 소름이 끼쳐서 속이 울렁거렸다.

“다시 한번 인터뷰하고 싶다고 말씀하셨죠. 만약 인터뷰에 응하면 지난번 연주회 때와 같은 방해 행위는 그만하실 겁니까?”

— 약속하겠습니다. 단 조건이 있습니다. 상당히 깊게 파고

드는 인터뷰가 될 텐데 피하지 말고 대답해 주세요.

조건 따위를 달다니. 유카는 저도 모르게 욕설을 내뱉을 뻔했다. 적반하장도 유분수지. 몇 마디만 주고받아도 데라시타가 협박을 일삼는 무뢰한이라는 사실이 훤히 들여다보였다.

"최대한 취재에 협조하도록 아티스트에게 전해 두겠습니다. 다만 저희도 조건이 있습니다. 지난번처럼 인터뷰 자리에 제가 동석하겠습니다."

— 상관없습니다. 그 조건이라면 이미 예상한 상황이라서요.

"다음 연주회가 코앞입니다. 공연 직전이라는 점을 유념해 주세요."

— 그럼 모레 오후는 어떠십니까.

모레 오후면 자신들도 녹음 준비를 마칠 수 있다. 유카는 소리 없이 고개를 끄덕여 보였다.

톰은 8일 오후 1시로 약속을 잡고 전화를 끊었다.

"주사위는 던져졌어요. 모레에는 적을 공략해야 해요. 데라시타가 눈치채지 못하게 평정을 가장합시다."

"나나 유카 씨는 생각하는 게 얼굴에 금방 드러나지 않습니까. 류헤이는 평소에도 불안해하는 표정이라 감정을 쉽게 들키지 않을 것 같지만."

"두 분은 딱히 놈과 마주칠 필요 없습니다. 들킬 것 같으면 그냥 무시하세요."

그렇다고는 해도 손님을 맞이하는 일은 유카의 몫이다.

긴장해서 태도가 부자연스러워 보이면 어쩌나 벌써부터 걱정됐다.

그러나 유카의 걱정은 기우에 그쳤다.

그들이 의심을 사기 전에 데라시타가 숨진 채 발견됐기 때문이었다.

III *Amolto dolente*
몹시 애통하게

I

　11월 8일, 오전 7시 32분. 세타가야구 도도로키 3번가 주택에서 시신이 발견됐다는 신고가 다마가와 경찰서에 접수됐다.

　사건 현장은 도쿄에서 최고급 주택가로 유명한 곳으로 특히 유명 피아니스트의 집이라는 사실을 알게 된 강력계와 감식계는 어느 때보다 긴장했다.

　현장에는 기동수사대가 먼저 출동했고 시신의 상태와 정황으로 살인사건일 가능성이 제기됐다. 이어서 경시청 수사 1과의 서무 담당 관리관이 사건성을 확인하며 수사1과에 출동 명령을 내렸다.

　"으리으리한 저택이네."

　수사1과의 기리시마반 소속 나가누마 마사토시는 현장에

들어가자마자 저택의 규모에 놀랐다. 부지 면적이 백 평 정도 되는 듯했다. 도도로키의 고급 주택가에서 백 평이라니 그 규모도 대단했지만 나가누마는 특히 부지를 사용한 방식을 보고 놀랐다. 보통 건폐율에 맞춰 건물을 최대한 짓기 마련인데 이 저택은 본채를 아담한 단층집으로 짓고 정원을 넓게 활용했다. 피아노 연습실로 사용하는 별채도 그리 크지 않았다. 한마디로 귀중한 토지를 낭비하고 있으며 토지에 집착하지 않는 면모가 자못 자산가다웠다.

이곳은 쇼팽 콩쿠르에 출전해 단번에 이름을 알린 사카키바 류헤이의 집이었다. 게다가 시신이 발견된 곳이 연습실이라고 하니 이 또한 놀라웠다.

"수고 많으십니다."

나가누마를 발견한 다마가와 경찰서의 세키자와가 달려왔다. 세키자와와는 예전에도 콤비를 이룬 적이 있어서 마음이 잘 맞는 사이였다.

"안녕하세요, 세키자와 형사님. 살해당한 사람은 피아니스트입니까, 아니면 가족입니까?"

"둘 다 아닌 것 같아요."

"외부인입니까?"

"데라시타 히로유키라는 프리랜서 기자로 특정되었습니다. 이 집 식구들이 피해자의 신원을 알더군요. 일단 별채 안을 보세요."

별채 내부는 약 열 평 크기 연습실이었다. 창문은 하나뿐이지만 채광에 충분한 크기여서 연습실 안으로 햇빛이 들이쳤다. 한가운데에 자리 잡은 그랜드 피아노가 이 방의 주인공은 자신이라고 주장했다. 그 주인공 옆에 누워 있는 시신은 초라할 정도로 궁상맞아 보였다.

"오호, 기리시마 반장네 반에 사건이 배당됐나 보군."

시신 옆에 웅크리고 앉아 있던 미쿠리야 검시관이 돌아보며 말했다.

"등 뒤에서 두 발. 각각 심장과 폐를 명중했어. 다른 외상은 보이지 않으니 이게 치명상이었겠지. 장기 손상 또는 출혈성 쇼크로 인한 사망이야."

나가누마는 미쿠리야의 옆에 서서 합장한 뒤 시신을 내려다봤다. 데라시타는 공허한 눈으로 천장을 보고 있었다.

"발견 당시에는 엎드린 자세였어. 총상은 두 군데에 났고 모두 별모양 열상으로 접사 총상으로 추정돼."

총탄으로 생긴 상처는 사격 거리에 따라 모양이 다르다. 접사 총상이란 말 그대로 총구를 몸에 직접 댄 상태로 총을 쐈을 때 난 상처로, 체표면에 검게 그슬린 좌멸륜이 남는다. 데라시타의 시신에 바로 그 흔적이 남아 있었다.

"사망 추정 시간은 어젯밤 11시부터 새벽 1시 사이. 부검할 때 위 내용물을 확인하면 범위를 조금 더 좁힐 수 있을 거야."

검시 때문에 벗긴 옷이 옆에 놓여 있었다.

"긴팔 셔츠에 바지라. 겉옷은 감식관이 가져갔나요?"

"발견 당시에도 그 옷뿐이었어."

"11월 밤에 셔츠 한 장만 입었다니 이상하네요. 어젯밤 도쿄 기온은 10도가 안 됐는데."

"현장에서 겉옷은 발견되지 않았어. 범인이 가져갔을 수 있지. 지갑과 스마트폰도 겉옷과 함께 사라졌어."

"왜 그랬을까요?"

"그걸 생각하는 건 검시관이 일이 아니야."

미쿠리야가 무심하게 말했다.

"피해자의 겉옷에 범인을 특정할 수 있는 흔적이 남았을까요?"

"가능성은 있겠지."

로카드의 교환 법칙까지 생각할 것도 없이 범인과 피해자가 접촉한 순간 지문, 체액, 먼지, 섬유 등이 상대에게 묻는다. 범인은 분명 데라시타와 몸싸움을 벌이다가 겉옷에 자신을 특정할 만한 흔적을 남겼을 것이다. 그래서 시신의 상태가 부자연스러워져도 개의치 않고 겉옷을 가져갔다.

시신에서 더 많은 정보를 뽑아내려면 부검을 기다려야 한다. 나가누마는 일단 세키자와와 함께 연습실 밖으로 나왔다.

"시신을 발견한 신고자는 피아니스트의 어머니인 사카키바 유카 씨입니다."

"그 사람이 최초 발견자군요."

"자세한 이야기는 본인에게 직접 묻는 편이 낫겠죠."

본채에 들어서자 거실에는 네 사람이 빙 둘러앉아 있었다. 피아니스트 사카키바 류헤이와 그의 어머니 유카. 매니저인 톰 야마자키와 피아노 교사 시오타 하루히코였다. 하나같이 얼굴을 찌푸리고 있는데 살인사건에 당황한 탓일까, 아니면 외부인의 시신이 집 안에 쓰러져 있다는 사실에 언짢기 때문일까.

"신고자는 어머님이시죠?"

나가누마의 질문에 유카가 서서히 고개를 들었다.

"시신을 발견한 사람도 어머님이시고요."

"네."

"시신을 발견했을 때 상황을 말씀해 주시겠습니까?"

"저는 보통 아침 7시 전에 일어나요. 오늘 아침도 그랬죠. 일어나서 류헤이를 깨우려고 침실에 갔는데 안 보이더라고요. 나중에 본인에게 물어보니 화장실에 갔었대요. 그런데 저는 류헤이가 피아노 연습을 하고 있다고 생각해 별채로 갔어요."

"아침 7시부터 피아노 연습을 합니까?"

"지금은 투어 중이고 연주회 첫날 본의 아니게 공연을 망친 터라 이른 아침부터 연습한다고 해도 전혀 이상하지 않았어요."

나가누마가 흘긋 쳐다보니 류헤이가 기분 나쁜 표정을 짓고 있었다. 공연을 망쳤다는 말은 사실 같았다.

"별채로 다가가니 문이 계속 열려 있더군요. 연습 중엔 문을 닫기 때문에 이상하다고 생각해 안으로 들어갔어요. 그랬더니 피아노 옆에 저 사람이 쓰러져 있었고…… 등에서 피가 엄청나게 흘렀어요. 불러도 꼼짝도 하지 않았죠. 조심스럽게 다가가니 숨도 쉬지 않아 황급히 경찰에 신고했습니다."

"생사를 확인한 건 매우 침착한 행동이었습니다. 대단하세요."

"사고로 남편을 잃었을 때 죽은 사람의 얼굴을 본 적이 있습니다. 생명이 빠져나간 얼굴은 잊을 수 없을 정도로 충격적이죠."

직업 특성상 나가누마도 사망자의 얼굴을 여러 번 봐서 유카의 말에 공감했다. 시신은 그저 움직이지 않는 존재가 아니다. 산 자가 내뿜는 생기가 모조리 사라져 버린 존재다.

"데라시타 씨가 이곳에 온 적이 있다고 들었습니다."

질문을 받은 유카는 데라시타가 잡지 인터뷰를 하러 방문한 경위를 설명했다. 그러나 무언가를 숨기는 듯 모호한 말투가 마음에 걸렸다.

"인터뷰 내용에 문제라도 있었습니까?"

"정상적인 기자가 아니었어요."

"무슨 뜻이죠?"

그러자 당연하다는 듯 매니저 톰이 끼어들었다.

"협박범이에요. 그 남자는 류헤이 군의 시각장애가 거짓이라며 아무 근거도 없는 헛소리를 기사화하려고 했습니다."

무심코 류헤이를 봤다. 클래식에 특별히 관심이 없는 나가누마도 사카키바 류헤이의 상황 정도는 안다. 일본 클래식계에 혜성처럼 등장한 천재 맹인. 그의 장애가 거짓이라는 주장인가.

"데라시타의 주장에는 아무런 근거도 없습니다. 하지만 청각장애인 척 속인 작곡가 스캔들이 이 년 전에 터졌기 때문에 어쩌면 세상은 색안경을 끼고 바라보겠죠. 그게 싫으면 본인의 기사를 사라고 요구했습니다."

톰은 그에 더해 데라시타가 연주회 첫날 저지른 방해 행위도 언급했다. 지금까지 무고해 보였던 피해자에게 검은색이 덧칠된 순간이었다. 표면상으로만 기자고 사실은 공갈 협박 전문가였다는 말인가.

"아카사카 경찰서의 구마마루 형사님이 데라시타의 악행을 조사하는 듯하니 그쪽에 확인해 보세요."

아카사카 경찰서 관할에는 연예 기획사가 많다. 피해 신고 수도 적지 않을 테니 무뢰한 기자를 전담하는 담당자가 있을 만했다.

"데라시타는 어젯밤에도 이곳에 방문했습니까?"

이 질문에 네 사람은 모두 고개를 저었다.

"그런데 왜 연습실에서 숨진 채 발견됐을까요? 실례지만 이곳 문단속은 어떻게 하십니까, 어머님?"

"본채는 문을 잠그지만 별채는 보통 잠그지 않아요."

"대문이 있지만 높이가 낮고 걸쇠만 설치되어 있어 손만

뻗으면 쉽게 열 수 있습니다. 즉 외부에서 쉽게 드나들 수 있다는 뜻이죠."

"문단속은 본채만으로도 충분합니다. 만약 도둑이 든다 해도 별채에는 그랜드 피아노뿐이니까요. 가치 있는 악기지만 그렇다고 딱히 훔쳐 갈 수 있는 물건은 아니잖아요."

"매니저도 피아노 선생님도 밤에는 집으로 돌아가신다고요. 그 후에는 쭉 어머님과 류헤이 씨만 계시는 거죠?"

"네."

나가누마와 세키자와는 서로 눈빛을 주고받았다. 사카키바 가족의 방범 의식이 부족한 점도 문제지만 지금 논해야 할 것은 다른 문제였다.

데라시타의 사망 추정 시간은 어젯밤 11시부터 새벽 1시 사이다. 그런데 정작 데라시타는 어제 사카키바 저택을 방문하지 않았다고 한다. 그렇다면 데라시타는 어딘가 다른 곳에서 살해된 뒤 연습실로 옮겨졌다는 의미다.

문제는 바로 시신을 운반한 인물이 사카키바 저택의 방범 상태를 속속들이 알고 있었다는 사실이다. 만약 그러한 상태를 몰랐다면 누가 감히 남의 집에 시신을 갖다 놓을 생각을 했겠는가.

"연습실을 잠그지 않는다는 사실은 누가누가 압니까?"

유카는 잠시 머뭇거리다가 입을 열었다.

"대문을 잠그지 않는다는 건 이웃이라면 누구나 알아요.

지역 생활 정보지를 돌리는 사람도 아무렇지 않게 그냥 정원으로 들어오니까요. 연습실을 잠그지 않는 것도 오래전부터 류헤이를 알고 지낸 사람이면 알 거예요."

"허술하다고 지적받은 적은 없습니까?"

"이 동네는 치안이 좋아서 빈집털이도 날치기도 없거든요. 곳곳에 CCTV가 설치된 덕분이겠죠."

그 한마디에 납득이 갔다.

과거에 도쿄 내 고급 주택가에 빈집털이 사건이 빈번하게 발생했을 때 경시청에서 각 주택 세대주에게 CCTV 설치를 권유한 적이 있다. 공공시설 주변이나 도로에 CCTV를 설치하는 것은 행정기관이 할 일이지만 각 가구에서도 자체 설치하도록 유도하려는 방안이었다. 다행히 고급 주택가에는 방범 의식이 높은 주민이 많아서 대부분 그 제안을 수락했다. 이곳 도도로키도 예외는 아니었다고 들었다.

"집에 CCTV는 어디에 몇 대나 설치하셨습니까?"

"본채 현관 앞과 뒷문에 한 대씩이요."

"대문 주변이나 별채에는 설치 안 하셨습니까?"

"네."

나가누마와 세키자와는 다시 눈을 마주쳤다. 유카의 말대로라면 저택 내 CCTV에 데라시타와 범인의 모습이 찍히지 않았을 가능성이 컸다. 그런 경우 인근 주민의 협조를 구해야 한다.

"만약을 위해 어젯밤 여러분이 무엇을 하셨는지 한 사람씩 알려주세요."

먼저 류헤이는 "목욕 후 오후 9시까지 연습한 뒤 잤다."고 말했다.

유카도 "류헤이가 침실로 들어가는 모습을 확인하고 오후 10시에는 침대에 누웠다"고 진술했다.

톰 야마자키는 "오후 8시까지 소속사 일을 처리하다가 롯폰기에 있는 레스토랑에서 저녁을 먹고 자정 전에 귀가했다"고 했다.

"그 레스토랑에는 몇 시까지 계셨습니까?"

"영업 종료 시간인 10시까지 있었습니다."

"증언해 줄 동행자가 계십니까?"

"혼자 갔습니다. 그 레스토랑은 전부터 관심이 있었지만 처음 들어간 곳입니다. 점원이 저를 기억할지는 잘 모르겠네요."

톰은 혼자 살기 때문에 귀가를 증언해 줄 사람도 없다. 다만 톰이 거주하는 맨션은 자동잠금장치가 설치되어 있으니 맨션을 드나든 기록이 남아 있을 것이라고 했다. 일단 확인이 필요했다.

시오타의 알리바이도 비슷했다. 오후 9시에 류헤이와 연습을 마치고 곧바로 본인의 맨션으로 돌아갔다. 시오타도 홀로 살기 때문에 증언해 줄 사람은 없지만 역시 자동잠금장치에 남은 기록을 확인하면 된다.

네 사람의 동의를 얻어 지문과 모발과 타액을 채취했다. 이후 감식과 부검 보고를 기다렸다가 다시 관계자 조사를 하게 된다. 나가누마와 세키자와는 일단 본채를 나왔다.

"나가누마 씨, 어떻게 생각하세요?"

"매우 기묘하네요."

나가누마는 솔직하게 대답했다.

"사실상 누구라도 저택에 드나들 수 있었습니다. 연습실도 자유롭게 드나들 수 있었고요. 방범 의식이 결여되기도 했지만, 무엇보다 외부인이 시신을 옮겨 놓은 행위 자체가 몹시 부자연스러워요. 이곳이 폐건물이면 몰라도 유명인의 집 아닙니까."

"제 생각도 같습니다. 사카키바 모자의 알리바이는 없는 것이나 마찬가지고 톰 야마자키도 레스토랑에서 나와 귀가할 때까지 약 두 시간 공백이 있죠. 시오타도 잠금장치의 데이터 말고는 알리바이를 증명할 길이 없어요."

"증언대로 데라시타가 공갈 협박을 했다면 연주회 성공을 바라는 네 사람 모두 똑같은 동기가 있는 셈입니다."

협박당하는 쪽이 반격에 나서는 일은 흔하다. 사실무근인 협박이라고 해도 전국 투어를 갓 시작한 유명 피아니스트의 입장이면 반드시 제거하고 싶은 대상이리라.

"CCTV는 물론이거니와 동네 주민들에게 얼마나 정보를 얻을 수 있을지도 문제죠."

"탐문은 저희 관할서에서 담당합니다. 맡겨 주세요."

"저도 합류하겠습니다."

나가누마는 곧바로 세키자와와 함께 탐문 수사에 나섰다. 다행히 사카키바 저택의 옆집과 맞은편 집에 모두 사람이 있어서 탐문은 순조로웠다.

"사카키바 류헤이 씨는 세계적인 피아니스트잖아요. 동네가 조용한 분위기라 류헤이 씨에게 피해가 가지 않도록 요란하게 티는 안 내지만 주민 모두가 응원하고 있어요. 매니저와 피아노 선생님이요? 네, 매일같이 보죠. 이제 거의 가족 같은 느낌 아닐까요? 7일 밤이요? 10시 넘어서는 본채도 별채도 불이 꺼져 있었어요. 수상한 사람이요? 그 시간대에는 저도 집 안에만 있으니까요. 개라도 있으면 수상한 사람이 나타났을 때 짖기라도 할 텐데."

"아아, 류헤이 씨네 집이요. 연주회 전날이면 조금 늦게까지 깨어 있는데 평소에는 늘 정해진 시간에 불을 끄는 것 같아요. 정말, 시계처럼 정확하다니까요. 그 집 불이 꺼졌으니 나도 이만 잘 시간이지 생각할 정도예요. 알려주지 않아도 조만간 연주회라는 걸 알 정도예요. 별채에서 불빛이 새어 나오면 류헤이 씨가 피아노 선생님과 연습하고 있다는 증거니까요."

"수상한 사람이요? 예전에 공원 근처에서 봤다는 이야기는 들었지만 집집마다 CCTV를 설치한 뒤로 그런 일은 완전히 없어졌습니다. 저희 동네는 도쿄에 있는 주택가 중에서도 치안 좋기로 유명한 곳이니까요."

"류헤이 씨네 집에서 늦은 밤에 무슨 소리 안 났냐고요? 으음, 이곳 주민은 나 같은 고령자가 많으니까요. 밤이고 아침이고 빨라요. 자정 즈음에 깨어 있는 사람이 과연 몇이나 될지."

탐문 결과 밝혀진 사실은 사카키바 모자와 톰 야마자키, 시오타 하루히코의 유대가 가족같이 돈독하다는 점과 목격 증언이 적다는 점이었다. 새벽 1시 넘어서 시신을 짊어지고 서성인 인물을 본 사람은 아무도 없었다.

어느 집이나 CCTV 데이터 제공에 협조적이라는 사실이 다행이지만 늦은 밤에 연습실에서 새어 나오는 불빛을 본 사람은 단 한 명도 없었다.

감식 보고는 일찌감치 올라왔다. 유카의 진술에 따르면 하루에 한 번, 오전에 연습실을 청소하기 때문에 시신이 운반된 시간을 고려하면 남은 유류품이 적을 것이다. 역시 감식 보고서에는 다섯 명의 모발과 여섯 명의 족적이 검출됐다고 적혀 있었다. 이 중 다섯 명은 사카키바 모자와 톰 야마자키와 시오타 하루히코, 그리고 피해자인 데라시타 히로유키였다. 문제는 나머지 한 명의 족적이었는데 나가누마는 범인이 남긴 흔적이라고 생각했다. 물론 지문과 족적 외에도 흥미로운 잔류물이 있었지만 이는 관계자 조사에서 중요도가 높아질 것이 분명했다.

피해자를 조사할 겸 나가누마는 홀로 아카사카 경찰서의 구마마루를 찾아갔다.

　구마마루는 전형적인 직장인 같은 남자였다. 데라시타가 살해됐다는 사실을 이미 알고 있어서인지 표정이 다소 험악했다.

　"그렇게 기생충처럼 살다가 언젠가는 죽을 거라고 생각은 했지만 설마 살해당할 줄은 몰랐죠."

　"그렇게 원한을 많이 산 사람이었습니까?"

　"데라시타 히로유키와 관련된 신고가 몇 년 전부터 많이 들어왔습니다. 대부분 연예계 쪽이었고요. SNS에서 특정 아이돌의 악성 루머를 퍼뜨리거나 성희롱에 가까운 인터뷰를 했다는 내용이었습니다. 연예 기획사 중에는 범죄 조직과 연관된 곳도 있어요. 데라시타는 표적을 고를 때 그런 위험한 연예 기획사 소속 연예인을 피했습니다."

　"지뢰를 피하면서 확실한 돈줄을 잡았다는 말입니까? 원한을 살 만했군요."

　"소속사는 아무리 억울해도 스캔들이 터질까 봐 신고도 못 합니다. 피해 신고를 해도 입건이 될지도 불투명하고요. 직접 손을 쓸 수 없다고 야쿠자에게 의뢰했다가 되려 약점을 잡힐 수도 있죠. 정상적인 연예 기획사일수록 데라시타는 없애고 싶은 존재였을 겁니다."

　"연예 기획사 관계자, 혹은 스캔들로 협박당한 연예인 본인에게도 데라시타를 살해할 동기가 있었다는 말입니까?"

"부정할 수 없군요. 그런데 만약 과거 피해자가 데라시타를 살해했다고 가정하면 왜 사카키바 류헤이 씨 집에 시신을 유기했는지 의문이 남습니다. 데라시타가 사카키바 류헤이 씨에게 달라붙었다는 사실은 류헤이 씨와 그를 돕는 세 사람밖에 모를 테니까요."

"아니면 그 네 사람 중 누군가, 혹은 모두가 범인에게 정보를 흘렸을 가능성은 없을까요?"

"그랬을 수도 있죠. 하지만 보통 비밀로 묻어 두고 싶은 정보를 제삼자에게 누설하지는 않잖아요."

구마마루의 말이 맞다. 공범자를 늘리면 범행을 들키기 쉽다.

"접수된 피해 신고 외에 다른 기록이 남아 있습니까? 피해자가 신고를 포기한 경우라거나."

"데라시타와 관련된 기록은 제가 개인적으로 정리했습니다. 언제든 제공하겠습니다."

"그럼 나중에 보내주시기 바랍니다."

과거 피해자들이 이번 사건에 연루됐을 가능성은 적지만 그 가능성을 하나씩 제거해 나가는 것이 수사의 정석이다. 자신이 떠올린 가능성을 직접 무너뜨리는 일이니 모순된 작업 같지만 업무기 때문에 어쩔 수 없다.

"솔직히 분하네요."

구마마루는 불쾌한 표정으로 말했다.

"데라시타는 정식 절차를 밟아 송치해서 법정에서 마땅한 죄를 묻고 싶었거든요. 이런 식으로 살해당하다니 성에 안 찹니다."

"데라시타가 죽길 바랐던 사람이 한둘이 아니었겠죠."

"그래도 사적제재는 안 되죠. 왜 살해당하기 전에 체포하지 못했는지. 아마 범인을 검거해도 분하고 아쉬운 마음이 계속 남을 것 같습니다."

구마마루의 심정은 나가누마도 이해가 갔다. 노리던 용의자가 죽는 것은 옆에서 누군가가 사냥감을 낚아채 가는 것이나 마찬가지였다.

"수사에 참여하지 못해서 참 아쉽습니다."

"자료를 제공하시는 것만으로도 충분히 수사에 참여하고 계시는 겁니다."

나가누마는 구마마루에게 인사한 뒤 오타구에 있는 데라시타의 맨션으로 향했다.

집에는 이미 기리시마반 소속 수사관과 감식관이 도착해 데라시타의 물건과 컴퓨터를 조사하고 있었다.

맨션의 수준이나 가구들을 보면 데라시타의 형편이 그다지 넉넉하지 않았던 것 같았다. 냉장고에 남아 있는 식재료나 술도 초저가 마트에서 판매하는 것들뿐이었다.

데라시타는 프리랜서 기자라는 이름을 내세웠지만 결국 정규직으로 고용되지 못한 가십 기자였다. 과거 저지른 악행 때문에 정규직이 되지 못했을까, 아니면 정규직이 되지 못한 탓에 협박에 발을 들이게 되었을까. 어느 쪽이든 공갈 협박을 일삼던 자가 호사스러운 생활을 하지 않았다는 사실을 알고는 마음이 조금 후련해졌다.

"컴퓨터에 저장된 내용이 너무 심한데요."

감식관의 말에 컴퓨터에 저장된 데이터를 확인하니 확실히 심상치 않았다. 데라시타가 뒷조사를 했는지 연예인들의 스캔들이 소속사별로 정리되어 있었다. 친절하게도 어느 소속사에게 얼마를 받았는지 금액도 명기되어 있었다. 마치 협박 갈취 보고서 같아서 섬뜩했다. 살인사건을 수사할 때 보통 피해자가 당한 일에 분노하거나 피해자에게 안타까운 마음이 드는데 이번 사건은 그런 감정이 전혀 들지 않았다. 오히려 범인에게 절로 공감이 가는 마음을 황급히 억누르는 상황이었다.

"집에서 휴대폰 단말기 종류는 나오지 않았습니다. 역시 범인이 겉옷과 함께 가져간 것 같아요."

아쉬워하는 감식관에게 감사 인사를 한 뒤 수사본부로 돌아갔다. 친한 감식관이 이웃 주민들이 제공한 CCTV 분석은 순조롭게 진행되고 있다고 알려줬다.

"피해자가 사카키바 류헤이의 집으로 향하는 장면이 CCTV에 잡혔습니다."

영상 분석을 담당한 감식관이 각 가정의 CCTV에서 추출해 컴퓨터 화면에 띄운 영상을 차례대로 설명했다.

"영상에서는 피해자는 혼자 움직이고 동행자는 보이지 않습니다. 아마 어디서 합류했거나 우연히 마주쳤을 겁니다."

나가누마는 감식관의 보고가 두 가지 의미에서 뜻밖이었다. 데라시타가 다른 곳에서 살해당한 뒤 옮겨졌으리라는 추측이 빗나간 데다 CCTV에 찍힌 시각도 예상과 사뭇 달랐기 때문이었다.

"이 영상, 촬영 시간대가 저녁 11시 전후네요."

"네. 시신 발견 현장에서 가장 가까운 곳의 CCTV로 11시 12분까지 살아 있는 데라시타를 확인할 수 있습니다. 이 시점에는 재킷을 제대로 입고 있어요."

데라시타가 다른 곳에서 살해되어 옮겨졌다는 전제는 틀렸다는 사실이 CCTV 영상으로 밝혀졌다. 그때 감식관이 더욱 중요한 보고를 했다.

"그리고 미량이지만 별채 안에서 총기 발사 잔여물이 검출됐습니다."

총기 발사 잔여물이란 권총 등을 발사했을 때 발사한 자의 신체나 옷에 묻는 중금속 잔여물이다. 납, 주석, 안티몬, 바륨 등이 주성분으로 총알에서 발생하는 물질이기에 현장에서 발포했다는 증거가 될 수 있다.

"보통은 바닥에까지 묻지 않는데 근접 거리에서 총을 쏴서 일부가 바닥에 떨어진 것 같아요."

"총을 쏜 현장이 별채 안이었다는 말입니까?"

"시신이 쓰러져 있던 곳 근처에서 발견됐으니까요."

CCTV 영상과 현장에서 채취한 총기 발사 잔여물. 이 두 가지 사실을 감안하면 데라시타는 별채 안에서 살해됐다고 판단하는 것이 타당했다.

그러면 다른 문제가 생긴다. 탐문 수사에 따르면 사망 추정 시간에 별채의 불이 꺼져 있었기 때문이다.

나가누마가 곤혹스러워하는데 세키자와가 돌아왔다.

"저희쪽에서 쓸만한 정보를 물어왔어요."

평소보다 흥분한 기색이어서 관심이 생겼다.

"이웃 주민 탐문은 우리가 다 했잖아요."

"주민이 아니에요. 그 주택가 일대를 담당하는 신문 배달원의 증언이에요."

"한번 들어볼까요?"

요즘은 스마트폰을 비롯한 디지털 단말기 보급이 활성화되면서 신문 구독자가 감소하는 추세다. 하지만 사건이 일어난 주택가는 아직 고령자 주민이 많아서 신문 배달 수요도 여전했다.

"비 오는 날만 아니면 각 가구에 신문을 배달하는 시간이 거의 정해져 있어요. 해당 주택가는 아침 5시에서 6시 사이에 배달한다더군요. 사건 당일에도 그랬고요. 배달원은 아침 6시에 사카키바 저택 우편함에 신문을 던져 넣었습니다. 그

때 별채 문이 닫혀 있는 것을 확인했다고 합니다."

세키자와의 말뜻을 곧바로 알아챘다.

"세키자와 씨. 이제 용의자를 특정할 수 있겠네요."

2

"아직도 연습실을 쓰면 안 된다고? 이게 무슨 말도 안 되는 경우인지."

네 사람이 거실에 모인 뒤 가장 먼저 분노에 찬 목소리를 높인 사람은 시오타였다.

"두 번째 공연이 모레인데 어째서 연습실과 피아노를 쓰면 안 된다는 거지?"

"그렇긴 한데요, 시오타 선생님. 경찰도 연습실에서 시신이 발견된 당일에 바로 사용 허가를 내주지는 않은 겁니다. 무엇보다 류헤이 군도 평소처럼 아무렇지 않게 피아노를 칠 수 없을 테고요."

"그건 톰 씨의 생각이고, 류헤이 네 생각은 어떠냐?"

"저는 신경 안 써요."

시신이 바로 옆에 쓰러져 있었다니 확실히 소름 끼치지만 손에 익은 피아노를 칠 수 없다는 사실이 더 괴롭다.

"공연장 피아노로 연습할 수도 있으니까."

"그건 걱정하지 마."

톰은 류헤이의 어깨에 살포시 손을 얹었다.

"도쿄문화회관에 요청해 설치된 피아노를 최대한 사용할 수 있도록 조치해 놨어. 내일 아침부터 사용해도 된대."

"공연 직전이라 초조하지만 그래도 피아노를 칠 수 있다는 안도감은 무엇과도 바꿀 수 없지."

가까이에 피아노가 있다는 사실만으로 안심할 수 있다는 말은 류헤이도 동감했다. 부적 대용은 아니지만 피아노가 손이 닿는 곳에 없으면 불안했다.

"하지만 톰 씨. 류헤이가 본인의 피아노를 칠 수 없을 뿐 아니라 의미도 없이 갇혀 있는 것은 도저히 용납할 수 없어요. 도쿄문화회관에서 피아노를 빌려도 이곳에 묶여 있으면 결국 아무것도 못 하지 않습니까?"

"진정하세요. 어차피 앞으로도 계속 경찰 조사를 받을 것 같으니 그때 협상해 보죠."

"그런데 조사를 계속한다니 도대체 뭘 묻겠다는 걸까요? 시신을 발견한 경위는 이미 충분히 설명했는데."

유카는 까닭 없이 불안해했다. 그도 당연하다고 류헤이는 생각했다. 지금까지 살면서 아버지가 돌아가셨을 때 외에는 경찰과 엮인 적이 없었기 때문이다. 류헤이 본인도 경찰에게 트라우마 같은 기억이 있었다. 쇼팽 콩쿠르에 출전했을 때 살인사건에 휘말려 현지 수사관들에게 둘러싸인 적이 있다. 류헤이는 당시 열여덟 살이었는데 낯선 이국에서 말도 통하지 않는 경찰들이 다그치자 심한 공포를 느꼈다. 그래서 아직도 경찰이라는 존재가 유독 거북했다. 아무리 대면 조사라고 해도 대화하는 것조차 내키지 않았다.

"죽은 사람을 욕하는 취미는 없지만 데라시타 같은 놈 때문에 류헤이 군의 앞길에 문제가 생기는 건 어떻게든 막고 싶습니다. 일단 경찰에게 협조를 아끼지 않으면서 사건이 조속히 해결되길 바라야죠."

"그건 맞는 말이지만 류헤이의 연주에 부정적인 영향을 미칠 만한 일은 절대로 용납할 수 없어요. 이게 기본 조건입니다."

"류헤이를 무섭게 하면 비록 경찰이라도 용서 못 해요."

세 명 모두 각자의 방식으로 자신을 걱정한다는 사실을 알기 때문에 류헤이는 특별히 의견을 꺼내지 않았다. 그러던 중에 수사본부의 나가누마와 세키자와가 다시 나타났다.

"여러분, 모여 계셨군요."

나가누마가 묘하게 과장된 목소리로 말했다. 그 말을 듣자마자 시오타가 대꾸했다.

"우리가 모여 있으면 안 됩니까? 관계자 조사라면 저나 톰 씨도 해당되지 않습니까."

"저희는 한 명씩 따로 조사해도 상관없습니다만. 뭐, 좋습니다. 시간을 절약할 수 있겠군요."

류헤이는 목소리가 들리는 방향으로 사람들의 위치를 파악했다. 나가누마는 정면에 서서 자신을 내려다보며 말하고 있다.

"경시청의 나가누마입니다. 제 목소리를 아시겠습니까?"

"한 번 들은 목소리는 거의 안 잊어요. 형사님 목소리에는 특징이 있기도 하고요."

"호오, 어떤 특징이죠?"

"약간 혀를 말아 올리면서 발음해서 '사' 소리를 '쌰'라고 발음하는 버릇이 있어요."

나가누마는 두 박자 정도 늦게 대답했다.

"귀가 정말 좋으시네요. 놀랐습니다."

연주가라면 이 정도는 쉽게 알아듣는다고 생각했지만 굳이 입에 담지는 않았다.

"현재 밝혀진 사실을 말씀드리겠습니다. 우선 데라시타 씨의 사망 추정 시간은 7일 밤 11시부터 새벽 1시 사이입니다. 사망 추정 시간 직전에 이 동네를 걸어가는 피해자의 모습을 CCTV로 확인했습니다."

그런데, 라며 톰이 끼어들었다.

"집 밖에서 살해된 뒤 연습실 안으로 옮겨졌을 수도 있지 않습니까."

"그러면 시신을 짊어지거나 끌어서 저택으로 옮겨야 하는데 아무리 인적이 끊긴 늦은 밤이라도 길에서 그런 모습을 보이는 건 자살행위나 다름없죠. 범행 현장은 십중팔구 별채일 겁니다."

"그럴 리가요. 형사님의 말씀은 그저 가설일 뿐이잖아요. 가설만으로 연습실이 범행 현장이라고 단정 짓는 건 섣부르지 않습니까?"

"확실한 증거도 있습니다. 자세히 설명하기 어렵지만 연습실 안에서 총기 발사 잔여물, 즉 총알이 발사된 흔적이 발견됐습니다."

"무슨 그런 말도 안 되는."

"톰 야마자키 씨, 사람은 거짓말을 하지만 증거는 거짓말하지 않습니다. 범행 현장이 별채일 경우 다른 가능성이 등장합니다. 이웃 주민을 탐문한 결과 사망 추정 시간에 별채의 불이 꺼져 있고 캄캄했다더군요. 시오타 씨에게 묻겠습니다. 별채에 불이 켜져 있을 때는 언제입니까?"

"해가 진 뒤 저나 톰 씨나 유카 씨가 있을 때입니다."

"류헤이 씨가 혼자 연습하는 경우는 어떻습니까?"

"류헤이 혼자 연습한다면 불을 켤 필요는……."

시오타가 말을 하다가 끊었다.

"네, 맞습니다. 실내에 불빛이 없어도 어디에 무엇이 있는지 누가 어디에 있는지 파악할 수 있는 사람은 류헤이 씨뿐입니다."

"잠시만요."

유카가 비명 같은 소리를 질렀다.

"형사님, 설마 류헤이가 범인이라는 말이에요?"

"류헤이 씨가 범인이라고 단정 짓는 건 아닙니다. 하지만 데라시타 씨는 늦은 밤에 불빛 하나 없는 상황에서 사살됐습니다. 그것도 급소에 두 발을 맞았죠. 이 두 발이 의미하는 바가 무엇인지 아십니까?"

나가누마는 대답을 기다리지 않고 몰아붙였다.

"발사된 총알은 단 두 발. 마구잡이로 난사한 것이 아니라 두 발 모두 급소에 명중시켰습니다. 아무리 근접 거리에서 사격했다고 해도 총을 제대로 겨누지 않았다면 불가능한 결과입니다. 다시 말해 범인은 어둠 속에서도 데라시타를 정확히 겨냥할 수 있었다는 뜻이죠."

나가누마가 류헤이를 향해 몸을 돌렸다. 목소리가 바로 위에서 쏟아지기 때문에 금방 알았다.

"류헤이 씨는 목소리만으로 상대의 움직임을 파악합니다. 보통 사람에게는 없는 기술이죠."

"잠시만요, 형사님."

시오타가 긴장감이 실린 목소리로 위협적으로 말했다.

"가만히 듣고 있으니 멋대로 지껄이는군."

"꼭 그렇다고 단정 지어 말하는 건 아닙니다. 어디까지나 가능성의 문제죠."

"데라시타는 총에 맞아 사망했죠. 형사님의 추론을 들으면 정말로 류헤이가 권총을 쏜 것 같군요. 그런데 진심으로 류헤이가 권총을 가지고 있었다고 생각하시는 겁니까?"

류헤이는 가까운 사람의 피부 감촉을 기억한다. 시오타의 손이 류헤이의 손가락에 닿았다.

"이 손가락은 여든여덟 개 건반을 만지는 손가락입니다. 방아쇠를 당기는 손가락이 아니란 말입니다. 애초에 피아노 밖에 모르는 사람이 어떤 방법으로 권총을 구했단 말입니까? 설령 권총을 편의점에서 판다고 해도 류헤이에게는 무용지물입니다."

나가누마의 대답이 늦었다. 류헤이가 범인일 가능성을 역설하지만 총의 입수 경로는 증명할 수 없기 때문이리라.

"여러 번 말씀드리지만 제 지적은 어디까지나 추론입니다. 조사를 거듭하면서 가능성을 하나하나 제거하는 것이 제 일이죠."

"권총을 갖고 있었다는 것을 증명하지 않는 한 류헤이를 용의자 취급할 수는 없습니다."

"저도 할 말이 있어요."

유카가 끼어들었다.

"제가 시신을 발견했을 때 연습실 문은 열려 있었습니다. 만약 류헤이가 데라시타 씨를 죽였다면 시신을 일부러 내버려 두지 않고 어딘가에 유기할 때까지 숨겼겠죠."

"확실히 시신을 숨겨 두는 행동이 자연스럽기는 합니다. 하지만 시신이 발견되기 약 한 시간 전, 즉 아침 6시에 별채 문이 닫혀 있었다는 증언이 있어요."

유카의 반론이 차단됐다.

"데라시타가 살해된 시간은 밤 11시에서 새벽 1시 사이. 그 후 적어도 아침 6시까지는 문이 닫혀 있었다고 해석해도 좋을 겁니다. 7시에 어머님이 별채로 향할 때는 왜 문이 열려 있었는지 알 수 없지만요."

잠시 침묵이 내려앉았지만 나가누마는 딱딱한 어조로 다시 입을 열었다.

"류헤이 씨를 재조사하려는 건 또 다른 이유가 있기 때문입니다."

단정적인 말은 영락없이 류헤이를 향한 말이었다.

"아무리 가족이라도 더 자세한 이야기를 여러분 앞에서 할 수는 없습니다. 자세한 이야기는 경찰서에서 듣고 싶군요. 류헤이 씨에게 임의동행을 요구합니다."

"류헤이."

"임의동행일 뿐이야. 억지로 안 가도 돼."

"류헤이, 연주회가 모레야."

세 사람은 일제히 류헤이를 설득했다. 그러지 않으면 류헤이가 나가누마를 따라가리라는 것을 알기 때문이었다.

"좋아요."

류헤이는 애써 냉정하게 대답했다.

"저는 살인 같은 건 저지르지 않았습니다. 아무리 물어도, 체포할 수 없어요."

"수사에 협조해 주셔서 감사합니다."

세 사람이 순식간에 소란을 피웠다.

"류헤이, 가지 말거라."

"무슨 수를 써서라도 너를 범인으로 만들 작정이라고."

"본인의 의사를 존중해 주세요."

유카가 재빨리 손목을 잡았다.

"저라도 같이 가겠습니다."

"임의동행이기 때문에 함께 가시는 건 상관없지만 조사받을 때는 동석할 수 없으니 그 점은 양해 바랍니다."

류헤이의 손목을 잡는 유카의 손에 순간 힘이 들어갔다.

경찰서는 처음이었다. 지나치게 매캐하고 종이가 묵은 듯한 이상한 냄새가 났다. 1층은 탁 트인 분위기였지만 이상할 정도로 긴장감이 감돌아 갑갑한 느낌이 들었다. 류헤이와 일행의 곁을 오가는 사람들에게서 경계심과 배타심만 느껴졌다.

"이쪽입니다."

나가누마의 목소리에 따라 유카가 자신의 팔꿈치 조금 위를 류헤이에게 잡게 했다. 설령 어머니라고 해도 결코 류헤이의 손이나 옷을 잡아당기거나 뒤에서 밀지 않는 것이 맹인을 안내하는 기본자세였다.

엘리베이터를 타고 위층으로 올라가 내린 다음 앞으로 걸어가는데 세키자와가 류헤이와 유카 사이에 끼어들었다.

"어머님은 여기까지만 동행하실 수 있습니다. 조사는 류혜이 씨 혼자 받을 거예요."

"저기, 변호사를 부를 때까지 기다려 주실 수 있나요?"

"오호. 고문변호사가 있으십니까?"

"소속사의 고문변호사예요."

"소속 아티스트의 분쟁은 민사든 형사든 도맡아 처리하나 보네요."

"형사사건도 담당하시는지 모르겠지만 아무튼 지금이라도 매니저를 통해 부탁하려고 합니다."

"죄송하지만 임의동행 조사는 변호사가 동석할 필요가 없습니다. 저희도 변호사를 기다릴 정도로 시간이 많은 건 아니고요."

"잠시만요."

"어머님은 다른 방에서 기다리세요."

나가누마가 류혜이의 팔을 잡았다. 류혜이가 반사적으로 움찔하며 어깨를 떨었다. 뒤에서 느닷없이 유카의 목소리가 날아들었다.

"눈이 불편한 사람은 누가 갑자기 일방적으로 만지면 공포심을 느껴요. 안내할 때는 본인 팔꿈치를 잡게 하세요. 지금까지 보고도 몰라요?"

"……죄송합니다."

나가누마는 사과한 뒤 자신의 팔꿈치를 조심스럽게 밀었다.

류헤이는 마지못해 그 팔꿈치를 잡았다. 피부 촉감이 투박한 목소리와는 달랐다.

유카는 다른 경찰관에게 붙잡힌 듯 따라오는 기미는 느껴지지 않았다.

긴 복도를 걷다가 어떤 방으로 들어갔다.

"류헤이 씨, 이 의자에 앉으세요."

엉덩이를 내리면서 느낀 감촉으로 싸구려 파이프 의자라는 것과 나가누마의 목소리의 울림으로 몹시 좁은 방이라는 것도 알았다. 벽을 노출 콘크리트 공법으로 설계했나 싶을 정도로 소리가 건조하고 반사도 되지 않았다. 이래서는 대화를 해도 고통이겠구나 조용히 낙담했다.

류헤이는 남달리 귀가 좋아서 대화의 내용보다 상대의 목소리로 불쾌한지 아닌지를 파악한다. 나가누마는 '사'행 발음이 독특한 점을 제외하면 듣기 편한 목소리였다.

"일대일 조사는 불안합니까?"

"일대일은 아니죠. 방에 한 명 더 있잖아요."

나가누마가 숨을 삼켰다.

"세키자와가 기록 담당원으로 들어와 있습니다. 잘 아시네요."

"그분 체취가 다소 강해서 금방 기억했습니다."

"……류헤이 씨 같은 분과 대화할 때는 미리 샤워하는 편이 좋겠네요. 목소리만 들어도 위치를 정확하게 파악할 수 있다니 제가 보기에는 초능력자 같습니다."

어릴 적부터 자주 듣던 칭찬이지만 딱히 달갑지는 않았다. 사람이 서 있는 위치를 감지하는 능력은 시력만 있으면 불필요한 것 아닌가.

"초능력 아니에요. 누구나 가진 능력입니다. 귀가 좋은 사람이라면 그 정도는 쉽게 파악하죠."

"그런데 류헤이 씨는 상대가 목소리를 내지 않아도 서 있는 위치를 알 수 있죠? 그건 어떤 원리입니까?"

"소리가 차단되거든요."

"괜찮으면 설명 좀 해주시겠어요?"

"에어컨 작동음은 일정 방향에서 들립니다. 그 앞을 지나가면 소리가 순간적으로 끊겨서 무언가가 이동했다는 사실을 감지할 수 있어요. 단순합니다."

"별채의 방 말입니다만……."

"연습실이라고 해주세요."

"연습실에는 대형 에어컨 겸 온풍기가 설치되어 있죠. 그 소리가 꽤 크지 않습니까."

"대형 에어컨도 미풍 모드로 설정하면 소리가 그다지 크지 않아요. 물론 소리가 귀에 거슬리는 건 변함없지만 연습실 창문과 문을 닫으면 정말 덥거나 춥거든요."

"여름은 그렇다고 쳐도 이제 슬슬 추워질 계절인데 난로가 더 좋지 않습니까? 에어컨보다 더 조용할 테고요."

"난로를 틀면 공기가 건조해서 피아노에 안 좋습니다. 공기가 건조하면 소리도 변해서 연습할 때 적절하지 않거든요."

피아노가 있는 방에 난로를 두면 안 된다는 사실은 음악계 종사자면 누구나 안다. 그런데 그 상식이 실은 일반적이지 않다는 점이 오히려 의외였다.

빛과 색이 없는 세상을 포함해 자신이 보통이라고 믿었던 것들이 사실은 특수한 것이었다는 사실을 알게 된다. 유카와 시오타는 개의치 말라고 위로하고는 하지만 류헤이의 마음 속에는 소외감만 쌓일 뿐이었다.

특별하다는 사실이 그다지 자랑스럽지 않다.

"그렇군요, 잘 알겠습니다. 한마디로 정리하면 무슨 소리가 나기만 하면 류헤이 씨는 공간과 물체의 움직임을 파악할 수 있다는 뜻이군요."

"네, 그런 셈이죠."

"다른 이야기인데, 데라시타 히로유키를 어떻게 생각합니까?"

"이상한 사람이라고 생각합니다. 눈이 안 보이는 건 당사자인 내가 가장 잘 아는 사실인데 그걸 거짓말이라고 주장하더라고요. 도대체 무슨 소리를 하나 싶었죠."

"화가 많이 나셨겠네요."

"화가 났다기보다 어이가 없었습니다. 그 이야기가 나오기 전까지만 해도 음악에 관한 이야기라 저도 마음이 편했지만 진짜 목적은 제가 거짓말을 한다고 일방적으로 단정하고서 증거를 잡으려고 하였으니까요. 이십사 년 동안 눈이 안 보이는 척 연기를 했다는 이야기잖아요. 화내는 것도 우습죠."

"흠, 화가 나지 않았다고요. 하지만 전국 투어에 방해되는 존재였던 건 분명하겠죠. 실제로 공연 첫날 방해를 받았죠."

"그 일 때문에 놀랐고 컨디션도 몹시 나빠졌습니다. 하지만 따지고 보면 제 멘탈이 약한 탓이죠. 그래서 그 사람이 한 짓을 그렇게 원망하지는 않아요."

"모범 답변이지만 그 야유 덕분에 연주를 망치지 않았습니까. 투어 첫 공연 실패가 주요 신문사에 실리기까지 했습니다. 실은 내심 편치 않았을 겁니다."

"그렇지 않습니다."

류헤이는 점점 짜증이 났다.

나가누마는 아무래도 처음부터 류헤이의 말을 믿지 않은 것 같았다. 아무리 열심히 자신을 변호해도 무의미했다.

"저를 재조사하는 또 다른 이유가 있다고 하셨죠. 그게 뭔가요?"

"그것을 설명하기 전에 확인하겠습니다. 류헤이 씨는 정말로 데라시타를 죽이지 않았습니까?"

"안 죽였어요."

"조금 전에 데라시타가 연습실에서 살해됐다고 설명했습니다. 8일 아침, 류헤이 씨는 7시 전에 일어나셨죠."

"네. 화장실에 있는데 엄마가 부르셨어요. 연습실에 사람이 죽어 있다고. 당장 경찰에 신고할 테니 가까이 가지 말라고 하셨죠."

"전날 연습을 마치고 아침에 일어나기 전까지는 연습실에 들어가지 않았다는 말씀이군요."

"안 들어갔습니다."

"시신에 가까이 다가가지 않았다는 말이죠?"

"좀 끈질기시네요."

그러자 나가누마가 누그러진 어조로 말했다.

"처음 댁에 방문했을 때 네 분의 지문과 모발과 타액을 채취했습니다."

"네, 기억합니다. 연습실에 남아 있는 범인의 것과 구별하기 위해서였죠."

"처음에는 그런 목적이었지만 이후 진행한 수사로 의미가 달라졌습니다. 데라시타가 입고 있던 재킷이 사라졌습니다. 아마 재킷에 범인의 모발이나 체액이 묻어서 없애려고 했거나 범인과 연락을 주고받은 기록이 남은 스마트폰을 가져가려는 의도였겠죠."

"범인과 연락을 주고받은 기록이요?"

"데라시타가 아무 이유 없이 류헤이 씨의 집에 다시 방문했을 리 없습니다. 심지어 늦은 밤에요. 분명 누군가와 만나기로 약속을 했겠죠. 그렇다면 데라시타의 스마트폰에는 범인과 연락을 주고받은 기록이 남았을 겁니다. 범인은 데라시타를 살해한 뒤 스마트폰을 가져가려고 했겠죠. 하지만 수월

하지 않았습니다. 왜냐하면 주머니가 어디 있는지 금방 찾을 수 없었기 때문입니다."

나가누마의 목소리가 별안간 격앙됐다.

"아무리 마음을 졸여봤자 시간만 흘러서 범인은 어쩔 수 없이 재킷을 벗길 수밖에 없었을 겁니다."

"확실히 그럴듯한 가설이지만 그게 저와 무슨 상관이죠?"

"범인은 재킷을 벗기면서 데라시타의 왼손을 건드렸습니다. 범인은 눈치채지 못했겠지만 데라시타는 왼손에 손목시계를 차고 있었습니다. 시계에서 범인의 것으로 추정되는 지문이 나왔습니다."

나가누마가 얼굴을 류헤이에게 가까이 댔다는 사실을 냄새로 알았다.

"바로 지문을 대조해 보니 류헤이 씨, 당신의 지문과 일치하더군요. 자, 대답해 보시죠. 데라시타의 사망 추정 시간부터 아침에 일어날 때까지 연습실에 없었고 데라시타 근처에는 가지도 않았다는 류헤이 씨의 지문이 왜 데라시타의 손목시계에 남아 있었는지."

류헤이는 대답할 말이 없었다.

"왜 말이 없으십니까? 설명을 부탁드렸는데요."

"……모르겠습니다."

"기억이 틀렸다는 변명은 안 하시는군요."

"저는 시신을 만지지 않았습니다."

"납득할 만한 대답을 하지 못하면 류헤이 씨를 바로 풀어 주기 어렵습니다."

"임의동행 조사일 텐데요? 임의라면 도중에 끝내는 것도 자유죠?"

"그건 맞지만 의심이 풀리지 않으면 조사가 끝나지 않겠죠."

나가누마의 얼굴이 점점 다가왔다.

"조사는 앞으로도 계속될 겁니다. 저희가 수긍할 때까지요. 죄송하지만 류헤이 씨의 귀중한 연습 시간을 빼앗겠네요. 어쩌면 공연 일정을 변경해야 할 수도 있습니다. 각오하세요."

도중에 자리를 뜨면 의심은 점점 짙어질 테고 앞으로 거침없이 자신의 주변을 맴돌며 조사하리라. 그러면 차분하게 피아노를 연주할 수 없다.

진퇴양난에 빠진 류헤이는 의자에서 일어날 수 없었다.

3

투어의 두 번째 공연이 코앞으로 다가왔다는 이유로 류혜이는 겨우 경찰에게서 벗어날 수 있었다. 조사가 중단됐다고 해서 류혜이와 유카를 청사 밖에 내버려 두지 않고 경찰차로 집까지 바래다줬다.

차에서도 부드러운 압박은 계속됐다. 의혹이 완전히 풀리기 전까지는 류혜이도 중요 참고인이라고 완곡하게 주의를 줬다.

데라시타의 손목시계에 자신의 지문이 묻어 있었다는 사실에 반박할 수 없었다. 반박하지 못하면 궁지에 몰린다는 것을 알면서도 한마디도 대꾸하지 못했다. 앞으로 나가누마와 경찰들이 집요하게 파고들리라고 류혜이도 쉽게 예상할 수 있었다.

집에 도착하자 유카는 지금까지 억누르고 있던 울분을 터뜨리듯 불만을 쏟아냈다.

"경찰이 그렇게 비인도적일 줄 몰랐어요. 최악이야!"

"진정하세요, 유카 씨."

두 사람을 맞이한 톰의 목소리는 당혹감으로 물들었다. 그 어느 때보다 감정적인 모습을 보이는 유카를 감당하지 못하는 것 같았다.

"경찰 둘이 류혜이만 데리고 들어가서는 질문을 퍼부었어요. 어떻게 이런 일이 있을 수 있죠?"

"조사라는 게 보통 그래요."

위로가 되지 않는 톰의 말에 유카의 기분이 더 나빠졌다.

"보통이라는 건 용의자를 대할 때 기준이겠죠. 류헤이는 단순 참고인이잖아요. 무엇보다 눈이 불편한데 그렇게 막대하는 게 말이 돼요?"

유카의 말을 듣던 류헤이는 다소 불쾌해졌다. 시각장애가 있을 뿐이니 자신을 특별하게 취급하지 말아 달라. 이것이 자신과 유카의 약속이었다.

"경찰도 필사적이에요."

바스락거리며 탁자 위에 종이 뭉치가 떨어지는 소리가 들렸다.

"이거 봐요. 종이 신문은 사회면에만 실렸지만 인터넷 뉴스에서는 류헤이의 사진까지 첨부돼서 몇 페이지나 되는 기사를 실었어요. 평소에는 모차르트의 '모'자도 싣지 않을 법한 저급한 언론까지 이렇게나 요란하게 떠들어대고 있어요. 경찰도 사활을 걸고 수사할 수밖에 없어요."

"사활을 엉뚱한 곳에 걸고 있잖아요."

"그건 부정할 수 없군요."

"그건 그렇고 고문변호사는 어떻게 됐어요?"

"저녁에 오기로 했어요. 우리 상황을 미리 이야기해 뒀지만 유카 씨나 류헤이 군이 직접 다시 설명해야 할 겁니다."

"어떤 분이에요? 나와 류헤이는 처음 만나는데."

"실력, 있는 분 같습니다."

톰은 묘하게 자신 없는 어투로 말했다.

"있는 것 같다니, 그게 무슨 뜻이에요? 톰 씨네 회사에서 고용한 변호사 아니에요?"

"아이돌 가수 매니저로 일할 때 두 번 정도 신세를 졌어요. 한 번은 악성 루머를 퍼뜨린 안티에 대한 손해배상청구였죠. 아이돌에 대한 헛소문을 SNS에 마구 퍼뜨린 안티 몇 명을 명예훼손으로 고소했습니다. 당시는 악플도 유명세라며 꾹 참기 일쑤였는데 정도가 심해서 소송을 단행했죠. 두 번째는 소속 배우가 각성제 사용으로 체포됐을 때였어요. 검찰은 일벌백계의 의미에서 엄벌을 구형할 생각이었지만 변호사가 담당 검사에게 손을 쓴 덕분에 가벼운 구형으로 끝났습니다."

"그 이야기만 들어서는 실력 있어 보이는데요. 어떤 점이 불안한 거죠?"

"살인사건 변호는 아직 한 번도 해 본 적이 없거든요."

약속대로 저녁 식사 후에 고문변호사가 찾아왔다.

"변호사 요시카와 가호입니다."

목소리에서 느낀 인상은 사십 대, 목소리가 다소 새돼서 귀에 거슬렸다.

"대략적인 상황은 톰 야마자키 씨에게 들었습니다만 한번 더 자세히 설명해 주세요."

변호사 맞은편에는 류헤이와 유카, 톰과 시오타가 나란히 앉아 있었다. 설명하는 사람은 유카와 류헤이고 톰과 시오타는 듣고 있을 뿐이었다. 다만 류헤이는 손목시계에서 자신의 지문이 채취됐다는 사실은 말하지 않았다.

"상황은 알겠습니다."

요시카와가 차분한 어조로 입을 열었다.

"어둠 속에서는 표적의 위치를 정확하게 파악하지 못하니 총을 쏘기 어렵겠지만 청각이 예민한 류헤이 씨라면 가능하다. 경찰이 류헤이 씨를 의심하는 것도 이해가 가기는 하네요. 다만 너무 억지스럽지만요."

"류헤이는 이미 임의동행에 응해 조사를 받았어요. 변호사님께 부탁드리기 전에 조사를 받은 것은 잘못된 선택이었을까요?"

"원래 체포되거나 기소되고 나서 변호사에게 연락하는 분이 많지만 최대한 빨리 변호사와 상담하는 편이 좋죠. 아직 체포되지 않았다고 안심하면 안 됩니다. 경찰은 체포영장을 발부받을 때까지 오랫동안 증거를 수집하거든요."

"체포되면 이미 늦었다는 말씀인가요?"

"범죄로서 충분히 입증할 수 있는 상황을 갖춘 뒤에 구속하는 경우가 많으니까요. 그래도 대항할 방법은 있을 겁니다."

"저기, 변호사님은 이런 살인사건 변호가 처음이라고 들었는데요."

"각성제 사건도 살인사건도 절차상 별반 다르지 않습니다. 그러니 변호인이 해야 하는 일도 큰 차이가 없습니다. 안심하세요."

"다행이네요."

유카는 그렇게 말했지만 류헤이는 어딘가 불안했다. 주의 깊게 들으면 알 수 있는데, 요시카와는 일반론을 이야기할 때는 단호한 어조로 말하지만 이번 사건을 언급할 때는 다소 자신 없는 말투였다. 불확실한 것은 분명하게 대답하지 않는다는 신조 때문인지도 모르지만 의뢰인으로서 불안했다. 나머지 세 사람도 이 사실을 눈치챘을까?

"류헤이 씨에게 임의동행을 요구한 시점에서 경찰은 어떤 확증을 쥐고 있다고 추측할 수 있습니다. 류헤이 씨, 조사받을 때 담당 경찰관이 구체적인 증거를 지적했습니까?"

가슴이 철렁했다.

"아니요, 딱히."

"그렇군요. 분명 언론의 이목을 끄는 사건이라 조기 해결에 급급한 건지도 모르겠네요."

"하지만 변호사님. 류헤이는 아무 짓도 하지 않았어요. 하루빨리 해결하려면 당연히 다른 용의자를 찾아야죠."

요시카와의 대답이 늦었다.

"경찰이 엉뚱한 수사를 하고 있을 가능성도 배제할 수 없겠군요."

말을 고르는 바람에 대답이 늦어진 것이 분명했다.

"류헤이는 누명을 썼어요. 변호사님, 의혹을 벗을 효과적인 방법은 없나요?"

"경찰의 의중을 파악할 수 없는 지금은 아무 일도 하지 않는 편이 나을 것 같습니다."

"변호사님은 어떻게 하실 겁니까?"

"경찰이 어떻게 나오느냐에 따라 다르겠죠. 아무튼 출두 명령을 받으면 그 자리에서 제게 연락 주세요."

말투는 친절하고 공손했지만 내용은 없는 빈껍데기 대답이었다. 요컨대 류헤이가 체포되기 전까지는 손쓸 방법이 없다는 뜻 아닌가.

역시 유카도 불안했는지 확답을 받듯 물었다.

"아직 체포되지 않았지만 경찰은 계속 증거를 수집하고 있잖아요. 그런데 우리는 아무것도 안 하고 상대가 어떻게 나올지 손 놓고 기다리자는 말씀이에요?"

"진정하세요, 어머님."

진정하라는 요시카와야말로 당황한 기색이었다.

"경찰은 당연히 여러분의 동향을 주시하고 있을 겁니다. 여기서 경솔한 행동을 하면 스스로 목을 조르는 결과가 될 수 있어요. 지금은 지켜볼 때라고 생각합니다."

해결 방법을 제시하지 않는다면 더 이야기해 봤자 소용없다. 유카와 류헤이의 질문이 끊기자 요시카와는 허둥지둥 돌아가 버렸다.

"예상이 적중했네요."

"죄송합니다."

유카의 비아냥에 톰이 즉시 사과했다.

"살인사건을 맡은 경험이 부족한 사실을 숨기려는 모습이 보여 오히려 불신만 키우더군요. 의뢰인을 무작정 안심시키는 것도 금물이지만 요시카와 변호사는 불필요한 불안감을 심어준 시점에서 변호사로서 실격입니다."

"다른 고문변호사는 없나요?"

"계약한 변호사가 여럿 있으니 당연히 다른 고문변호사도 있지만 한번 상담받은 변호사를 바꾸면 소속사도 달가워하지 않을 겁니다."

"지금 체면이 문제예요?"

"고문변호사와는 앞으로도 오랫동안 협력할 테니까요."

"소속사의 업무 관계 따위 내 알 바 아니죠."

유카는 요시카와 변호사에게 말하지 못하고 참았던 불만을 톰에게 터뜨렸다.

"모레가 두 번째 공연인데 류헤이는 연습조차 제대로 못 하고 있어요. 게다가 경찰이 온종일 주시하고 있다니. 도대체 피아니스트의 멘탈이 뭐라고 생각하는 거예요?"

"경찰 입장에서는 용의자가 피아니스트든 정어리 대가리

든 상관없어요. 아무튼 첫 번째 변호사 상담이 그 모양이라니 도무지 마음이 놓이지 않는군요. 소속사를 통해 내일 한 번 더 다른 사람을 보내줄 수 있는지 타진해 보겠습니다."

"그럼 저는 류헤이와 도쿄문화회관에 갈게요."

시오타는 완전히 질린 목소리로 말했다.

"변호사를 알선해 준 톰 씨에게는 미안하지만 솔직히 오늘 만난 변호사의 말을 듣고 오히려 더 불안해졌습니다."

"이거 참, 정말 죄송합니다."

"그러니까 내 나름대로 류헤이의 불안을 제거할 수밖에 없겠어요. 내일 하루밖에 없지만 최선을 다할 테니 경찰이나 변호사를 상대하는 일은 두 분에게 맡기겠습니다."

"알겠습니다."

톰과 시오타가 합의했다. 성격은 다르지만 위급할 때는 호흡이 척척 맞아 든든했다.

"류헤이, 내일은 아침부터 철저하게 연습할 거다. 그러니 오늘은 일찍 자도록 해. 충분히 자는 것도 네가 해야 할 일이야."

알겠다고 대답했지만 깊이 잠들 자신은 없었다.

기분 나쁜 예감은 적중하는 법이다. 침대에 누웠지만 역시 잠이 오지 않았다. 시오타의 명령을 되새길수록 잠이 점점 달아났다.

이유는 분명했다. 취조 때문에 불안하고 무섭기도 했지만 그보다 피아노를 칠 수 없다는 괴로움에 심란했기 때문이다.

살면서 느낀 대부분의 불안은 건반을 치면 해결할 수 있었다. 고민 대부분이 연주와 관련된 문제였기 때문인데, 콩쿠르에서 우승을 차지하지 못했을 때 들었던 비난이나 조롱도 피아노를 치면 잊을 수 있었다. 피아노 소리는 최고의 정신 안정제였다.

생각해 보면 세상을 인지하기 시작할 무렵부터 피아노는 자신의 단짝이었다. 어머니에게 말할 수 없는 고민도, 친구에게조차 털어놓을 수 없는 괴로움도 피아노에게는 마음껏 토로할 수 있었다. 아무도 이해 못 하는 마음을 공유할 수 있는 존재는 피아노뿐이었다.

목재와 철과 양모와 수지, 그리고 열여덟 가지 고탄소강으로 이루어진 악기. 건반을 누르면 누구나 소리를 낼 수 있지만 어느 수준부터는 연주자를 가리는 악기.

치는 대로 울린다는 말은 피아노를 위해 존재하는 말 같다. 류헤이의 감정이 격해졌을 때는 격한 소리를, 의기소침할 때는 희미하고 불안한 소리를 낸다. 유창하게 말하지 못하는 류헤이를 대변해 마음을 능란하게 전한다. 자신이 백만 단어를 말해도 피아노가 내는 한 음보다 못하다. 피아노야말로 류헤이의 언어이자 표정이며 영혼이었다.

그런 피아노를 오늘은 한 번도 만지지 못했다.

마치 모든 전달 수단을 봉쇄당한 듯 답답했다. 혹시나 해서 확인했는데 지금도 연습실 앞에 경찰관이 지키고 서 있고 내부에는 경찰 관계자만 들어갈 수 있는 것 같았다.

단 하루만 떨어져 지내도 그리움에 사무쳤다. 자신과 피아노는 한몸이다. 류헤이가 없는 피아노는 소리를 낼 수 없다. 피아노가 없으면 류헤이는 자신을 표현할 수 없다.

둘도 없는 친구이자 형제이자 연인인 존재. 피아노는 류헤이에게 그런 존재였다.

침대에 누워 잠 못 이루는 류헤이는 열 손가락을 움직이며 번민했다.

피아노를 치고 싶다.

페달을 밟고 싶다.

약물에 중독된 적은 없지만 금단증상이 바로 이런 것이겠지 싶었다. 생각이 정리되지 않고 어지러이 흐트러졌다.

류헤이는 괴로움에 시달렸지만 수마는 좀처럼 찾아오지 않았다.

다음 날인 9일, 류헤이는 시오타와 함께 도쿄문화회관에 갔다. 톰이 미리 양해를 구한 덕분에 이른 아침부터 피아노를 빌릴 수 있었다.

"재앙 같은 일이네요."

무대감독인 후지나미가 진심으로 안타까운 듯 위로했다.

"공연을 앞둔 피아니스트를 불러 조사하다니 경찰은 너무 몰상식해요. 도대체 음악가를 뭘로 보는지."

후지나미 역시 범죄 수사보다 아티스트의 멘탈을 염려했다. 세상의 보편적인 이론과는 거리가 멀었지만 류헤이가 속한 세상에서는 그것이 당연했다.

"다른 사람이라면 몰라도 하필 류헤이 씨가 범인이라니. 눈이 안 보이는 건 경찰이 아닌가 싶어요."

"감사합니다."

류헤이는 짧게 감사 인사를 했다. 지금은 자신을 옹호하는 말을 듣기보다 한시라도 빨리 건반을 치고 싶었다.

"점심에는 야자키 씨와 오케스트라 단원들도 도착할 거예요. 그때까지 마음껏 치세요."

이번에는 시오타가 대신 인사했다.

"무리한 요청을 드렸는데 허락해 주셔서 감사합니다. 이 은혜는 연주로 갚겠습니다."

피아노는 이미 무대 위에 준비되어 있었다. 류헤이는 의자에 앉자마자 뚜껑을 열고 손을 뻗었다.

손가락 끝이 더듬더듬 하얀 건반에 닿은 순간 자연스럽게 숨이 새어 나왔다. 틀림없는 안도의 한숨이었다.

손을 풀 겸 '터키 행진곡'을 연주했다. 이국적인 제1주제. 익숙한 감각에 손가락과 귀가 기뻐하는 것을 느낄 수 있었다.

기쁨도 잠시였다.

A장조로 조를 바꿨을 때 왼손 박자가 약간 흐트러지며 아르페지오 연주가 뜻대로 되지 않았다. 이어진 마디도 고작

잔재주로 얼버무릴 뿐 본래 연주와는 거리가 멀었다.

류헤이의 피아노를 잘 아는 시오타는 금세 알아차렸다.

"류헤이, 스톱."

그렇지 않아도 도중에 멈출 생각이었다.

"무슨 일이야? 식은 죽 먹기나 다름없는 '터키 행진곡'이잖아."

"손가락이."

류헤이는 자신의 왼쪽 손가락을 만졌다. 특별히 자각 증상은 없었다. 경련도 없었고 추위 때문에 곱지도 않았다.

"생각대로 움직이지 않는 것 같아요."

"방금 그 부분 다시 쳐 봐."

시오타의 지시에 따라 반복하는데 이번에는 다른 부분에서 손가락을 삐끗했다. 최근 몇 년간 이런 적이 없었기에 류헤이도 놀랐다.

왜 그러지?

왜 내 생각대로 움직이지 않는 거야.

혼란스러워서 뭐가 어떻게 된 일인지 모르겠다. 컨디션은 이상 없는데 왼쪽 손가락만 뜻대로 움직이지 않았다.

"컨디션이 완벽하지 않군."

"그래도 연습하면 분명⋯⋯."

"내가 네 피아노를 몇 년이나 들었는 줄 알아?"

시오타는 자리를 떠나 무대 옆에 있던 후지나미에게 말했다.

"류헤이가 제 컨디션이 아닌 것 같습니다."

"네, 저도 그렇게 생각합니다."

"지금 공연을 연기할 수 있을까요?"

"프로모터의 뜻에 달렸어요. 도쿄문화회관 쪽은 일정을 조율할 수도 있을 것 같지만."

"나중에 톰 씨에게 연락하라고 전하겠습니다. 부디 잘 부탁드립니다."

시오타가 간절한 얼굴로 말한다는 것을 목소리 상태로 추측할 수 있었다.

"방금 후지나미 씨에게 말하고 왔어. 들었어?"

"선생님, 저는 괜찮아요."

"공연 직전에 이런 적이 있던가?"

반론을 허락하지 않는 어조였다.

"어쨌든 지금 당장 시작된 증상은 아니야. 네 연주는 믿고 들을 수 있다고 사람들은 평가하지만 언제나 바위처럼 끄떡없는 건 아니야. 왜냐하면 음악성과 테크닉은 멘탈이 뒷받침되어야 하니까. 그리고 네 멘탈은 네가 생각하는 것보다 훨씬 연약해."

멘탈이 약하다는 사실은 자신도 잘 알기 때문에 놀라지는 않았다. 하지만 재확인하듯 말하는 소리에 오기가 생겼다.

"연습하면 할 수 있어요."

"불안감을 안은 채 무대에 올라가는 행위는 돈을 주고 연주를 들으러 오는 팬에게 실례잖아. 콩쿠르라면 너와 관계자만 실망하면 되지만 연주회는 그래서는 안 돼."

반박할 수 없었다.

아마추어라면 이해를 바랄 수 있어도 돈을 받게 되면 상황이 다르다.

"첫날 공연을 실패한 데다 살인사건에 휘말렸어. 게다가 용의자로 의심받는 상황이지. 그런 상황에서 동요하지 않는 게 더 이상해. 너무 속으로만 끙끙 앓지 마."

연주회의 주인공은 분명 류헤이지만 실패의 책임은 관계자들까지 지게 된다. 그런 사정을 잘 알기 때문에 류헤이도 고집을 부릴 수 없었다.

후지나미와 협의한 뒤 류헤이는 시오타와 함께 도쿄문화회관을 떠났다.

4

저택으로 돌아오자마자 시오타는 톰에게 도쿄문화회관에서 있었던 일을 낱낱이 전했다.

"연기라."

모든 이야기를 들은 톰은 쥐어 짜내는 목소리로 말했다.

"중지가 아니니 그나마 다행이군요. 연기하면 티켓 환불 등 약간 손해가 발생하지만 ACPC(일본 콘서트 프로모터즈 협회) 약관에 정해진 범위 내에서 우리 사무실에서도 감당할 수 있어요. 하지만 지금 문제는 그게 아니죠."

"잘 압니다. 류헤이가 언제 제 컨디션을 회복할지가 관건이죠."

"류헤이 군이 갑자기 병에 걸렸다고 발표하면 티켓을 구입한 사람을 포함해 대부분은 연기해도 어쩔 수 없다며 양해할 겁니다. 하지만 다음 공연 날짜를 명확히 해야 해요."

기획과 일정 관리는 톰이 도맡고 있지만 투어 일정을 변경하려면 여러 가지로 번거롭다는 사실은 류헤이도 안다. 11월에는 요코하마 아레나에서 세 번째 공연을 진행할 예정이라 류헤이의 컨디션에 따라 모든 일정을 재검토해야 할 수 있다.

"이번 공연만 연기하면 몰라도 모든 일정을 재검토하게 되면 티켓값 환불을 포함해 손해금이 어마어마할 수도 있습니다. 그러면 류헤이 군에게도 큰 오점이 되겠죠."

톰은 에둘러 말했지만 소속사와 프로모터에게 큰 손해를 입힌 아티스트가 어떤 대접을 받을지는 자명했다. 앞으로 전국 투어 기획은 주저할 테고 사카키바 류헤이라는 피아니스트에 대한 평가에도 마이너스가 되리라.

"그 점도 잘 압니다. 앞으로 류헤이의 상태를 지켜보면서 다음 공연일을 정합시다."

"내일까지입니다. 적어도 공연 연기 사실과 다음 공연일을 정하지 못하면 프로모터를 설득하기 어려워요."

두 사람의 대화에 유카가 끼어드는 기색은 없었다. 류헤이의 컨디션과 공연 비즈니스 협상. 모두 유카가 감당할 수 없는 문제기에 섣불리 말을 얹어 봤자 방해만 되기 때문이었다.

류헤이 역시 침묵을 지켰다. 컨디션 회복은 자신의 문제지만 공연 비즈니스에는 전혀 관심이 없었기 때문이다.

적어도 조금 전까지는.

개인 사정으로 콘서트가 연기 또는 취소되면 얼마나 많은 관계자에게 손해를 끼칠까. 부끄러운 이야기지만 지금까지 생각지도 못했다.

아마추어라면 용서받을 수 있어도 돈을 받는 프로라면 용납될 수 없는 일이다. 사카키바 류헤이는 음악가인 동시에 살아 있는 콘텐츠이기도 하다. 자신과 유카, 톰과 시오타뿐만이 아니다. 류헤이의 피아노를 사업 콘텐츠로 삼는 관계자모두의 생계를 짊어지고 있는 셈이다.

문득 책임의 무게를 실감했다. 내 몸이지만 내 몸이 아니다. 지금까지 만족스러운 공연을 보여주기 위해 폭음과 폭식을 삼갔지만 그조차 자신을 위한 일이 아니었던 셈이다.

별안간 어깨가 잘게 떨렸다. 춥지 않은데도 오한이 났다.

"류헤이, 왜 그러니?"

"왜 그래, 류헤이."

류헤이는 괜찮다고 대답하며 한 손을 들었다. 톰이 아무 말도 묻지 않은 까닭은 류헤이의 복잡한 마음을 헤아렸기 때문일지도 모른다.

"사실 조금 전 경찰에게 확인했더니 연습실 출입 통제는 오늘 안에 해제된다더군요. 공식적으론 저녁 9시에 철수한대요. 그러면 피아노를 마음껏 칠 수 있습니다."

"고마워요. 이제 류헤이도 시간에 구애받지 않고 컨디션 회복에 매진할 수 있겠군요."

"하지만 저녁 9시까지는 아직 출입 금지니 조금만 더 기다려 주세요."

"알겠습니다."

시오타는 기대감을 실어 힘차게 대답했다.

류헤이는 연습실 통제 해제 소식은 기뻤지만 중요한 과제가 머릿속을 맴돌아 어깨를 짓누르는 기분이었다.

세 사람이 요구하는 각각 다른 과제에 마음이 무거웠다. 보다 못한 유카가 목소리를 높였다.

"슬슬 저녁 시간이네요. 두 분의 식사도 준비했으니 드시고 가세요."

저녁 식사를 마치자마자 시오타는 향후 대책을 논의하자며 톰을 게스트 룸으로 데리고 들어갔다. 자신과 유카의 귀를 피하고 싶은 분위기였기에 류헤이는 굳이 아무 말도 하지 않았다.

일단 자신의 방으로 돌아가 모차르트 CD를 재생했지만 아무래도 마음이 진정되지 않았다. 저녁 9시부터 연습실을 사용한다는 기대감에 가슴이 벅찼다.

리허설에서 컨디션 난조가 드러난 뒤로 시간이 지날수록 금단증상이 심해졌다. 경찰 조사로 인한 압박감과 중책을 짊어진 부담감에 어깨가 무거웠지만 피아노만 치면 기분이 나아질 터였다.

불현듯 그 사람이 떠올랐다.

낯선 폴란드 땅에서 용의자로 의심받던 자신을 구해준 남자. 상냥하고 예의 바르지만 피아노만큼은 격렬 그 자체였던 남자. 그라면 도움이 될 만한 조언을 해줄지도 모른다.

아직 유럽 각지를 돌며 연주하고 있겠지. 불쑥 전화를 걸면 폐가 되기 때문에 메일로 자신의 근황을 전하기로 했다.

최근 휴대전화는 장애인을 충분히 배려한 기능을 갖추고 있는데, 'BrailleBack(브레일백)'이라는 애플리케이션을 설치하면 점자 디스플레이를 사용할 수 있다. 점자 디스플레이는 손가락 촉감으로 글자를 읽는 기기로 이것을 이용하면 류헤이도 편하게 문장을 작성할 수 있다.

류헤이는 떠오르는 대로 자신이 처한 상황을 설명하고 마지막으로 이런 말을 남겼다.

— 어떻게 하면 이 난국을 극복할 수 있을까요? 좋은 방법이 있으면 가르쳐 주세요.

내용을 VoiceOver라는 화면 판독 기능으로 확인한 뒤 메일을 보냈다. 이제 그 사람의 답장을 기다릴 뿐이다.

류헤이의 스마트폰은 홈 버튼을 누르면 현재 시각을 읽어 준다.

— 오후 8시 15분입니다.

아직 사십오 분이나 남았나. 기대는 점점 조바심으로 변했다. 우선 피아노 협주곡 20번부터 23번까지 차례대로 치자. 실수가 다소 나와도 개의치 말고 무조건 예전 컨디션을 회복하는 것을 최우선으로 하자.

아니, 그전에 조율부터 해야 하지 않을까?

자세한 설명은 못 들었지만 경찰이 연습실에 드나들 때 피아노 안까지 손을 댔을 수도 있지 않은가. 만약 그랬다면 해머 펠트나 현에 흠집이 생겼어도 이상하지 않다. 애초에 그 거칠고 교양 없는 경찰들이 섬세한 악기를 조심스럽게 다뤘을 리 없다.

— 오후 8시 35분입니다.

연습실에 자리 잡고 있는 단짝은 과연 무사할까. 이번에는 기대보다 걱정이 더 앞섰다.

잠깐, 아까 톰이 이렇게 말하지 않았던가.

— 공식적으로는 저녁 9시에 경찰이 철수한다.

그 말인즉슨 시간이 조금 앞당겨질 수도 있다는 뜻 아닌가.

애타는 마음에 가만히 있을 수 없던 류헤이는 자리에서 일어났다. 만약 연습실 통제가 예정보다 빨리 해제되면 좋고 만약 9시 정각에 해제된다고 해도 방으로 다시 돌아오면 된다.

방을 나와 별채를 향해 걸어갔다. 내부를 완벽하게 파악한 집에서도 예상치 못한 장애물과 부딪칠 수 있으니 조심스럽게 걸었다. 예전에 바닥에 쓰러져 있던 대걸레에 발이 걸려 넘어진 적이 있기 때문이다.

게스트 룸 앞을 지나려는데 안에서 목소리가 새어 나왔다.

"이제 그만 허심탄회하게 말해요. 이상하게 숨기고 있으면 류헤이에게 피해가 가니까."

"그럴까요."

내게 피해가 간다고?

류헤이는 걸음을 멈추고 방 안에서 들려오는 목소리에 귀를 기울였다. 목소리의 주인은 틀림없이 톰과 시오타였다. 저택 내 방은 모두 벽이 두껍고 방음 효과가 있지만 연습실만큼 완벽하지는 않았다. 방 안에서 대화하면 평범한 사람은 몰라도 류헤이 같이 청각이 예민한 사람은 대화 소리를 들을 수 있었다.

"속 시원하게 터놓고 말하라는 것도 새삼스럽지 않습니까? 나와 시오타 선생님 사이에는 숨길 게 거의 없을 텐데. 뭐, 헤어진 아내나 과거의 여성 편력 같은 이야기는 역시 안 했지만."

"스튜디오 뮤지션이었던 시절에는 바지를 입고 있을 시간이 없었다는 이야기는 들은 적 있는데."

"그 이야기는 지금은 흑역사니까 꺼내지 마세요."

"모조 권총 밀수 건도 흑역사입니까?"

"……무슨 말인지 전혀 모르겠네요."

"모르면 내가 기억나게 해줄까요? 십일 년 전에 톰 씨가 스튜디오 뮤지션을 포기하고 매니저가 되기 직전의 일."

"십일 년이라고 하면 꽤 옛날이에요."

"잠자코 들어 봐요. 당시 좀 떠들썩했던 연예계 사건이 있었죠. 일본과 유럽과 미국을 오가던 '미'라는 스튜디오 뮤지션이 모조 권총을 소지한 혐의로 체포됐습니다. 모조라고 해도 총알을 발사할 수 있는 살상 능력이 있는 물건이었죠. 단순한 계기로 발견됐습니다. 영국 히드로공항에서 짐을 검사하는데 미의 여행 가방에서 어이없게도 모조 권총이 발견됐어요. 미는 그 자리에서 체포됐죠. 당국에서 심문한 바 과거 여러 차례 모조 권총을 밀수입했다는 사실을 자백했습니다."

"기억하고 말고요. 업계 동료 사이에서 그 여자가 어리석은 짓을 했다며 꽤 오랫동안 입방아에 오르내렸죠."

"미가 들여온 모조 권총은 그 돌발 사건만 없었다면 공항 보안검색대를 무사히 통과했을 겁니다. 그전까지만 해도 가방을 일일이 열어 내용물을 확인하지 않았으니까."

"뭐, 어느 공항이든 그렇게까지는 안 하죠."

"시기가 나빴죠. 2005년 7월 7일, 런던 폭탄 테러 사건이 일어난 직후였으니 영국 내 모든 공항이 엄중한 경계 태세에 돌입해 출입국자의 수하물을 일제히 검사했습니다. 엑스레이에 걸리지 않는 플라스틱 폭탄을 넣은 가방을 부치고 자폭을 각오하고 비행기에 탑승하면 막을 방법이 없으니까. 미가 가방에 숨긴 모조 권총도 그랬죠. 보통 권총은 탄소강이나 스테인리스나 알루미늄 합금으로 만듭니다. 그래서 엑스레이에 잡히는데 미가 밀수입하던 권총은 수지(樹脂)로 만들었어요. 게다가 분해된 상태였기 때문에 엑스레이로 잡아내지 못했죠. 수지로 만든 권총은 그때까지 없던 새로운 물건이니 검사하는 사람도 알 수 없었을 겁니다."

"범죄는 항상 단속하는 쪽보다 한 걸음 앞서가죠."

"그러게요. 수지제 권총은 이제는 흔한 3D프린터로 만든 물건이니까. 당시 3D프린터는 한 대에 백만 엔이나 하는 기계였던 데다 일본에선 드물었죠. 그런데 판매가는 진짜 권총의 반값도 안 됐으니 가난한 폭력단이 싼값에 구할 수 있는 권총으로 안성맞춤이었어요."

"'악화는 양화를 구축한다'*인가. 아니, 이런 경우에 비유하기에는 적합하지 않은 말인가."

"그렇게 체포된 미는 스튜디오 뮤지션이 되기 전에는 밴드 멤버로 활동했습니다. 담당은 피아노였고 그때 베이스 기타가 톰 씨, 당신이었죠."

잠시 침묵이 흘렀지만 대화가 끝나지 않았다는 사실은 류헤이도 알았다.

"……밴드는 얼마 못 갔습니다. 앨범 두 장만 내고 해체했어요. 그런 무명 밴드를 잘도 아시는군요."

"소속사 명단을 조사했죠."

"왜 조사할 마음이 들었을까요?"

"기다려 봐요. 다음 이야기가 있으니. 미의 진술에 따르면 일본에 반입한 모조 권총을 폭력단에게 직접 건네지 않았다고 했습니다. 그럴 만하죠. 귀국하자마자 야쿠자와 자주 접촉하면 경찰이 주목할 테니. 그래서 이런 수법을 썼어요. 집에 물건이 도착할 예정인데 사람이 없으니 잠시 맡아 줄 수 있겠느냐 지인에게 부탁했죠. 미가 외국을 자주 오간다는 건 뮤지션 동료라면 누구나 알았습니다. 마음씨 좋은 동료가 흔쾌히 수락했고 훗날 미는 물건을 받아 폭력단에게 넘겼습니다."

* 시장에 품질이 좋은 화폐와 나쁜 화폐가 동시에 존재할 때 좋은 화폐는 사라지고 나쁜 화폐만 남는다는 그레샴 법칙.

"번거로운 방법이군요."

"그래요. 하지만 이 방법이라면 집에 모조 권총을 쌓아둘 필요도 없어서 안전하죠. 뮤지션 동료의 집을 보관장소로 쓸 수 있으니. 미의 진술을 받은 경찰은 그녀의 가족, 동료, 지인들의 집을 철저히 수색했습니다. 그랬더니 미가 택배로 보낸 모조 권총 수십 자루가 나왔습니다. 그러나 경찰은 압수한 권총이 전부라고 믿지 않았죠. 이후에도 꾸준히 수사했습니다."

"잘 아네요. 아니, 알아도 너무 잘 알아요."

"형사에게 들었거든. 류헤이와 유카 씨가 임의 출두했을 때 내게 묻더군요. '톰 야마자키 씨가 예전에 모조 권총 사건을 언급한 적이 있습니까'라고."

"뭐라고 답했습니까?"

"그런 적이 전혀 없다고. 그런데 사실이 아닙니다. 언젠가 유카 씨와 셋이 술을 마실 때 당신이 술김에 말한 적 있거든. '최근 3D프린터로 만든 권총 이야기가 뉴스에 나오던데 사실 오래된 이야기다. 나는 훨씬 옛날에 실물을 본 적 있다'."

"……무서운 기억력이군요."

"형사와 대화하다가 문득 생각났습니다."

"그 자리에서는 모른 척했겠죠?"

"지금 류헤이에게 매우 중요한 시기입니다. 그럴 때 당신이 사라지면 안 되니까."

"신세를 졌군요."

"미가 체포된 시기와 당신이 매니저로 변신한 시기가 겹치는 건 우연입니까?"

"미가 폭력단과 관계있다는 소문은 오래전부터 돌았죠. 아무리 같은 밴드 멤버였더라도 그런 사람과 엮이면 언젠가 불똥이 튀기 마련입니다. 마침 스튜디오 뮤지션으로서 미래가 없다는 점도 한몫해서 연주자에서 빠졌습니다. 그로부터 얼마 후에 미가 체포됐죠. 미는 뮤지션, 나는 연예인 매니저라서 분야가 달랐기 때문에 운 좋게 경찰의 수사망에서 벗어날 수 있던 것 같습니다. 우리 집에는 형사가 한 번도 찾아오지 않았어요."

"실제로 미가 당신에게도 수상한 우편물을 보냈습니까?"

침묵이 다시 내려앉았다. 그러나 이번에는 짧았다.

"여기까지 말했으니 그냥 다 털어놓죠. 미가 내게도 보냈습니다, 모조 권총을. 거참, 옛날 밴드 멤버였다고 날 우습게 봤는지. 그런데 이상한 데서 의리를 발휘해 자기가 누구에게 권총을 보냈는지는 일절 밝히지 않은 모양이에요."

"우편물이 모조 권총이라는 걸 알았군요."

"뉴스에서 체포 소식을 듣고 열어봤더니, 빙고."

"모조 권총은 어떻게 했어요?"

"경찰에 신고 안 했어요."

"왜? 불똥이 튈까 봐 걱정한 거 아니었나?"

"이유는 세 가지. 첫째는 그냥 신고할 시기를 놓친 것. 애초에 경찰을 안 좋아해서 자진해서 협조할 마음이 없었죠. 옛날 동료를 팔아먹는 것 같기도 하고. 둘째는 바보 같은 이야기지만 권총에 관심이 있었어요. 남자는 애든 어른이든 다 그렇잖아요."

시오타는 대답하지 않았다. 부정하지 않는 모습을 보면 내심 동의하는 듯했다.

"셋째. 매니저가 되자마자 맡은 아이돌에게 위험한 스토커가 있었어요. 면도칼을 보내거나 살해 예고 편지를 보내던 놈이라 만약을 위해 호신용 무기가 필요했죠."

"그런 물건을 가지고 있는 매니저야말로 몹시 위험해 보이는데."

"매니저로 맡은 첫 일이었고 상대가 상대이다 보니 마음이 초조해서."

"그래서, 모조 권총은 결국 어떻게 했죠?"

"아직 갖고 있습니다. 이제 와 섣불리 처분했다가 경찰에게 터무니없는 의심을 받을 수 있으니까."

"따지고 보면 근거 있는 의심이죠. 도대체 어디에 숨겨놨어요?"

"내 맨션에. 여간해서는 찾을 수 없는 곳에 숨겨 놨어요."

"한시라도 빨리 없애요."

"네. 경찰이 의심을 품었다면 빨리 처리하는 게 현명하겠죠."

대화는 거기서 끊겼다.

류헤이는 그들과 마주치기 전에 게스트 룸 앞을 떠났다.

그렇구나.

경찰은 십일 년이나 전에 일어난 모조 권총 사건을 파악하고 톰을 의심하고 있었구나.

복도를 걸어 별채에 다다랐다.

경찰의 존재는 느껴지지 않았다.

류헤이는 조심스럽게 연습실 안에 발을 들여놓았다. 피부에 닿는 감각에 의지해 이미 알고 있는 위치로 손을 뻗으니 손가락에 익숙한 감촉이 느껴졌다.

아아, 다행이다.

여기서 얌전히 기다렸구나.

뚜껑을 여는 순간조차 기다릴 수 없던 류헤이는 손가락으로 건반을 부드럽게 눌렀다.

첫 소리가 허공에 퍼져 벽과 천장에 반향을 일으키며 돌아오자 비로소 숨이 트였다.

다음 날 아침, 류헤이는 유카와 탁자 앞에 앉아 있었다. 원래라면 두 번째 공연 직전이기에 긴장감이 감돌았겠지만 어젯밤에 톰이 후지나미와 협의해 공연 연기를 결정했기에 조금은 평온한 마음이었다.

연기된 기한은 일주일뿐이었다. 류헤이는 일주일 동안 제 컨디션을 되찾아 완벽한 상태로 무대에 올라야 한다.

"괜찮니?"

식사 중에도 유카는 걱정스럽게 물었다.

"괜찮은 것 같아요. 어젯밤에 피아노를 조금 쳐서 그런지 마음이 많이 편해졌어요. 이틀 내내 제대로 연습하지 못했지만 어떻게든 일주일 안에 원래 상태를 되찾아야죠."

"힘내렴."

유카의 '힘내'라는 말에는 어딘가 괴로운 기색이 담겨 있었다. 분명 자신이 도울 수 있는 부분에 한계가 있다는 사실에 미안한 마음이 든 듯했다.

마음 쓰지 않아도 되는데, 라고 생각했다.

다른 가정에서는 어머니가 아이를 어떻게 대하는지는 모른다. 애초에 류헤이를 둘러싼 환경이 일반적이지 않으므로 비교할 방법이 없다. 하지만 늘 감사했다.

그때 인터폰이 울리며 손님의 방문을 알렸다. 화면을 확인한 유카가 지긋지긋하다는 듯 말했다.

"또 그 형사들이네."

불청객이지만 형사를 문전박대할 수도 없어 유카는 자리에서 일어났다.

현관 앞에서 유카와 나가누마의 대화가 들려왔다.

"네? 갑자기 그러시면……."

"저희가 납득할 때까지 계속 조사한다고 말씀드렸지 않습니까. 실례하겠습니다."

"잠시만요."

"공무 중입니다."

"기다리시라고요."

옥신각신하는 두 사람의 목소리가 점점 가까워졌다.

"안녕하세요, 류헤이 씨."

식당에 나타난 나가누마가 위협적인 목소리로 말했다. 그 옆에 세키자와가 있다는 사실을 알아차렸다.

"아, 막 식사를 마치셨나 보네요. 마침 잘됐군요. 저희와 동행해 주시겠습니까?"

"또 조사받아야 하나요?"

"네, 다만 중요 참고인 조사입니다."

"의미가 다른가요?"

"이번에는 연습 시간을 핑계로 도중에 끝낼 수 없을 겁니다."

말끝마다 강요와 압박이 느껴졌다.

"지난번 조사 때 류헤이 씨는 데라시타를 없애고 싶은 동기가 있고, 더불어 어둠 속에서도 상대를 겨냥해 총을 쏠 수 있다고 말했습니다. 즉 동기와 방법이 있는 셈이죠. 그러나 부족한 것은 흉기였습니다. 데라시타를 살해한 권총을 당신이 어떻게 입수했을까. 그걸 잘 모르겠더군요."

기분 나쁜 예감이 들었다.

"그런데 마침내 찾았습니다. 류헤이 씨의 매니저인 톰 야마자키 씨 말입니다만, 그 사람의 지인이 예전에 모조 권총

밀수 혐의로 체포됐습니다. 류헤이 씨, 매니저의 집에 여러
번 방문했죠?"

그때 그가 숨겨 놓은 모조 권총을 훔쳤다는 뜻인가.

지독한 억지 주장이라고 생각했지만 논리적인 반론이 떠
오르지 않았다. 나가누마가 곤혹스러워하는 류헤이의 팔을
억지로 잡았다.

"자, 일어나요."

"류헤이! 아악! 이거 놔! 이거 놓으라고!"

유카는 세키자와에게 붙잡혀 제지당하는 듯했다.

류헤이는 반항도 못 하고 억지로 끌려갔다.

"당신을 데리고 갈 때는 팔꿈치를 잡게 하라고 했죠. 그럼
잡아요. 동행에 응하지 않는다면 미안하지만 내가 끌고 가겠
습니다."

류헤이는 강제로 끌려가는 데 원초적으로 두려움을 느꼈
다. 어쩔 수 없이 나가누마의 팔꿈치를 잡고 뒤를 따라갔다.

현관을 나서자 햇빛이 피부를 어루만졌다.

이런 날씨에 연행되는 건가.

초조와 불안으로 가슴이 꽉 막힌 기분이었다.

별안간 불안감에 휩싸여 그 자리에 주저앉고 싶었다.

그런데 그 순간, 지금 상황과 매우 어울리지 않는 목소리가
위에서 내려앉았다.

"바쁘신 듯하네요."

류헤이는 목소리를 듣자마자 고개를 들었다.

이럴 수가. 그 사람은 지금쯤 유럽에 있을 텐데.

하지만 분명히 그 사람의 목소리다.

"오랜만이에요, 류헤이 씨."

목소리의 주인공은 쇼팽 콩쿠르 결선에서 경쟁한 피아니스트, 미사키 요스케였다.

IV

Drammatico agitato
극적으로 격렬하게

I

류헤이는 아직 상황을 이해하지 못했다.

"어떻게 당신이."

"좋은 방법이 있으면 가르쳐 달라고 메일을 보냈잖아요."

"메일은 어젯밤에 보냈잖아요. 유럽에 있는 거 아니었어요?"

"바로 지난달에 귀국했어요."

"알려줬으면 언제든 만나러 갔을 텐데."

"류헤이 씨가 전국 투어를 앞두고 있었으니까요."

상대의 일정을 배려해 연락하지 않았다니 과연 미사키 요스케다웠다.

육 년 만에 만나는 미사키지만 목소리는 조금도 변하지 않았다. 듣는 이가 자연스럽게 경계심을 풀게 되는 편안함이 가득했다.

"잠깐만. 저기요."

나가누마가 두 사람 사이에 끼어들며 말했다.

"저리 비키세요."

"류헤이 씨를 연행하는 겁니까?"

"당신, 누굽니까?"

"류헤이 씨의 지인인 미사키입니다. 류헤이 씨, 혹시 괜찮다면 상황을 설명해 주지 않겠어요?"

자신이 용의자로 의심받는 상황은 이미 메일로 설명했다. 류헤이는 예전에 매니저의 지인이 모조 권총 밀수로 체포된 일을 덧붙여 설명했다.

"매니저의 옛 밴드 동료가 체포됐다라. 심지어 십 년 전 이야기네요."

"미사키 씨라고 했나요? 이제 됐죠? 길 좀 비켜 주시죠. 계속 방해하면 공무집행방해가 될 수 있습니다."

"형사님을 방해할 생각은 없지만 류헤이 씨를 연행하기에 충분한 조건이라고 할 수 있을까요?"

"뭐라고?"

"류헤이 씨가 모조 권총을 사용했다고 의심한다면 체포된 밴드 동료에게서 매니저에게로, 그리고 매니저에게서 류헤이 씨에게로 모조 권총이 이동한 경위를 명백히 밝혀야 할겁니다. 하지만 밴드 동료는 십여 년 전에 체포됐으며 권총을 주고받았다는 건 억측일 뿐이죠."

"이러쿵저러쿵 시끄럽네."

"류헤이 씨. 변호사 상담을 받았나요?"

"소속사의 고문변호사에게 부탁드렸어요."

"그렇군요. 선임계약서 같은 걸 작성했나요?"

"아니요."

"적당히 좀 하세요."

나가누마의 인내심이 바닥났는지 미사키에게 다가갔다. 팔꿈치를 잡고 있던 류헤이는 그만 놓치고 말았다.

"괜찮으면 제가 뛰어난 변호사를 소개해 드릴까요? 미코시바 레이지라는 변호사인데요."

나가누마는 순간 말을 잃었다.

"그 이름을 어떻게 알지?"

"어떤 사건 때문에 형사 변호인을 부탁한 적이 있거든요. 전화 한 통이면 달려올 겁니다."

"마치 우리가 변호사 한 명을 두려워하는 것처럼 말하는군요."

"그렇게 들렸다면 사과드리죠. 하지만 아마추어가 보기에도 형사님들의 수사 방식은 너무 억지스럽습니다. 물증이 부족해서 자백으로 보완하려는 것 같아요. 미코시바 선생님이라면 절차상에 발생한 허점을 놓치지 않을 테니 공판에서 검찰이 불리하겠죠."

순간 껄끄러운 침묵이 흘렀다. 보이지 않는 적의에 류헤이의 몸이 따끔따끔했다. 틀림없이 나가누마 일행이 내뿜는 적의이리라.

"저희도 거칠게 굴 생각은 없습니다."

나가누마의 어조가 순식간에 바뀌었다.

"어디까지나 임의동행을 요구했을 뿐이죠."

"그렇다면 류헤이 씨도 준비가 필요하니 시간을 주시지 않겠어요? 류헤이 씨 같은 유명인이 설마 달아나리라 생각하지는 않으시겠죠."

"좋습니다. 사쿠라다몬 청사*에서 기다리고 있겠습니다."

나가누마와 세키자와의 발소리가 저택 밖으로 멀어져 가는 것을 확인한 류헤이는 비로소 가슴을 쓸어내렸다.

"덕분에 살았어요, 미사키 씨."

"별말씀을요."

"류헤이!"

뒤에서 갑자기 유카가 껴안았다.

"끌려가지 않아서 다행이야. 저기, 류헤이를 도와주셔서 감사합니다……, 응? 혹시 쇼팽 콩쿠르 결선에 올랐던 미사키 요스케 씨 아니세요? 그 '5분간의 기적'의……."

그제야 그의 정체를 알아차린 듯 유카는 어안이 벙벙한 목소리로 물었다.

"지난달에 귀국하셨대요."

---

* 경시청 본부.

"어머 어머 어머 어머. 이렇게 서서 이야기할 게 아니라 들어오세요."

유카가 놀라 허둥대는 것도 이해는 갔지만 그래도 조금 창피했다.

"류헤이 씨. 당신의 연습실을 볼 수 있을까요? 관심이 정말 많거든요."

평소와 다름없는 어조였지만 류헤이는 미사키의 속마음을 곧바로 이해했다.

"저도 단둘이서 이야기하고 싶어요. 안내할게요."

단둘이라고 못을 박으면 유카가 따라오지 않을 터다. 역시 유카는 "이따가 차를 준비할게요"라며 미련 남은 모습으로 본채로 사라졌다.

류헤이가 앞장서서 연습실로 안내했다. 다른 사람과 있을 때는 늘 자신이 뒤따르기 때문에 다소 우쭐한 마음이 들었다.

"아, 멋진 연습실이네요."

연습실에 들어서자마자 미사키는 칭찬과 부러움이 섞인 목소리로 감탄했다.

"오각형으로 만든 방에 천장도 완만한 곡선으로 지었군요. 콘서트홀을 재현한 설계 콘셉트인가요?"

"잘 아시네요."

"방이 네모지면 벽 반사의 영향으로 고음이 고르지 않게 들리니까요. 그래서 음향이 좋은 홀은 대부분 불규칙한 모양으로 지어졌죠. 잠깐 실례할게요."

무엇을 하려는가 싶었는데 미사키가 손뼉을 쳤다.

짝! 하는 소리가 풍부한 잔향이 되어 류헤이의 온몸을 감쌌다.

"생각한 대로 울림이 좋네요. 플러터 에코*(정재파)도 잘 차단하고 잔향음도 풍부해요. 혹시 유럽의 성당을 참고해 만들었나요?"

"네. 빈에 갔을 때 슈테판 대성당에서 열린 연주회에서 들은 소리가 매우 기분 좋았거든요."

"아, 확실히 그곳은 천장이 높고 잔향도 오래가니까요."

살인사건에 연루됐는데도 피아노나 음악 이야기만 나오면 정신을 빼앗기고 만다. 두 사람 모두 피아니스트다 보니 대화가 끊이지 않았다

"시신은 피아노 옆에 쓰러져 있었다고요."

느닷없이 화제가 바뀌었다.

"아. 네, 맞아요."

"시신을 발견한 상황을 알려주세요."

미사키는 피아노 이야기든 범죄 이야기든 한결같은 어조로 말했다. 류헤이는 다소 당황하면서도 유카에게 들은 상황, 취조실에서 나가누마와 나눈 대화, 그리고 데라시타의

---

* 평행한 반사면 사이에서 음파가 반복해 반사되며 발생하는 소리.

손목시계에 묻어 있던 지문 이야기까지 했다.

"류헤이 씨의 이야기만 들으면 수사본부는 류헤이 씨를 표적 수사하는 것 같군요. 어둠 속에서 저격했다는 점을 생각하면 확실히 류헤이 씨를 의심할 만하고 지문이라는 물증도 있으니까요."

"소리의 울림으로 공간을 파악한다는 건 제게 당연한 일이에요."

"인터넷에 올리면 십억 명의 적을 만들 발언이네요."

미사키가 부드럽게 웃자마자 류헤이는 공포와도 같은 후회를 느꼈다.

미사키에게는 가장 하지 말아야 할 소리를 입에 담고 말았기 때문이다.

육 년 전 일이지만 마치 어제처럼 기억이 생생했다. 쇼팽 콩쿠르 결선에서 미사키는 쇼팽 피아노 협주곡 1번을 선택했다.

류헤이는 감정 표현의 깊이가 남다른 미사키를 경외했다. 자신과는 하늘과 땅 차이라고 생각했다. 다른 결선 진출자들도 마찬가지였으리라. 날카로움과 여유, 격렬함과 우아함. 관객은 상반된 감정을 표현하는 미사키의 피아노에 영혼을 사로잡혀 거부할 수 없었다. 내면에 간직한 감정을 직접 자극하는 미사키의 피아노에 홀려 도망칠 수 없는 것이다. 이 시점에서 결선 진출자들은 미사키의 우승을 의심하지 않았다.

그런데 연주 도중 이변이 일어났다. 피아노가 오케스트라의 선율을 이어받으려던 바로 그 순간, 갑자기 미사키의 머리가 기우뚱거리며 흔들린 것 같았다. 그 시점부터 연주가 흐트러지며 오케스트라와 어긋났고 결국 연주가 중단되고 말았다.

결선이 펼쳐지던 시점에 가장 유력한 우승 후보였던 미사키가 입상조차 못 한 이유가 바로 그 때문이었다. 너무나 급작스럽게 변한 상황에 류헤이도 혼란스러웠지만 미사키와 친했던 결선 진출자 얀 스테판스가 사정을 알고 있었다.

미사키는 돌발성 난청 환자였다. 그 사실을 듣고 류헤이는 아연했다. 미사키는 난청이라는 폭탄을 안은 채 쇼팽 콩쿠르에 출전한 것이다.

음악가에게 청각 질환은 치명적이다. 오케스트라 소리를 듣지 못하면 협주할 수 없다. 자신이 연주하는 박자와 음량을 조절할 수 없어 독주조차 할 수 없다.

그런 미사키 앞에서 청각이 예민하다고 과시하는 행동은 앙상하게 마른 피난민 앞에서 호화로운 만찬을 자랑하는 것과 마찬가지 아닐까. 아무리 세상 물정에 어두운 류헤이라도 본인의 노력으로 극복할 수 없는 핸디캡을 비웃는 행위가 가장 나쁘다는 것은 잘 안다.

사과할 말을 찾았지만 어휘력이 부족한지라 스스로가 저주스러웠다.

"저기…… 죄송합니다."

"왜요, 무슨 일 있어요?"

"십억 명의 사람보다 미사키 씨에게 미움받고 싶지 않아요."

"그런 일로 누가 당신을 싫어하겠어요?"

미사키의 목소리는 조금도 흔들리지 않았다.

"류헤이 씨의 피아니즘은 유일무이합니다. 뮤즈와 많은 팬에게 사랑받고 있죠. 제가 그런 사람을 싫어할 이유가 있을까요? 제 난청에 마음을 쓴다면 오히려 류헤이 씨에게 부메랑이 되지 않겠어요?"

누구의 책임도 아니니 아무도 탓하지 않는다. 비굴하지도 않겠다. 타고난 장애는 개성과 같다. 미사키도 분명 같은 생각을 할 것이다. 부메랑은 바로 그런 의미이리라.

"그건 그렇고, 문제는 데라시타의 손목시계에 남아 있던 류헤이 씨의 지문이에요. 왜 지문이 묻어 있었는지 짚이는 바가 있습니까?"

"전혀요."

"처음에 데라시타 씨와 인터뷰할 때 어쩌다 보니 시계에 손가락이 닿지는 않았고요?"

"기억이 안 나요."

"난감하군요."

그러나 미사키의 어조는 곤혹스럽기는커녕 왜인지 학생이 해답을 내놓기를 기다리는 선생님 같은 분위기마저 느껴졌다.

"왜 미사키 씨가 난처해하세요? 제 변호는 미코시바라는 변호사님이 맡으시는 거 아니에요?"

"형사들에게 그런 식으로 말하긴 했죠. 하지만 사실 미코시바 선생님은 크게 다쳐서 입원 중이세요."

그 말에 류헤이는 몹시 놀랐다.

"형사님에게 거짓말을 했어요?"

"완전히 거짓말은 아니에요. 의뢰인을 위해서라면 휠체어를 타고서라도 달려올 분이니까요. 여차하면 저는 역시 미코시바 선생님을 변호인으로 추천하겠습니다."

미사키가 전적으로 신뢰하는 변호사라니 어떤 인물일지 매우 궁금했다. 하지만 지금은 경찰의 추궁에서 벗어나는 일이 우선이었다.

"변호인은 체포, 기소된 후에 필요합니다. 현재 미코시바 선생님의 도움을 받을 수 없다면 나와 류헤이 씨 둘이서 의혹을 풀면 되죠."

미사키의 말에 설득된 류헤이는 고개를 끄덕였다. 피아니스트가 살인사건을 수사하다니 황당한 이야기지만 미사키는 폴란드에서 자신을 구해준 전적이 있다.

"게다가 기한이 얼마 남지 않았어요. 전국 투어 두 번째 공연이 일주일 뒤로 연기됐잖아요. 즉 앞으로 일주일 안에 류헤이 씨의 결백을 증명해야 해요."

"할 수 있을까요, 일주일 안에."

"처음부터 포기하면 아무것도 못 합니다. 아무리 어려운 악절이라도 시간이 허락하는 한 연주자는 최대한 극복하려고 노력하는 법이죠."

연주와 수사를 동일선상에 둘 수 있을까 싶었지만 이상하게도 미사키가 말하면 할 수 있을 것 같은 기분이 들어 신기했다. 미사키의 말에는 그가 연주하는 피아노처럼 사람을 격려하는 힘이 있었다.

"한 가지 질문해도 될까요?"

"말씀하세요."

"폴란드에서도 그랬는데, 왜 저를 도와주세요? 그때는 미사키 씨도 결선을 준비하느라 정신없었을 텐데. 이번에는 전 세계에서 모셔가느라 더욱 바쁠 테고 사실 느긋하게 일본에 머물 여유가 없을 텐데요. 그런데 왜 저를 도우세요?"

"단순한 이유입니다. 류헤이 씨가 피아노를 계속 연주하길 바라거든요. 설사 내가 듣지 못하더라도 당신의 음악이 필요한 사람들을 위해 계속 피아노를 쳐야 해요."

미사키가 류헤이의 어깨에 손을 살며시 얹었다. 단지 그뿐이었지만 안심이 됐다.

"지금 이 순간에도 괴로운 상황에 처해 울고 있는 사람이 있습니다. 인간관계에 지쳐 마음이 메말라버린 사람도 있죠. 막연한 불안과 불만에 속앓이하는 사람도 있어요. 음악은 그런 사람들을 위로하고 앞으로 나아갈 힘을 불어넣어 주는 존재예요. 류헤이 씨는 음악을 연주하는 재능이 있고 연주해야 하는 사명이 있어요. 뮤즈의 사랑을 받는 사람은 그만큼 사명과 의무를 짊어져야 합니다. 그렇게 생각하지 않아요?"

류헤이는 한동안 대답하지 못했다. 지금까지 타인이나 사명 같은 것을 위해 연주한 적은 없었다. 오로지 머릿속에 흐르는 선율을 현실의 소리로 표현하기 위해 테크닉을 연마할 생각밖에 없었다.

솔직히 미사키의 철학이 답답하다고 느꼈다. 그래도 류헤이의 마음을 끌어당기는 설득력이 있었다.

"자, 연습실에서 확인하고 싶은 건 거의 다 확인했습니다. 다음으로 류헤이 씨의 매니저를 만나 이야기를 듣고 싶은데요."

"대개 하루에 한 번은 찾아와요. 이제 슬슬 오실 때가 됐는데."

연습실에서 본채 거실로 자리를 옮기자 유카가 서둘러 차를 내왔다.

"쇼팽 콩쿠르에서 활약하시는 모습을 보고 진심으로 감동했답니다."

당사자를 눈앞에 두고 흥분된 마음을 주체할 수 없는지 유카는 끊임없이 칭찬을 늘어놓았다. 칭찬에 내성이 생기면 누가 칭찬을 하든 진부한 말의 향연이라는 생각에 싫증이 난다. 그래서 유카 본인도 누군가 열렬한 칭찬을 늘어놓는 것을 싫어하지만 그 사실을 새까맣게 잊은 듯했다.

미사키의 반응을 살피니 그는 칭찬받는 것이 익숙하지 않은지 그저 모호하게 대답할 뿐이었다. 마음이 불편해진 류헤이가 슬슬 어머니를 말리려던 순간 드디어 톰이 도착했다.

"유카 씨에게 연락을 받고 바로 달려왔습니다. 설마 미사키 요스케 씨와 만날 줄이야."

한심하게도 톰까지 당황하는 기색이 역력해 류헤이는 쓴웃음이 절로 났다.

"그런데 유럽에 계시는 거 아니었습니까? 어떻게 여길……."

미사키 본인이 설명하기 힘들 테니 류헤이가 대신 설명했다. 세계적으로 유명한 피아니스트가 폴란드에서 궁지에 빠진 류헤이를 구해준 과거 이야기를 들려주자 톰은 몹시 놀란 모습이었다.

"그래서 이번에도 류헤이 군이 위기에 빠졌다는 소식을 듣고 달려와 주셨단 말입니까?"

"아뇨, 공연을 연기한 이유가 궁금했을 뿐입니다."

"어쨌든 류헤이 군에게 마음 써 주셔서 감사합니다."

"살해된 데라시타 씨에 대해 톰 씨도 여러 가지로 조사하셨다고 들었습니다."

"조사라고 해봤자 소문을 주워 모았을 뿐이죠. 업계에서 유명한 쓰레기였습니다."

톰은 예전에 말한 적 있는 데라시타의 행적을 미사키에게도 설명했다.

"죽은 사람에게 침을 뱉고 싶지는 않지만 솔직히 데라시타가 사라져서 안심하는 사람이 적지 않을 겁니다. 전염병 같은 인간이라서 그 인간을 저희보다 더 싫어하는 사람이 많아요."

"그런데 경찰은 류헤이 씨를 중요 참고인으로 점찍은 것 같더군요."

"류헤이 군이 가장 최근 피해자고 범행 현장의 상황이 상황인 만큼 가장 의심받는 건 분명합니다."

톰은 짧게 탄식했다.

"새삼 생각해 보면 어둠 속에서 총알을 명중시키는 범행은 귀가 상당히 밝지 않으면 불가능하잖아요. 류헤이 군은 물론 범인이 아니겠지만 범인의 청각은 분명 류헤이 군과 같은 수준이거나 그보다 뛰어날 겁니다. 그런 사람이 일본에 몇이나 있겠어요."

"전제조건이 틀렸을지도 모르겠네요."

"무슨 뜻이죠?"

"아직 생각이 떠오르는 단계니 자세한 설명은 삼가겠습니다."

"우리 고문변호사님과 함께 논의하면 어떨까요?"

두 사람의 대화를 듣던 류헤이가 곧바로 이의를 제기했다.

"그럴 필요 없어요."

"하지만."

"그 요시카와라는 변호사는 미덥지 않아요."

요시카와는 처음 만난 자리에서부터 소극적이고 열의가 느껴지지 않았다. 목소리로 판단컨대 신뢰할 만한 인물 같지 않았다.

"아무리 못 미더워도 변호사잖아."

"변호사 자격증보다 실제 능력이 중요하잖아요. 처음부터 몸을 사리는 사람을 끌어들여 봤자 팀워크나 해칠 거예요."

"그거, 오케스트라 이야기잖아."

"똑같아요. 요시카와 선생님은 살인사건을 담당한 적 없죠. 하지만 미사키 씨는 실제로 사건을 해결했어요. 경험부터가 차원이 다르다고요."

"그렇다고 해서 요시카와 선생님을 무시하고 일을 진행하면 고문 계약을 맺은 로펌도 기분이 언짢을 텐데."

톰은 류헤이나 시오타처럼 개인사업자가 아니라 회사에 소속된 직원이었다. 입장상 소속사의 제휴처와 관계가 껄끄러워지는 상황은 피하고 싶으리라.

"애초에 유명한 피아니스트인 미사키 씨에게 탐정처럼 조사해 달라고 부탁하는 것 자체가 마음이 불편해요."

그야말로 상식적으로 생각한 톰의 의견이었다. 하지만 한 번이라도 미사키의 연주를 직접 들은 사람이라면 이 남자에게 상식이라는 잣대를 들이대는 것이 무의미하다는 사실을 깨달을 것이다.

"까딱 잘못해서 경찰을 자극해서 공무집행방해 혐의라도

쓰게 되면 도리어 미사키 씨에게 피해가 가니까요."

"그런 실수를 할 리 없잖아요. 미사키 씨는 폴란드 경찰도 이겼다고요."

"류헤이 씨."

뜻밖에도 미사키가 난처한 목소리로 류헤이를 저지했다.

"폴란드 경찰을 이겼다는 건 과장입니다."

"하지만."

"모처럼 미사키 씨가 내민 손길을 뿌리칠 생각은 없습니다. 다만 류헤이 군의 매니저로서 범죄 수사 외에도 도와주셨으면 하는 것이 있습니다. 대단히 무리한 제안이지만 승낙해 주신다면 이보다 더 감사할 수 없을 거예요."

"뭔가요?"

"사실 두 번째 공연을 연기한다고 발표했더니 예상보다 취소표가 많이 나오고 있어요. 프로모터쪽이 걱정이 많습니다. 기존 프로그램으로 괜찮겠냐는 말도 나오고요."

청천벽력 같은 소리에 류헤이는 깜짝 놀라 물었다.

"모차르트는 곡은 전반적으로 능숙하게 연주하니 프로그램 변경이 불가능하지는 않지만 기존 프로그램인 협주곡 세 곡보다 임팩트가 큰 곡은 적어요. 무엇보다 클래식을 잘 모르는 관객도 즐겁게 감상할 수 있다는 이유에서 그 세 곡을 골랐잖아요."

"아뇨, 협주곡 세 곡을 모두, 혹은 일부를 바꿀 생각은 없습니다. 저와 류헤이 군과 시오타 선생님이 심사숙고해서 짠 프로그램이니까요. 지금 말씀드린 의견은 두 번째 공연에만 해당하는 추가 프로그램이에요."

반응을 보인 사람은 류헤이지만 톰은 여전히 미사키에게 말했다.

"앙코르라면 이미 준비했는데."

"앙코르가 아니라, 저는 미사키 씨가 공연에 깜짝 출연하는 것이 이상적이라고 생각합니다."

"제가 깜짝 출연을요?"

그 대단한 미사키도 당황한 듯 목소리가 높아졌다. 류헤이는 미사키보다 더 놀라 드물게 엉덩이를 들썩였다.

"그게 무슨 말이에요, 톰 씨."

충격이 지나가고 부끄러움이 엄습했다.

"아닌 밤중에 홍두깨도 아니고, 뜬금없이 게스트 출연을 하라니."

"하지만 류헤이 군. 쇼팽 콩쿠르 결선 진출자로 유명한 피아니스트 둘이 모여 무대에 서는 거야. 생각만 해도 가슴이 뛰잖아. 미사키 씨가 일본에 있다는 사실을 업계 종사자인 나도 모를 정도니 다들 미사키 씨가 유럽에 있는 줄 알겠지. 그런데 느닷없이 일본에서 연주한다는 보도가 나가면 임팩트는 상상을 초월할 거야. 예매 취소는 사라지고 취소 티켓을 서로 차지하려고 난리가 날 거야. 첫 번째 공연의 부정적인 인상도 확 바뀔 테고."

"최근 몇 년 동안 주야장천 모차르트 곡을 친 저라면 몰라도 미사키 씨에게 일주일 안에 한 곡을 완성하라니, 실례잖아요."

"미사키씨는 미사키 씨대로 연일 연주회를 했죠. 손가락이 굳지 않았을 것 같습니다만."

이 또한 피아니스트에게 무례한 질문이었다. 아무리 톰이라도 방금 발언은 용납할 수 없었다.

그러나 순간 톰의 의중을 알아차렸다. 다소 경박한 구석은 있어도 선은 지킬 줄 아는 톰이 경솔한 말을 내뱉을 리 없었다.

도발이었다.

미사키를 도발해 게스트 출연을 승낙하게 하려는 의도였다. 산전수전 다 겪은 매니저가 생각해낼 만한 방법이었다.

하지만 톰이 크게 착각한 사실이 있다.

미사키는 뻔한 도발에 넘어가는 남자가 아니었다.

"최근 며칠은 개인적인 일로 피아노를 가까이하지 못해서 자신이 없네요."

"설마, 미사키 씨 정도 되는 피아니스트가요?"

"콩쿠르 입상도 못 한 피아니스트죠."

도발해 놓고 서둘러 불을 끄느라 분주한 톰은 그야말로 혼자서 북 치고 장구 치는 모습이었다.

"실현되면 꿈만 같겠네요."

류헤이의 마음을 아는지 모르는지 유카까지 가세했다.

"그 '5분간의 기적' 이후 미사키 씨는 귀국하지 않았잖아요. 그런 미사키 씨가 무대에 선다면 귀국 첫 연주회가 되는 셈이죠. 심지어 류헤이와 공동 출연으로. 정말 상상만 해도 소름 끼치네요."

"미사키 씨. 부디 오해하지 마시길 바랍니다. 지금 제안은 어디까지나 제가 멋대로 드린 말씀입니다. 무리한 부탁인 줄 알지만 부디 긍정적으로 검토해 주세요."

미사키는 대답하지 않았다. 아마 신중하게 판단하려는 의도가 담긴 침묵이겠지만 두 사람이 긍정으로 받아들일까 봐 걱정됐다.

"처음 이야기로 되돌아가죠. 저는 일개 피아니스트라서 경찰 같은 수사 능력은 없습니다. 하지만 실력이 뛰어난 변호사를 알기 때문에 그분께 위임하기 전에 정보를 정리하는 것 정도는 할 수 있습니다."

미사키의 목소리에 톰과 유카가 이성을 되찾았다.

"저는 제삼자고 사건과 관련된 인물의 배경도 충분히 파악하지 못했습니다. 불필요한 간섭이겠지만 부디 협조해 주세요."

2

뜻밖에도 미사키는 동행 상대로 톰을 지목했다.

"류헤이 씨는 한시라도 빨리 건반을 치고 싶을 테니까요."

그럼 피아노를 며칠 치지 못했다는 당신은 어떠냐고 묻고 싶었지만 톰은 굳이 입 밖으로 꺼내지 않았다. 그 외에도 질문할 것이 많았기 때문이다.

본인은 자학적으로 말했지만 미사키 요스케는 쇼팽 콩쿠르에서 입상하지 못하면서 전 세계에 이름을 알린 희귀한 존재였다. 외국에서는 '왕관을 버리고 위업을 이룩한 사람'이라는 수식어를 붙이며 열광한다고 들었다. 물론 피아니스트로서 재능도 뛰어나 쇼팽 콩쿠르 결선에서 누구도 그의 우승을 의심하지 않았다고 한다.

정작 이렇게 말하는 톰도 미사키의 피아노에 매료된 사람이다. 스튜디오 뮤지션이었기 때문에 미사키와 그밖에 평범한 연주자와의 차이를 더욱 잘 알았다. 미사키의 연주는 영상으로만 감상했지만 모니터 너머에서도 그의 특별함은 분명했다.

미사키의 피아노는 작곡가의 뜻을 극한까지 현대어로 번역한 연주라고 할 수 있다. 바흐, 욤멜리, 하이든, 모차르트, 베토벤과 같은 고전파부터 파가니니, 베버, 슈베르트와 같은 낭만파까지 이백여 년 전에 살았던 음악가들이 악보에 담은 생각을 현실의 소리로 표현한다. 물론 정확하게 구현할 뿐 아니라 미사키의 독자적인 해석을 더하는데 그것이 거슬리기는커녕 음악을 더욱 선명하게 했다. 연주하는 표정을 보면 쉽게 짐작할 수 있는데 천부적인 재능에 부단한 노력까지 더해졌다는 사실을 엿볼 수 있다. 조금 전에 자신과 유카에게 보였던 온화한 모습과 달리 피아노를 마주할 때의 미사키는 용맹하고 과감한 군인 같다는 인상이었다. 톰이 느끼기에 머릿속에서 끊임없이 소리가 울리게 하는 류헤이는 모차르트 같았고 구도자처럼 자신만의 길을 걷는 미사키는 베토벤 같았다.

"그런데 도대체 어디로 가는 거죠?"

톰은 조수석에 앉은 미사키를 뿌듯하게 바라봤다. 설마 자신의 차에 세계적으로 유명한 피아니스트를 태우는 날이 오리라고는 상상조차 하지 못했다.

"아카사카 경찰서의 구마마루라는 형사님을 만나고 싶습니다."

"처음 집에 찾아온 생활안전과 소속 경찰이죠. 그분은 왜요?"

"죽은 데라시타가 어떤 인물이었는지는 톰 씨에게도 들었지만 수사 담당자라면 더 많은 정보를 갖고 있지 않을까요?"

"하지만 아무리 세계적인 피아니스트라도 클래식에 관심 없는 경찰에게는 그저 일반 시민일 뿐입니다. 우리가 불쑥 찾아가 봤자 질문에 대답해 줄까요?"

"그래서 톰 씨에게 동행을 부탁드린 겁니다."

그렇구나.

구마마루가 집에 방문했을 때 톰도 그 자리에서 증언했다.

"형사를 상대로 협상할 생각이에요?"

"기브 앤 테이크라고 해주세요."

"그 배짱은 무대에서 기른 겁니까? 만약 그렇다면 부럽네요. 류헤이 군은 아직 멘탈이 약해서 한 번 실수하면 한없이 끌려다니거든요."

"류헤이 씨는 남달리 섬세한 성격이에요. 육 년 만에 만났지만 변하지 않았다고 확신했습니다."

"그건 그렇지만 무대에서 두 시간 넘게 연주해야 하는 데 아킬레스건이 될 수 있어요."

"익숙해지면 담력이 생겨요. 극복할 수 있는 문제죠. 과거 스튜디오 뮤지션이었던 톰 씨라면 잘 아실 테죠."

확실히 맞는 말이다. 무대에서 심하게 긴장하거나 낯을 가리는 증상은 많은 사람 앞에 꾸준히 노출될수록 완화된다. 종국에는 관객의 얼굴이 모두 호박으로 보이게 된다.

천재라고 불리는 류헤이의 유일한 약점이 이것이었다. 관객의 얼굴을 볼 수 없기 때문에 공연장에 감도는 분위기, 관객의 열광과 냉담, 환호와 야유, 그 모든 것을 귀와 피부로 느낀다. 그러면 관객을 단순히 호박처럼 여길 수 없게 된다.

"장애는 때로는 무기가 되기도 하지만 그 무기가 너무 막

강해서 오히려 자신에게 상처를 주기도 하죠."

"그야말로 짐이군요."

"그 짐을 류헤이 씨는 태어나서 쭉 짊어지고 살고 있어요. 대단한 일이죠."

"당신 같은 사람도 감탄할 때가 있군요."

"류헤이 씨는 음악의 신이 인류에게 내려준 기적입니다. 적어도 저는 그렇게 생각해요."

당신도 그런 기적 중 한 명 아닌가.

쇼팽 콩쿠르 사건 이후 당시 파키스탄 대통령이 미사키에게 공개적으로 감사 인사를 한 기억이 아직도 생생하다. 도대체 어떤 피아니스트가 단 오 분의 연주로 스물네 명의 목숨을 구할 수 있단 말인가.

"하나 더 물어도 될까요?"

"말씀하세요."

"류헤이 군이 미사키 씨에게 SOS 메일을 보냈다고 들었습니다. 곧바로 달려온 이유는 역시 류헤이 군이 뮤즈가 보낸 기적이기 때문입니까?"

"조금 달라요."

미사키는 미소 지으며 말했다.

"범죄 수사 흉내를 내며 류헤이 씨의 혐의를 풀려는 건 그가 피아노를 계속 쳤으면 좋겠다는 마음 때문이지만 달려온 이유는 그렇지 않습니다."

"그럼 왜죠?"

"육 년 만에 연락을 받았어요. 류헤이 씨는 기분 전환이나 농담을 하려고 연락하는 사람은 아니죠."

"그런 이유 때문이라고요?"

"친구를 돕는 데 그 이상의 이유가 필요하나요?"

저도 모르게 가슴이 떨렸다.

미사키는 그가 연주하는 피아노보다 훨씬 더 격렬한 사람이었다.

"……미사키 씨."

"네."

"아까 말씀드렸던 게스트 건, 역시 진지하게 검토해 주세요. 비즈니스를 떠나서 당신과 류헤이 군의 앙상블을 듣고 싶습니다."

아카사카 경찰서에 도착해 접수처에 방문 접수를 하자 방으로 안내받았다. 그로부터 오 분 후, 구마마루가 나타났다.

"오랜만이네요, 매니저님. 오늘은 무슨 일로 오셨습니까?"

"살해된 데라시타에 대해 자세한 이야기를 듣고 싶어서요. 저는 연예 기획사 사람이라 업계 소문을 자주 접하긴 하지만 아무래도 정보가 편향되기 쉽거든요. 하지만 경찰이라면 더 다양한 정보를 가지고 계시지 않겠습니까."

미사키가 자기소개도 하지 않아 흘긋 쳐다보자 그는 구마마루의 손끝을 바라보고 있었다. 아까 톰을 볼 때도 똑같이 행동한 것을 보면 아무래도 상대의 얼굴을 보기 전에 손끝을 관찰하는 버릇이 있는 듯했다.

"왜 죽은 사람에 대해 알려고 하십니까? 톰 씨는 주간지 기자가 아니잖아요. 오히려 그들을 꺼리는 입장이지."

"수사본부 형사님이 사카키바 류헤이에게 임의동행을 요구했습니다."

"들었습니다. 우리 경찰서에도 사건과 관련해 문의하셨거든요."

"류헤이가 중요 참고인 취급을 받는다면 매니저인 저는 의심받는 이유를 소속사에 보고해야 합니다. 데라시타 히로유키가 어떤 인물이었는지까지도요."

"죄송하지만 수사 정보를 사건 관계자들에게 흘릴 수는 없네요."

정중한 말투였지만 상대의 요청을 전혀 받아들이지 않겠다는 완강함이 느껴졌다. 당연했다. 지금까지는 톰이 예상한 대로였다.

이제 상대의 입을 어떻게 열게 할까 궁리하는데 구마마루의 시선이 미사키에게로 향했다.

"톰 씨 옆에 계신 분은 누굽니까?"

"소개가 늦었습니다. 류헤이 군의 친구로 미사키 요스케 씨입니다."

"미사키……? 어디서 들어본 적 있는 것 같은 이름인데. 도쿄 고검의 차석 검사도 성이 미사키인데, 혹시 가족이십니까?"

그 순간 미사키의 미간에 주름이 잡혔다.

"미사키 차석 검사가 제 아버지입니다."

"이런."

이번에는 구마마루의 표정이 순식간에 변했다.

"처음부터 그렇게 말씀하시지 그러셨어요."

톰도 뜻밖이었다. 지금까지 피아니스트로서의 미사키 요스케밖에 몰랐고 그의 눈부신 공적 때문에 출신에는 그다지 관심이 없었다. 그런데 설마 아버지가 고등검찰청의 이인자일 줄이야. 속을 전혀 알 수 없는 인물이라는 생각에 새삼 미사키를 바라봤다.

"아드님도 검찰 관계자이십니까?"

"아닙니다. 저는 류헤이 씨와 같은 일을 합니다."

"음악가인데 살인사건에 관심이 있으십니까?"

"제 생각엔 류헤이 씨가 사람을 죽일만한 인물은 아닌 것 같습니다."

"용의자의 지인들은 대부분 그렇게 말하곤 하죠. 게다가 류헤이 씨는 비장애인처럼 행동할 수 없으니까요. 하지만 살해된 데라시타의 행적을 생각하면 그럴 만도 하다는 생각이 듭니다. 운신할 수 없는 노인이라도 그의 악행을 알면 없애고 싶어질 정도니까요. 표현은 자극적이지만 해충 제거 같은 느낌이죠."

"사진을 조작해 갈취했다고 들었습니다."

"프리랜서 기자라는 직함은 있지만 실제로는 공갈 협박이 본업이었습니다. 아이돌, 코미디언, 와이드 쇼 패널, 미디어에 자주 노출되는 많은 대학 교수 등 피해는 다양한 분야의 사람이 피해를 봤지만 매번 수법은 같았습니다. 피해자의 사회적 지위를 위협할 만한 사진 혹은 추문을 날조해 거래를 제안했죠. 개중에는 무시하기로 작정한 대담한 사람도 있었지만 데라시타 입장에서는 여기저기 낚싯줄을 드리워 놓고 누구 한 명 걸리라는 식이었죠. 데라시타가 숨진 채 발견된 뒤 집을 압수 수색했는데 압수한 컴퓨터에서 협박에 쓰인 사진이 잔뜩 나왔습니다. 편집 프로그램도 여러 종류 발견됐고요."

미사키가 현직 차석 검사의 아들이라는 사실을 알아서인지 구마마루가 쉽게 입을 열었다. 이래서는 왜 자신이 동행했는지 의미를 알 수 없었다.

"협박 피해 신고를 한 사람은 아마 전체의 절반도 안 될 겁니다. 상당수는 불합리한 요구를 울며 겨자 먹기로 받아들였습니다. 큰돈을 건네려고 빚까지 진 사람도 있었죠. 인간관계가 무너지고 정서 불안 장애가 생겨 은퇴한 사람도 있습니다. 조작된 사진이 퍼지는 바람에 아이돌을 포기한 사람도 있고요. 류헤이 씨는 연주회 도중에 방해받았죠. 살인 동기로 충분하지 않습니까."

"류헤이 씨도 해충 제거 같은 의미에서 데라시타를 살해했다는 말씀입니까?"

"단언할 수 없지만 그랬어도 이상하지 않다고 봅니다. 데라시타는 남을 그렇게까지 구렁텅이로 빠트리고도 전혀 부끄러워하지 않은 인간이었거든요."

구마마루는 짓씹듯 내뱉고는 허무하게 웃었다.

"그놈의 목에 밧줄을 걸고 싶었는데 이제 그럴 수 없네요. 조금 분해요."

아사카사 경찰서를 나올 무렵에는 가슴속에 치미는 분노와 허무함에 속이 부글부글 끓었다. 이미 세상을 떠났다고는 해도 악인이 저지른 짓과 곤경에 처한 피해자의 이야기를 들으니 가슴이 답답했다.

한편 미사키는 생각에 잠긴 모습이었다.

"다음은 어디로 갈까요?"

"데라시타의 기사를 사던 주간슌초 사무실로 가죠."

"거래하던 출판사는 다른 정보를 가지고 있으리라 짐작합니까?"

"구마마루 형사님이 가르쳐 준 정보로는 부족한 것 같아서요."

'주간슌초'의 편집부는 출판사 사무실 한 구석에 있었는데 오가는 사람이 거의 없는 데도 어수선한 분위기가 감돌았다.

"부편집장인 시가라고 합니다."

방문 목적을 알리자 별안간 넘버 2가 직접 응접실로 안내했다.

"설마 매니저님이 직접 방문하실 줄 몰랐습니다."

"보통은 기자들에게 쫓기는 입장이니까요."

신사적으로 행동하려고 해도 무심코 빈정대는 말투가 튀어나왔다.

연예 기획사 입장에서 '주간슌초'는 철천지원수였다. 치부를 폭로 당해 은퇴나 폐업에 내몰린 연예인과 기획사가 끊임없이 나왔다. 톰이 맡았던 아이돌도 예외는 아니었다.

통틀어 연예 매체라고 부르지만 종류는 다양하다. 팬 북 수준으로 찬양하거나 미화하는 기사를 싣는 잡지도 있고 오로지 스캔들만 쫓아 사과 기자회견으로 몰고 가려는 잡지도 있다. 그중 '주간슌초'는 행실 나쁜 연예인을 부패 정치인과 동급으로 취급하면서 자신들은 정의의 대변자라는 입장에서 보도하는 잡지사였다. 사람인 이상 나약한 면도 있고 추한 면도 있다. 그러한 모습을 숨기고 있기 때문에 동경과 수요와 문화가 생겨난다. 적어도 연예계 종사자는 크든 작든 그 사실을 알고 기사를 만든다. 그러나 '주간슌초'는 연예인을 마치 소모품이나 장난감으로만 취급했다.

"프리랜서 기자인 데라시타 씨 일은 들으셨습니까?"

"물론이죠. 저희도 놀랐습니다. 지지난주에 편집부에 기획을 넣었는데 설마 취재하던 곳에서 시신으로 발견될 줄이야."

"시가 씨는 기획 내용을 보셨습니까?"

"'이 년 전 세상을 떠들썩하게 한 청각장애 음악가의 재림이다.' 데라시타는 그런 생각으로 의욕에 불탔죠. 만약 이 정보가 사실이라면 일본 클래식계뿐 아니라 쇼팽 콩쿠르까지 끌어들이는 대형 스캔들이 될 거라고요."

"얼마나 신빙성 있는 정보였습니까?"

"어마어마한 특종이라 저희도 신중할 수밖에 없었습니다. 증거를 보여 달라고 했지만 출처나 세부 사항을 제시할 단계가 아니다, 일단 본인을 독점 인터뷰한 다음 이야기하자며 끝까지 버티더군요."

이야기를 듣고 있으니 억누른 짜증이 폭발할 것 같았다.

"그런 기획을 잘도 받아들이셨네요. 담당 매니저로서 속이 부글부글 끓습니다."

이 정도 항의는 해도 되겠지. 그런 생각으로 말하자 께름칙하다는 듯 시가의 표정이 어두워졌다.

"마음은 이해합니다. 그런 스캔들만 싣다가는 제대로 된 독자들은 우리 잡지를 외면할 것이다. 저는 그렇게 충고했습니다. 하지만 안타깝게도 잡지는 편집장의 것이니까요. 부편집장은 이름뿐인 자리나 마찬가지니 발언권이 없다시피 하죠."

"'주간슌초'가 그런 비열한 기자를 고용한다는 사실이 놀랍습니다."

"주간지는 딱딱한 기사만 실으면 안 팔려요. 개중에 한두 개 정도 저급한 기사도 끼워 넣어야 하죠."

시가는 자조하듯 웃었다.

"특별히 저속한 기사가 필요할 때면 데라시타를 불렀습니다. 편집장님 말로는 품성이 비열한 인간에게 저속한 소재로 기사를 쓰게 하면 엄청난 쓰레기 기사가 나온다더군요. 그리고 눈살을 찌푸리면서도 그런 기사를 즐겨 읽는 독자 덕분에 잡지는 명맥을 유지할 수 있어요."

참을 수 없을 정도로 한심하고 정떨어지는 말이었다. 보도하는 측에서도 나름대로 갈등과 불화가 있다는 말인가.

"그런데 매니저님 옆에 계신 분은 혹시 피아니스트 미사키 요스케 씨 아닙니까?"

미사키는 인사가 늦었다며 고개를 가볍게 숙였다. 아까부터 지켜보다가 알아차렸는데 이 남자는 칭찬받거나 특별 취급받는 것을 유난히 싫어하는 듯했다.

분명 호들갑을 떨 줄 알았는데 시가의 반응은 예상 밖이었다.

"지금은 유럽 공연을 돌고 있어야 할 시간데 대대적인 귀국 보도도 내지 않고 이렇게 방문하셨다는 건 은밀하게 움직이시는 중일까요?"

주위에서 들으면 곤란하니 밀실임에도 일단 목소리를 낮췄다. 발언권은 없지만 선은 지킬 줄 아는 남자다웠다.

"도대체 무슨 목적으로 데라시타를 캐는 겁니까?"

"친구가 사건에 휘말렸거든요."

류헤이가 임의동행을 요구받은 사실은 아직 공개되지 않

았다. 지금은 이름을 밝히지 않는 편이 옳을 것이다. 문제는 악명 높은 '주간슌초'의 부편집장이 넌지시 떠볼 염려가 있다는 점이었다.

"그 친구가 받는 의혹을 풀려고 움직이고 있습니다. 지금은 피해자의 성품을 조사하는 중이고요."

"성품이랄 게 있나요. 기생충 같은 인간이었어요."

시가는 개인적으로 데라시타를 혐오하는 사실을 숨기지 않았다.

"스캔들 하나는 정말 기가 막히게 캐냈는데 스캔들이 없으면 만들면 된다고 큰소리치던 인간이었죠. 제가 전해 들은 것만 해도 가짜뉴스를 상당히 많이 팔고 다녔더군요. 이런 말은 하기 싫지만 잡지에도 격이라는 게 있어서 대부분 신중하게 만들어요. 하지만 무조건 팔고 보자는 잡지는 가짜뉴스인 줄 알면서도 기사를 삽니다. 많은 연예인이 눈물을 흘릴수밖에요."

시가는 피해 사례를 말하기 시작했다. 절반은 톰이 소문으로 들은 이야기였지만 나머지 절반은 금시초문이었다.

"데라시타가 지나간 자리마다 시체가 켜켜이 쌓인 셈이군요."

"정말 죽은 사람도 있다고 들었습니다."

"구보데라 미유키라는 신인 연예인인데요, 연기력이 뛰어난 유망한 배우였습니다. 그런데 성매매업소에서 근무했다고 거짓 소문을 퍼뜨렸더군요. 성매매업소의 접대 여성 소개

사진과 합성해 출처가 불명한 사진을 증거랍시고 주장하며 아주 당당했어요. 지금 보면 조잡한 합성사진이었지만 진짜라고 믿은 사람도 적지 않았죠. 사진이 인터넷에 퍼지자 출연이 확정된 드라마에서도 퇴출당하고 TV에도 점점 출연하지 못했습니다. 구보데라는 결국 선로에 몸을 던졌어요.”

미사키의 얼굴에 그늘이 드리웠다. 증오를 느끼기보다 고통을 참는 표정이었다.

“구보데라 씨의 유족이 데라시타를 고소하지 않았습니까?”

“당시는 아직 게시자를 특정해 고소하는 분위기가 형성되지 않았어요. 최근에 와서야 용기 있는 피해자가 발신자 정보 공개 청구를 하게 됐지만 그래도 상대를 특정하려면 반년이나 걸립니다.”

“구보데라 씨는 언제 세상을 떠났습니까?”

“재작년이었던 걸로 기억합니다.”

이미 알고 있던 이야기지만 시가의 입으로 다시 들으니 몹시 역겨웠다. 이렇게 말하면 눈살을 찌푸리는 사람도 있겠지만 이 세상에는 살아 있는 것보다 죽는 것이 더 가치 있는 인간도 존재하는 법이다.

“듣다 보니 기분이 나빠지셨죠? 말하는 저도 굉장히 역겹습니다. 데라시타가 저지른 짓들을 알면서도 입맛에 맞게 사용했으니까요.”

톰은 어느새 시가가 친근하게 느껴졌다. 연예계는 언제나 스포트라이트가 쏟아진다. 하지만 빛이 눈부시게 밝을수록 그림자는 더욱 짙어진다. 자신도 시가도 그 어둠을 멸시하면서도 묵인할 수밖에 없다.

주간슌초 사무실을 떠난 뒤로도 미사키의 표정은 풀리지 않았다.

"기분 전환 겸 식사라도 할까요? 맛집 몇 군데를 알아요."

"마음만 감사히 받겠습니다. 저도 류헤이 씨처럼 피아노와 멀어지니 마음이 안정되지 않네요."

"데라시타 이야기를 듣고 입맛이 없어지신 건 아니고요?"

"그 사람도 피해자예요."

미사키는 자동차가 달리는 방향에서 시선을 떼지 않았다.

"자기가 좋아서 진창에 발을 들이는 사람은 없습니다. 자진해서 어둠 속에 몸을 숨기고 싶은 사람도 없고요."

"설마 그런 놈을 옹호하는 겁니까?"

"누구나 처음에는 희망과 이상을 품고 각자의 세계로 뛰어들죠. 하지만 모든 사람이 올곧게 걸을 수 있는 건 아닙니다. 방향을 잃고 옆길로 새거나 멈춰 서는 사람도 있어요. 한번 빛을 잃고 길을 잘못 든 사람의 이야기가 도저히 남 일 같지 않네요."

3

자동판매기에서 산 캔 커피를 딴 뒤 자신의 자리에 앉아 한 모금 들이키자 저절로 한숨이 쏟아졌다. 비로소 사건 하나를 끝낸 뒤 터진 긴 한숨이 마침표 같다고 생각했다.

이누카이 하야토는 지친 몸을 의자에 묻은 채 천장을 바라봤다. 항상 여러 사건을 떠안고 있어서 사건 하나가 종결돼도 쉴 겨를도 없이 다른 사건을 쫓는다. 그렇게 반복되는 일상에 숨 쉴 틈도 없다. 일주일에 한 번, 투병 중인 딸의 병문안은 빠뜨리지 않지만 그 일 말고는 제대로 씻지도 않은 채 집에 돌아가면 진흙처럼 퍼져서 잠만 잔다.

그런데 기적이 일어났다.

가장 최근에 쫓던 사건의 용의자를 예상보다 빨리 체포했다. 취조할 때도 어이가 없을 정도로 쉽게 진술조서를 작성했기 때문에 그 자리에서 체포한 뒤 그날 바로 송치해 사건을 속전속결로 해결했다. 정신을 차리고 보니 다른 사건도 정리돼 있어서 드디어 사건을 거의 맡지 않은 순간이 찾아온 것이다.

수사를 전혀 하지 않고 보고서만 정리하는 순간. 기분 좋은 피로감만 느끼며 무료하고 따분한 시간을 기꺼이 만끽했다. 콤비인 다카치호 아스카는 아직 외부에서 돌아오지 않아서 시끄럽게 말을 거는 사람도 없었다.

오랜만에 일찍 퇴근할까? 순간 그런 생각이 들었지만 홀로 사는 집에 돌아가 봤자 자신을 행복하게 하는 존재는 아무것도 없었다. 저렴한 단골 가게에 들러 술이나 홀짝이는 것이, 그 비참한 꼴이 자신과 잘 어울렸다.

자리에서 일어나려던 순간, 유선전화가 울렸다. 1층 접수처에서 걸려 온 전화였다.

그럼 그렇지.

속으로 혀를 찬 뒤 수화기를 들었다.

"네, 수사1과입니다."

─ 이누카이 형사님, 면회 요청이 들어왔습니다.

반사적으로 손목시계를 살폈다. 저녁 8시 2분. 이런 시간에 도대체 누가 무슨 일로?

─ 미사키 요스케라는 분입니다.

"그걸 먼저 말했어야지."

이누카이는 전화를 끊자마자 1층으로 달려갔다.

"바쁘신데 죄송합니다."

미사키는 접수처 앞에 가만히 서 있었다.

"아직 일본에 있었나? 외국으로 돌아간 줄 알았는데."

"그쪽 스케줄은 전부 백지가 됐어요."

"아무튼 서서 이야기하기도 그러니 이쪽으로 와."

1층 구석에 있는 방으로 미사키를 데리고 갔다. 모처럼 찾아왔으니 마주 보고 이야기하고 싶었다.

미사키는 의자에 앉아서도 정중하게 고개를 숙였다.

"지난번 법정에서는 신세를 졌습니다. 형사님 덕분에 친구를 구할 수 있었습니다."

"남들 앞에서 옛날이야기를 했을 뿐이지. 마음 쓰지 마."

지난달 이누카이는 미사키의 요청으로 증언대에 섰다. 자신이 담당하지 않은 사건 때문에 증언한 적은 처음이었지만 세상을 떠들썩하게 한 재판을 매듭짓기 위해 응했다. 이누카이의 증언이 효력을 발휘해 미사키의 친구는 무죄 판결을 받았기 때문에 이누카이도 기분 좋게 신문을 볼 수 있었다.

"아버지와 아들이 법정에서 자웅을 겨루다니 좀처럼 보기 힘든 장면 아닌가. 덕분에 정말 즐거웠으니 구경값을 치른 셈 치지."

미사키와 대화하면 기분이 좋은 이유는 그 때문만은 아니다. 그와 이야기를 나누고 있으면 신기하게도 마음이 편해졌다. 직업 특성상 매일 같이 비열한 용의자를 상대한다. 용의자가 비열하지 않으면 사건 내용이 추악하거나 비참해서 신경이 곤두섰다.

범죄는 불행을 낳지만 범죄 또한 불행에서 태어난다. 사건을 해결했다는 기쁨보다는 공허한 마음이 남는 이유는 바로 그 때문이었다. 잃은 것은 결코 돌아오지 않으며 사건에 얽힌 사람들은 마음에 상처를 품은 채 앞으로 나아가야 한다. 사건 해결은 어깨에 짊어진 수많은 짐 중 하나만 내려놓는 것과 같았다.

그러나 미사키가 개입한 사건은 양상이 조금 달랐다. 사건 관계자 대부분은 멍에를 벗었고, 법정을 빠져나가는 사람들의 얼굴은 마치 훌륭한 연주를 감상한 듯한 표정이었다.

음악가라서 그런 것은 아닐 테지만 미사키는 죄나 벌보다 사람들의 안녕을 추구하는 것처럼 보였다. 분노보다 용서를, 단죄보다 구제를 우선하는 사람 같았다. 이누카이에게는 없는 능력이어서 더욱 마음이 끌렸다.

"전 피고인이었던 그 사람은 어떻게 지내?"

"곧바로 업무에 복귀했습니다. 재판 때문에 중단했던 일을 다시 시작했는데 서류 정리에 쫓겨 수사를 진행할 수 없다더라고요."

"검사가 바쁘다니 세상 참 말세야. 그건 그렇고 오늘은 무슨 일로 찾아왔지?"

"귀찮은 부탁을 드리러 왔습니다."

"또 증언대에 서야 하나?"

"서 있기만 하는 게 아니라 여기저기 돌아다녀야 할 수도 있어요. 도도로키 주택가에서 일어난 프리랜서 기자 살인사건을 아세요?"

"오늘 아침에도 수사 회의를 했지."

데라시타 히로유키 살인사건은 기리시마반 담당이었다. 이누카이는 다른 사건에 발이 묶여 사건 현장에는 기리시마반의 나가누마가 나갔다. 그래서 수사를 주도하지 않고 후방 지원으로 빠진 상황이었다.

"평판이 몹시 나쁜 피해자였던 것 같아. 연예 기획사가 모여 있는 아카사카 경찰서에는 피해 신고가 여럿 들어왔다고 해. 살해당해도 싸다는 말까지 돌더군."

말하는 동안 나가누마가 중요 참고인으로 꼽은 사람이 사카키바 류헤이라는 피아니스트라는 사실이 떠올랐다.

그렇군, 그렇게 된 상황이군.

"사건 관계자 중 한 명이 쇼팽 콩쿠르에서 자네와 경쟁한 피아니스트였지."

"시신 발견 장소가 그의 연습실이었으니 의혹을 받는 것도 당연합니다."

아무래도 사건의 상세 내용은 류헤이 본인에게 들은 모양이다.

"지난번 사건과 마찬가지로 또 궁지에 몰린 지인 구하기인가."

"류헤이 씨는 결백하다고 믿습니다."

"친구의 결백을 믿는 건 좋지만 자네는 어디까지나 제삼자기 때문에 그리 쉽게 수사 정보를 흘릴 수 없어. 자네 요청에 따르는 것도 큰 문제가 있어."

"요청이 아니라 부탁입니다."

"그게 그거잖아."

"그럼 시민의 의무라는 명목은 어떻습니까. 제게 두세 가지 짚이는 단서가 있습니다."

"그러시겠지."

일반시민이 말하면 한없이 수상쩍은 말도 미사키가 말하면 단번에 신빙성이 실렸다. 이 남자는 과장하지도 거짓을 말하지도 않기 때문이다.

"그 단서인지 뭔지는 수사본부의 누구에게 말했지?"

"이누카이 형사님에게 처음 말하는 겁니다."

"왜 나를 선택했지?"

"형사님은 단독으로 움직일 수 있는 경찰이고 실제로도 혼자서 움직일 것 같기 때문이죠."

"누굴 망아지로 아는 거야? 경찰에겐 규율이란 게 있어."

"망아지처럼 거침없이 날뛰는 게 꼭 나쁜 일만은 아니라고 생각합니다. 규율이 그렇게 중요하다고도 생각하지 않고요."

"그건 자네가 혼자서 연주할 수 있는 피아니스트니까 그렇겠지."

이누카이의 지적에 미사키는 순간 의표를 찔린 사람처럼 어안이 벙벙해졌다.

"그렇군요. 그럴지도 모르겠습니다. 앙상블의 어려움과 솔로의 어려움은 다르니까요. 하지만 공통점도 있습니다."

"둘 다 똑같이 음악이지."

"네. 단독 수사도 단체 수사도 추구하는 건 진실이지 않습니까."

아전인수격 논리는 싫어하지만 이상하게 설득되고 말았다. 미사키가 말할 것도 없이 이누카이는 목줄을 풀어야 기민하게 돌아다니는 사람이다. 아무리 분방하게 돌아다녀도 결국 사냥감을 물어오기 때문에 아무도 불평하지 않는다. 험담 정도는 하겠지만 어차피 얌전히 있어도 험담을 듣기 때문에 개의치 않는다.

"제 부탁이 아니라 정보 제공이라는 명목이라면 경찰도 수긍하지 않겠습니까. 하긴 형사님 입장에서는 명목이 뭐든 상관없겠지만요."

"그 단서가 뭔지 구체적으로 말해주겠어?"

"류헤이 씨가 아닌 다른 사람도 어둠 속에서 정확히 사격하는 방법입니다."

미사키의 설명을 들은 이누카이는 작게 신음했다.

과연, 그 방법이라면 가능하다. 왜 이런 단순한 사실을 눈치채지 못했을까.

"자네의 말뜻은 아주 잘 알겠어. 즉 가택수색이든 뭐든 해서 물증을 긁어모으라는 말이군."

"죄송합니다."

"적어도 피아니스트에게 허용되는 일은 아니니까."

"부검 보고서는 올라왔습니까?"

"그게 기묘해."

이누카이는 수사 회의에서 발표된 내용을 전했다. 말하고 나서야 미사키가 외부인이라는 사실이 생각났지만 소 잃고 외양간 고치기였다.

"멍청한 자신에게 화가 나서 견딜 수 없군. 왜 자꾸 나불나불 떠들어대는지."

데라시타를 명중한 총알 두 발은 몸 안에서 꺼냈다. 별모양 열상으로 거의 접사 총상으로 보이는데 관통하지 않은 이유는 총알의 형태 때문이었다.

총알은 관통하는 것보다 체내에 남아 있을 때 살상 효과가 더 크다. 체내에 남아 있으면 발사 에너지가 장기를 파괴하는 힘으로 바뀌기 때문이다. 따라서 라이플보다 위력이 낮은 권총은 최대한 관통하지 않도록 총알의 모양에 신경 쓴다. 한 가지 예로 총알이 인체를 파고들었을 때 끝이 부풀며 펴지도록 고안된 것도 있다. 미국 페더럴사의 하이드라 쇼크 총알이 대표적이다.

데라시타를 명중한 총알도 예상과 다르지 않게 끝이 활짝 펴져 있었다. 상대의 저항력을 억제하는 것이 아니라 처음부터 죽음이 목적인 사격이었다고 추측할 수 있다.

문제는 강선흔이었다.

총알을 발사할 때 회전시키면 명중률이 높아진다. 그래서 총기 제조사는 절단, 스웨이징, 전기분해 등 다양한 기법과 기기를 사용해 총신에 나선형 강선을 설치한다. 제조사마다 방법과 기술이 다르고 홈의 개수나 깊이와 폭 등이 조금씩

달라서 그 차이를 파악하면 총알의 제조사나 발사한 총이 무엇인지 특정할 수 있다. 말하자면 총의 지문인 셈이었다.

그런데 데라시타의 체내에서 발견된 총알 두 발은 특정할 수 없었다. 감식과는 총알에 새겨진 강선흔을 비교 현미경의 1000분의 1밀리미터 단위로 분석했지만 데이터베이스에 저장된 과거에 사용한 총은 물론이고 어느 제조사의 특징과도 부합하지 않았다.

"아마 개조한 총이 아니겠느냐는 말이 나왔어. 요즘은 3D 프린터로 뭐든 무제한으로 만들 수 있으니까. 위험한 경로로 구입하는 것보다 리스크가 적지. 하긴 총 자체 퀄리티가 떨어지니 무조건 리스크가 적다고도 할 수 없지만."

"자체 제작하면 반드시 흔적이 남습니다. 찾아낼 수만 있다면 훌륭한 물증이 될 겁니다."

"집에 흔적을 남길 만한 멍청한 놈이면 좋을 텐데."

"범인은 매우 똑똑한 사람이에요. 똑똑한 사람일수록 어딘가에서 멍청한 짓을 하곤 하죠."

미사키의 말은 이누카이의 경험과도 맞아떨어지므로 공감할 수밖에 없었다.

"그래서 자네는 어떻게 할 거야?"

"무대를 준비하려고요."

"무대? 도대체 무슨 무대? 이번에도 직접 특별변호인으로 법정에 설 생각인가?"

"법정에 서는 건 이제 지긋지긋해요."

미사키가 진심으로 싫다는 표정을 지었다.

"꽤 잘 어울리던데."

"제가 서고 싶은 곳은 법정이 아니라 다른 곳입니다."

"그럼 어떤 무대인데?"

"말 그대로 무대요."

미사키는 머리를 꾸벅 숙이고는 방을 나갔다. 행동을 보면 도저히 세계적으로 유명한 피아니스트 같지 않았다. 어디에나 있을 법한 평범한 성격 좋은 청년이었다.

아니, 그와 같은 사람은 어디에도 없다.

미사키는 남다른 능력을 거의 타인을 치유하고 구하는 데 쓴다. 그가 다소 무리한 부탁을 해도 받아들이고 마는 까닭은 그러한 점이 보이기 때문일 터다.

이누카이도 조금 뒤에 방을 떠났다. 단골 가게에서 한잔 마시는 계획은 무산됐다.

4

협주곡 23번을 끝까지 연주한 류헤이는 두 손을 건반에서 땐 뒤 숨을 크게 내쉬었다. 23번만 해도 모든 악장을 연주하면 이십오 분 이상이 걸려서 쉬지 않고 손가락을 움직이면 체력이 상당히 소진된다. 체력을 효율적으로 배분하면서도 악보 곳곳에서 요구하는 핵심을 놓치지 않아야 한다. 연주하면서 앞에 등장할 어려운 부분을 어떻게 연주할 것인가 끊임없이 고민해야 한다. 류헤이의 특기는 머릿속에 저장된 곡을 정확하게 연주하는 것인데 그러려면 지속력과 순발력이 필요했다. 류헤이는 육상 트랙을 달려본 적은 없지만 중거리 달리기가 이와 비슷하지 않을까 짐작했다.

그때 누군가 문을 두드렸다. 연주가 끝나기를 기다렸다가 들어오는 것을 보니 연습실 사정을 잘 아는 사람이었다.

"들어가겠습니다."

조심스러운 목소리의 주인공은 미사키였다.

"밤중에 죄송합니다."

"이 시간대가 무슨 밤이겠어요. 미사키 씨도 연습에 몰두할 때는 그렇죠?"

"건강 관리도 중요해요. 조급한 마음도 이해는 하지만요."

"아까는 어머니와 톰 씨가 무례했죠. 특히 톰 씨가요."

"류헤이 씨를 생각해서 그러셨겠죠. 매니저로서는 더할 나위 없는 인재라고 생각합니다. 잠깐 실례할게요."

미사키는 가까이에 있던 의자를 끌어당겨 앉았다. 목소리가 바로 가까운 곳에서 들려 금방 알 수 있었다.

"톰 씨와 어디 다녀왔어요?"

"이곳저곳 갔어요. 모두 음악과 관련 없는 곳이어서 조금 지쳤죠."

역시 미사키는 동족이라는 생각에 기뻤다. 자신은 소리의 세계에서 살아가는 사람이기에 오랫동안 선율을 듣지 못하면 마음이 진정되지 않는다. 절대음감 때문에 불편한 점도 있다. 일상에서 들리는 소음이 무의식중에 음계로 바뀌어 들리기 때문에 신경에 거슬리고 귀가 피곤해 괴롭다. 그중에서도 형광등에서 나오는 고주파음이 단연 최고였는데 한참 듣고 있으면 그 자리를 벗어나고 싶어졌다.

"뭐 좀 알아내셨나요?"

"간신히 전체적인 상황은 파악한 것 같습니다. 그러고 보니 곡을 분석하는 것과 비슷하네요. 이제 각 악절을 분석할 차례예요."

"범인이 누군지도요?"

"류헤이 씨는 그런 걸 신경 쓸 필요 없습니다. 아니, 애초에 신경 쓸 여유도 없잖아요. 방금 밖에서 연주를 들었는데 언뜻 들어도 초조한 마음이 드러나더군요."

"역시 피아니스트의 귀는 속일 수 없네요."

"협주곡 세 곡에 여유를 잃는다면 제가 곤란해요."

"왜요?"

"잊었어요? 류헤이 씨의 매니저가 게스트로 참여해 달라고 요청했잖아요."

"그건 잊어 주세요."

류헤이는 미사키의 말을 끊다시피 사과했다.

"가뜩이나 수사까지 하시는데 게스트까지 출연해 달리니. 무례한 것도 정도가 있지."

"저는 관심 있는데요."

"네?"

"예정되었던 스케줄이 모두 취소돼서요. 귀국했지만 관객들 앞에서 연주할 예정도 없고요. 일거리가 없던 참인데 마침 적절한 타이밍에 톰 씨가 제안했어요. 정말 기막힌 타이밍이죠?"

"괜찮겠어요? 저야 그저 좋지만."

"사람들 앞에서 오랫동안 연주하지 않으면 감을 찾기 어렵습니다. 그게 가장 큰 골칫거리죠."

그 말도 이해했다. 매일 연습하면서 느끼지만 하루만 쉬어도 원래 상태를 되찾는 데 일주일 정도 걸렸다.

"감사합니다. 톰 씨도 그렇고 어머니도 그렇겠지만, 누구보다 제가 가장 기뻐요."

진심이었다. 쇼팽 콩쿠르에서 연주를 듣고서 미사키의 팬이 됐다.

자신과는 전혀 다른 스타일, 태어나서 처음 겪어 본 피아니즘은 충격적이기까지 했다. 언젠가 그의 연주를 가까이서 듣고 싶었는데 뜻밖에도 그 바람이 빨리 이뤄졌다.

"다만 지금 단계에서 프로그램을 많이 변경할 수 없으니 앙코르 수준의 짧은 곡만 선보일 수 있을 것 같아요."

"아쉽지만 저도 같은 생각이에요."

"생각해 봤는데 모차르트 '두 대의 피아노를 위한 협주곡'은 어때요?"

류헤이는 저도 모르게 환호성을 터뜨릴 뻔했다. 바로 자신이 바라던 곡 아닌가.

정식 제목은 '피아노 협주곡 제10번 내림 E장조 K.365'. 모차르트가 잘츠부르크의 본가에서 열리는 음악회에서 누나 나넬 모차르트와 협주하기 위해 작곡했다고 알려진 곡이다. '세 대의 피아노를 위한 협주곡 F장조 K.242'를 뒤늦게 두 대용으로 편곡한 곡도 있는데 피아노 협주곡 10번은 처음부터 두 대를 위해 작곡했다.

이때 모차르트는 인생에서 힘든 시기를 보내고 있었다. 아버지를 떠나 자유를 맛봤지만 여행지에서 어머니를 잃었고 사랑하던 사람에게 거절당하고 상심한 채 고향으로 돌아왔다. 자극으로 가득 찬 도시에 비해 단조로운 시골은 그에게 패잔병의 종착지이기도 했다. 풀이 죽어 돌아온 잘츠부르크에서 처음 만든 곡이 이 협주곡이었는데 곡은 명랑하고 쾌활하며 기쁨이 넘친다. 그야말로 신동 모차르트다운 면모를 보여주는 곡으로 류헤이가 좋아하는 곡이기도 했다.

그런 곡을 미사키와 연주한다니. 이보다 더한 행복이 있을까.

"다만 앙코르라서 악장 하나만 연주할 것 같아요. 칠 수 있겠어요, 류헤이 씨?"

"틈날 때마다 연주하는 곡이라서 지금부터 다듬어도 충분할 것 같아요."

"저는 당분간 집중해야 합니다. 둘이 동시에 연주하는 부분도 맞춰 봐야 하니 둘이서 연습할 장소도 필요해요."

"그러면 톰 씨에게 도쿄문화회관에 협조를 구해 달라고 부탁하면 어떨까요? 미사키 씨가 출연한다면 무대감독도 분명 전폭 협조할 거예요."

"그렇다면 감사하겠네요. 그런데 어떻게 연습하든 확인해야 할 것이 있습니다. 류헤이 씨에게 물어야 해결되는 이야기입니다."

"뭔데요?"

"왜 거짓말을 했습니까?"

V *Quieto coda*
평온하게 마무리

I

전국 투어 두 번째 공연에 미사키 요스케가 게스트로 출연한다는 소식이 발표되자 클래식계는 들끓었다. 발표 전날까지 예매 취소가 잇따르던 티켓 판매 사이트에 예매자가 몰리며 서버가 순식간에 다운됐다.

미사키의 귀국은 일부 주변인만 알고 있었기 때문에 갑작스러운 발표에 가짜뉴스 의혹을 제기한 사람도 있었지만 류헤이와 미사키가 함께 찍은 사진이 사이트에 업로드되자 의심의 눈초리도 사라졌다.

도쿄문화회관을 연습 장소로 사용하는 건은 역시나 후지나미가 곧바로 승낙했다.

"아니, 류헤이 씨가 설마 이런 비장의 카드를 숨기고 있었을 줄이야."

리허설에 나타난 후지나미는 미사키를 발견하자마자 달려왔다.

"쇼팽 콩쿠르에서 활약하신 모습을 보고 같은 일본인으로서 감동했습니다."

후지나미를 상대하는 미사키는 일본은 악수로 인사하는 관습이 보편적이지 않아 다행이라는 얼굴이었다.

"기념할 만한 귀국 첫 연주회 장소로 저희 도쿄문화회관을 선택해 주셔서 대단히 영광입니다."

"아니, 이건 류헤이 씨의 연주회고 저는 곁다리에 불과합니다."

미사키가 진지하게 말할수록 후지나미는 그가 겸손하다고 생각해 더욱 싱글벙글했다.

"미사키 씨 덕분에 조금 전 전석 매진됐습니다. 아, 물론 초대석 네 자리는 제대로 확보했어요."

"배려해 주셔서 감사합니다."

그 후로도 후지나미는 본인을 앞에 두고 끊임없이 칭찬의 말을 쏟아냈다. 미사키의 미소는 무너지지 않았지만 눈은 빛나지 않았다.

하고 싶은 말을 모두 쏟아낸 후지나미가 자리를 떠나자 다음 차례는 야자키 유카리였다.

"지휘를 맡은 야자키 유카리입니다."

당황스럽게도 야자키마저 미사키 앞에서 긴장했다.

"오케스트라 단원들도 미사키 씨의 협주곡을 기대하고 있습니다. 물론 저도 그렇고요."

"감사합니다."

"저, 미사키 씨가 결선에서 친 녹턴을 듣고 얼마나 감동했는지 몰라요."

아아, 야자키 유카리도 자신과 동류였구나.

무대 뒤에서 바라보며 유카는 감회에 젖었다. 신예 지휘자로 주목받는 야자키 유카리가 미사키 앞에서는 평범한 팬이되어 버리는 장면을 보니 참으로 흐뭇했다.

사랑하는 아들은 미사키가 곤혹스러워하는 모습을 소리로파악한 듯 히죽히죽 웃고 있었다. 류헤이가 공연 연기라는압박에서 벗어났다면 더할 나위 없이 좋은 상황이었다.

류헤이의 멘탈은 약점으로 자주 지적받았다. 유년기에는어머니인 자신이 바로잡아주려고도 했지만 류헤이의 처지를 생각하면 가여워서 마음이 약해졌다. 시오타가 나서서 지도를 맡아준 덕분에 다소 개선됐지만 노력하는 류헤이를 볼때면 여전히 안쓰러웠다.

과보호 아니냐는 말을 들은 적도 있다. 과보호라는 단어에순간 발끈했지만 당연한 일이라고 생각했다.

류헤이는 앞을 보지 못한다. 자신의 아이가 장애인이라면과보호해도 마땅하지 않을까. 제삼자는 멋대로 비판할 수 있다. 그러나 유카의 입장은 유카 본인이 아니면 이해할 수 없다. 약한 멘탈을 극복하려면 무대에 익숙해질 수밖에 없다고 시오타는 말한다. 이렇게 무대 위에 선 류헤이를 보고 있노라면 그 말이 정답이라는 생각이 들 수밖에 없다. 게다가 이번에는 미사키가 세컨드(제2피아노)를 맡는다. 지금까지 대부분 솔로로 연주했던 류헤이가 한 단계 성장할 수 있는 다시없을 기회였다.

한 곡을 둘이서 친다고 하면 클래식을 잘 모르는 사람은 곧바로 연탄곡을 상상할 것이다. 그러나 연탄과 두 대의 피아노는 전혀 다르다.

연탄은 프리모(제1피아노)가 고음부를 맡고 세컨드가 저음부를 연주한다. 즉 한 곡을 두 사람이 분담해서 연주하는 형태다. 솔로로 연주할 때는 오른손이 멜로디를, 왼손이 반주를 연주하는데 그렇다 보니 자연스럽게 멜로디는 명확한 소리를 내고 반주는 다소 절제된 소리를 내게 된다. 그래서 연탄도 프리모는 솔로와 같은 방식으로 연주하지만 세컨드는 반주를 강조한 방식으로 연주한다.

그러나 두 대의 피아노는 그러한 제약이 많이 사라진다. 멜로디와 반주를 서로 나누기는 하지만 두 사람 모두 두 손으로 피아노를 연주하므로 피아노 두 대가 만나며 소리가 극대화된다. 연탄은 두 사람이 서로 협력한다는 인상이라면 두 대의 피아노는 서로 경쟁한다는 느낌이랄까.

다만 두 대의 피아노 특유의 애로점이 있는데 연탄과 달리 상대의 손을 볼 수 없고 소리도 바로 옆에서 들을 수 없기 때문에 타이밍을 맞추기 어렵다는 점이었다.

그러나 류헤이와 미사키라면 문제없었다. 류헤이의 귀는 누구나 인정할 정도로 뛰어났고 미사키의 앙상블 센스는 탁월했다. 두 사람이 처음 합을 맞추는 자리에 참석했었는데 두 사람의 피아노는 그때도 이미 조화로웠다.

"나잇값도 못 하고 가슴이 설레네요."

유카 옆에 선 시오타가 흥분을 주체할 수 없다는 듯 말했다.

"시오타 선생님도요? 저도 벌써부터 두 사람의 앙상블이 기대돼요."

"아뇨, 물론 그것도 그렇지만 제가 기대하는 건 류헤이의 성장입니다."

시오타의 눈이 줄곧 류헤이를 주시했다.

"류헤이가 이 자리에 오를 수 있던 이유는 피아니즘이 독특하고 타인을 가까이하지 않았기 때문입니다. 기존에 체계잡힌 방식으로 피아노를 배운 사람들의 실력은 결국 고만고만합니다. 온갖 피아노 학원에서 배출하는 학생들의 연주는 틀에 박혀 있고 한계를 극복하는 힘도 말살당하죠. 그 교육에 물들지 않은 류헤이는 기존의 체계와 짜인 틀에서 자유롭기 때문에 그들을 능가할 수 있는 겁니다."

시오타의 설명이 가슴을 강타했다. 류헤이가 특별하다는 사실은 첫 발표회 때부터 분명했다. 장애인이라서가 아니라 연주 소리가 자유분방했기 때문이다. 그러나 피아노 학원에

다니는 아이의 연주는 하나같이 깔끔했지만 지루했다.

"하지만 체계 있는 교육을 받지 못했기 때문에 벽에 부딪혔을 때 극복하는 대처법을 찾기 힘들어요. 실제로 멘탈이 취약해서 발생하는 컨트롤 능력도 한계가 보이고요. 투어 첫날의 소동은 그 약점을 여실히 보여줬습니다."

"원래 섬세한 아이니까요."

"섬세한 건 피아노만으로 충분합니다."

시오타는 피아노에 관해서라면 신랄했다.

"솔직히 류헤이가 지금보다 발전하려면 무엇이 필요한지 줄곧 고민했습니다. 대답은 간단했어요. 수준이 같거나 그보다 뛰어난 경쟁 상대가 있으면 좋겠다고. 자신의 테크닉만으로는 커버할 수 없는 두 대의 피아노지만 조금도 걱정하지 않고 오히려 즐거워서 어쩔 줄 모르겠다는 얼굴이잖아요."

같은 생각이었다. 실전이면 몰라도 리허설 단계에서 이렇게나 밝은 표정을 짓는 류헤이는 본 적이 없었다.

"새삼 감탄한 점은 미사키 씨의 대응력입니다. 지금까지 류헤이와 연탄을 도전한 사람은 많았습니다. 말하다 보니 저도 그중 한 사람이었지만 누구 하나 류헤이와 조화롭게 연주할 수 없었죠. 아니, 드물게 어긋나지 않는 연주를 들려준 적도 있지만 그건 류헤이가 자신의 연주를 억지로 자제해 상대에게 맞췄기 때문입니다. 당연히 결과물은 1+1=2 미만이 됐죠. 그러면 합주하는 의미가 없습니다. 미사키 씨의 피아노는 류헤이가 자유롭게 노래하게 해줍니다. 류헤이가 뛰어오르면 잘 따라와 주고 튀려고 하면 곧바로 저음역을 커버해 붙잡아 주죠. 그게 처음 맞춰 보는 연주라니, 도저히 믿을 수 없더군요."

"서로 마음이 잘 통해서겠죠."

"그런 이유도 있지만 역시 미사키 씨의 지배력이 만들어낸 결과라고 생각합니다. 지배력은 상대를 억제할 뿐 아니라 능력을 한없이 끌어낼 수도 있죠. 한마디로 미사키 씨의 피아노는 다른 피아노의 개성을 자신의 것으로 흡수하는 능력을 지녔습니다."

"잘 모르겠는데요."

"스펙트럼이 넓다고 해야 하나, 연주 스케일이 어마어마하게 큽니다. 그래서 류헤이처럼 독특한 피아니즘에도 금방 반응할 수 있죠. 2010년 쇼팽 콩쿠르가 참으로 아깝습니다. 만약 그때 미사키 씨가 제 컨디션이었다면 틀림없이 입상자 명단에 일본인이 두 명 올랐을 텐데."

시오타는 진심으로 안타깝다는 표정을 지었다.

"내일 본무대에서 두 사람이 함께하는 공연은 고작 십 분뿐이지만 마치게 되면 분명 류헤이는 한 단계 더 성장할 겁니다. 저는 그렇게 믿어요."

유카는 말없이 고개를 끄덕였다. 최근 한동안 불길한 일만 이어지다가 마지막에 와서야 분위기가 달라졌다. 내일 본무대에서는 지금까지 본 적 없는 류헤이를 만날 수 있을지도 모른다.

기대감으로 가슴이 뛰었다.

정오가 지나자 리허설에 휴식 시간이 찾아왔다. 오케스트라 단원은 제각각 흩어졌고 류헤이와 미사키는 각자 후지나미가 준비한 대기실로 향했다.

유카는 메구로호엔*의 도시락을 들고 미사키의 대기실로 향했다. 류헤이를 위해 고생하는 그를 생각하면 고작 도시락을 준비해 민망할 따름이었지만 지금은 이 정도밖에 생각나지 않았다.

문을 두드리자 대답이 들려왔다.

"실례합니다."

미사키는 대기실 안에서 의자에 앉은 채 한쪽 눈을 감고 있었다. 마치 방금까지 명상에 잠긴 듯한 얼굴이었다.

"괜찮으시면 도시락 좀 드세요."

"아앗, 감사합니다."

미사키는 순식간에 두 눈을 번쩍 뜨고 일어나 공손하게 도시락을 받아들었다.

"하나부터 열까지 챙겨주시니 감사할 따름입니다."

* 도쿄 메구로구에 있는 도시락 전문 업체.

도대체 이 사람은 어떤 사람일까.

전 세계에서 러브콜을 받는 피아니스트가 고작 도시락 하나에 이토록 황송해하다니. 예의상 보이는 태도라고 할 수도 있지만 순간에 꾸며낸 행동인지 원래 예의 바른 사람인지 정도는 판단할 수 있다.

"그러지 마세요. 사실 제대로 된 식당에서 여유롭게 대접하고 싶어요."

"감사한 권유지만 시간이 없네요. 공연까지 이제 하루밖에 남지 않았으니까요."

"리허설 때는 심각한 문제는 보이지 않았는데요."

"아직 멀었습니다. 그런 연주는 류헤이 씨의 이상과 거리가 멀죠."

"그 아이가 그렇게 말하던가요?"

"아니요. 하지만 알죠. 더 자유롭게 연주하고 싶어 해요. 그 요구에 부응하려면 그런 연주로는 합격점조차 받지 못합니다."

언행이 워낙 부드러워서 다소 실례되는 질문에도 답해줄 것 같은 기분이 들었다. 바로 지금이라는 생각에 유카는 용기를 내 물었다.

"저기, 류헤이와의 협연은 내일 단 한 번뿐인가요?"

"내일 실패할 수도 있어요."

"분명 성공할 거예요. 성공하면 이후 투어도 함께 돌아 주시지 않겠어요? 미사키 씨와 류헤이의 협연을 듣고 싶은 사람이 전국에 많거든요."

"계약 내용상 이번 한 번뿐입니다."

"그런 계약은 언제 했죠? 저는 모르는데요."

"톰 씨와 약속한 내용은 그렇습니다."

"그건 그저 구두 약속이잖아요."

"구두 약속이라도 양측의 합의만 있으면 계약이 성립됩니다. 무엇보다 제가 일 년이나 진행하는 투어에 동행할 수 없을 것 같습니다."

"스케줄이 비어 있는 것 아니었나요?"

"제 매니저가 유럽에서 동분서주하고 있어요. 프로모터와 협상이 순조롭게 마무리되면 즉시 소환될 운명이죠. 취소한 연주회 위약금이 상당하다고 하니 돈을 다 갚을 때까지는 노예 신세입니다."

"위약금이 도대체 얼마나 되는데요?"

대신 지불할 수 있는 금액이라면 낼 수도 있다고 생각하고 물었다. 그런데 미사키가 대답한 금액은 유카의 예상보다 두 자릿수 더 많았다.

"세상에나······."

"그쪽 공연 업계는 일본과 비교할 수 없을 정도로 엄격하거든요. 클래식 시장이 큰 만큼 얻는 것도 많지만 벌금도 어마어마합니다."

금액을 듣자마자 현기증이 났다. 류헤이가 연주회로 돈을 벌기 시작한 지 오래지만 자신들은 아직도 우물 안 개구리였다. 세상은 얼이 빠질 정도로 넓고 소름 끼칠 정도로 흉악했다.

"……새삼 무서운 세계군요."

"남의 일이 아니에요."

미사키의 얼굴이 순간 진지해졌다.

"머지않아 류헤이 씨도 세계 시장에 나갈 텐데요. 톰 씨에게 못 들으셨습니까?"

"아니요, 전혀."

"제가 유럽에서 연주회를 다니면서 많은 관계자에게 질문을 받았습니다. 사카키바 류헤이는 언제쯤 이쪽으로 나오냐고. 귀국 후에 일본 내에서 의뢰가 잇따르는 걸 그들도 잘 압니다. 이번 전국 투어에 대해서도요. 아마 류헤이 씨가 안정될 무렵을 기다렸다가 각국의 프로모터가 움직일 겁니다."

불현듯 유카의 마음에 알싸한 통증이 느껴졌다.

지금까지 외국 진출 이야기가 나오지 않은 것은 아니다. 구체적인 제안은 없었지만 언젠가는 외국 투어도 고려해야 한다고 톰이 말했다.

나중 이야기예요.

그렇게 대답한 이유는 류헤이가 세계로 나가는 것이 두려웠기 때문 아닐까. 자식이 자신이 보호하는 울타리에서 벗어난다는 사실이 두려웠기 때문 아닐까.

"새삼스러운 이야기지만 류헤이 씨의 피아노 연주는 일본

안에서만 머물 실력이 아닙니다. 유럽, 아시아, 중동, 아프리카 등 음악을 아는 전 세계 사람이 그의 음악을 기다리고 있어요. 류헤이 씨는 이제 어느 한 사람만을 위한 존재가 아닙니다."

뜨끔했다.

만난 지 며칠밖에 되지 않았는데 자신이 아직 자식을 넓은 세상으로 떠나보낼 준비가 되지 않았다는 사실을 이미 간파하고 있었다.

한번 세계로 나가면 류헤이는 일본이 얼마나 좁은지 깨달을 것이다. 활동 범위가 넓어지면 그를 구속하는 울타리는 방해만 된다. 어머니의 손길 따위는 거추장스러울 수밖에 없다.

그 점이 무엇보다 두려웠다.

류헤이를 낳았을 때 평생 그의 눈이 되겠다고 다짐했다. 류헤이의 장애는 자신의 책임도 있다며 스스로 채찍질했다. 지나치게 집착한 탓에 언젠가부터 목적을 착각했을지 모른다.

"솔직히 말하면 류헤이 씨가 조금 부러웠습니다."

"……네?"

"음악을 모르시는 아버지는 제가 고등학생이 된 뒤로는 피아노를 칠 때마다 언짢아하셨거든요. 부모가 정한 진로를 따르라며 혼내셨죠. 그래서 한때는 음악의 세계와 멀어지기도 했습니다."

"도저히 믿을 수 없네요. 아버님 때문에 미사키 씨의 재능이 묻힐 뻔했다니."

"아버지란 크든 작든 그런 존재겠죠. 아들이 앞으로 나아가려고 하면 벽이 되어 가로막습니다. 그 벽을 뛰어넘거나 부수지 않는 한 아들은 성장할 수도, 원하는 삶을 살 수도 없죠. 그런 의미에서는 아버지께 감사합니다. 지금의 제가 존재하는 건 아버지 덕분이니까요."

문득 그런 생각이 들었다.

남편이 살아 있었다면 미사키의 아버지처럼 깔아 놓은 레일을 걷게 했을까. 아니면 유카와 함께 미래가 불투명한 피아니스트의 길을 걷게 했을까.

"환경이 달라서 비교하는 건 의미 없지만 그래도 저는 부럽더라고요. 류헤이 씨 입장에서는 황당한 이야기겠지만 적어도 어머니의 넘치는 애정을 받는다는 사실이 부러워요."

미사키가 쓸쓸한 얼굴로 웃은 뒤 말을 이었다.

"제가 미력하나마 류헤이 씨를 돕는 이유는 분명 그 때문이라고 생각합니다."

"부러우면 보통 방해하지 않나요?"

"그럴 리가요. 그런 재능을 지닌 사람이잖아요. 힘이 되어주고 싶다는 생각은 해도 방해해야겠다는 생각은 결코 하지 않아요."

"미사키 씨는 질투 같은 거 안 하세요?"

"질투의 다른 이름은 동경입니다. 동경하는 걸 싫어하지

않아요. 무엇보다 남을 저주한다고 제게 이득 되는 건 하나
도 없고요."

유카는 할 말을 잃었다.

이 남자는 어떻게 이런 생각을 할 수 있을까. 어떻게 이렇
게까지 긍정적으로 생각할 수 있을까.

고민 끝에 깨달았다.

음악이다.

음악은 무서울 정도로 솔직하다. 연주자의 성격과 가치관,
마음의 색과 영혼의 형태를 모두 드러내 보인다. 기회가 있
을 때마다 들었던 미사키의 피아노야말로 성실하고 건설적
이고 긍정적이지 않았던가.

"입상하지 못해 안타까워해 주시는 분도 많지만 저는 쇼팽
콩쿠르에 출전해서 입상과는 비교도 할 수 없을 정도로 큰
상을 받았습니다."

"'5분간의 기적'을 일으킨 일 말인가요?"

"류헤이 씨를 비롯한 재능 넘치는 결선 진출자들과 만난
일입니다."

신이시여.

아들이 이 사람을 만나게 해 주셔서 감사합니다.

"미사키 씨, 감사합니다."

"그리고 당신에게 묻고 싶은 것이 있습니다."

"뭔가요?"

"왜 거짓말을 했습니까?"

2

11월 17일 오후 5시 50분.

류헤이는 대기실에서 홀로 떨고 있었다. 공연장과 한참 떨어져 있을 텐데 객석에서 웅성거리는 소리가 들려왔다. 주의 사항을 알리는 안내방송에 속이 불편해졌다.

공연 시작 십 분 전인데도 전혀 진정되지 않았다. 지금까지 이런 적은 없었는데.

관객이 한 명이든 수만 명이든 자신은 아무 생각 없이 자유롭게 연주하면 그만이었다. 아무것도 두렵지 않았고 아무것도 원하지 않았다. 그저 머릿속에 울려 퍼지는 음악을 그대로 표현할 수만 있다면 좋았다.

하지만 오늘은 다르다. 리허설 때는 즐거워서 어쩔 줄 몰랐는데 지금은 무서워서 견딜 수 없었다.

투어 첫날처럼 야유가 날아들지는 않을까.

그리고 무엇보다 자신이 엉망으로 연주해서 미사키의 연주에 피해가 가지는 않을까. 게스트로 참여한 공연에서 연주를 망쳐 미사키의 경력에 흠집을 내지는 않을까.

안 돼.

생각할수록 긴장이 공포로 변했다. 심장이 빠르게 뛰고 호흡이 가빠졌다. 어깨가 짓눌리는 기분이었다.

틀렸어.

실패할 거야. 오늘도 분명 실패할 거야.

어차피 여기까지가 내 한계였어.

공연 시간이 점점 다가오면서 심장이 터지는 것 아닐까 싶던 그때, 누군가 문을 두드렸다.

"미사키입니다."

공연 시작 직전에 도대체 무슨 일일까?

"들어오세요."

미사키가 스윽 하고 조용히 들어왔다. 사람들은 알까. 미사키는 걸을 때든 평범하게 숨을 쉴 때든 불쾌한 소리를 전혀 내지 않는다. 그래서 절대음감을 소유한 류헤이도 마음 편하게 대할 수 있었다.

"시작 직전에 방해해서 미안합니다."

"괜찮아요. 마침 마음을 진정시키고 있었거든요."

"긴장한 것 같군요."

미사키에게는 진심을 털어놓을 수 있다.

"좀 무서워서."

"첫날의 실수가 떠오릅니까?"

"그것도 그렇지만 이전과는 달리 머리가 복잡해요."

"만족스러운 연주를 못 할까 봐 불안해요?"

"모처럼 함께 무대에 서주시는 미사키 씨에게 피해가 갈 수도 있어요.”

“그럴 줄 알았어요.”

미사키는 허리를 굽힌 뒤 류헤이와 시선을 맞추고는 입을 열었다.

“음악가뿐 아니라 누구든 재능이 필요한 분야에서 활동하는 사람은 반드시 류헤이 씨 같은 고민에 직면할 겁니다.”

“무슨 고민인지 아세요?”

“여기까지가 내 한계 같다. 어쩌면 내 재능을 잘못 사용하고 있지는 않았을까. 아니, 애초에 재능이란 무엇일까. 무언가를 창작하는 사람, 무언가를 표현하는 사람에게는 예외 없이 거의 그렇게 자문하는 순간이 찾아와요. 분명 직업의식이 투철하고 성실하기 때문이겠죠.”

“저는 제가 성실하다고 생각한 적이 한 번도 없어요.”

“고민한다는 건 성실하다는 증거예요.”

미사키의 말투가 돌연 상냥해졌다.

“현재 상태에 머물러도 된다. 고통받을 필요 없다. 애쓰지 않아도 된다. 불쾌하게 들릴 수 있지만 ‘평범’을 원하는 사람에게만 허락된 말일 수 있습니다. 재능을 타고난 사람에게 나태와 안주는 용납되지 않아요.”

“왜 그렇죠? 재능은 자기 것이니까 어떻게 하든 본인 마음 아닌가요?”

“류헤이 씨, 재능을 영어로 뭐라고 하죠?”

"탤런트, 맞죠?"

"네. '타고난 뛰어난 재능'이라는 의미로 탤런트(talent)라는 단어가 있습니다. 하지만 서양에서는 일반적으로 '천부적인 재능'을 의미하는 기프트(gift)라는 단어를 쓰죠. 그리고 gift가 '선물'이라는 의미도 내포한다는 점에서 그 나라 사람들이 재능을 어떻게 생각하는지 알 수 있습니다. 사람이 지닌 재능은 신의 선물이라는 생각 말이죠."

재능은 신이 주신 선물이다.

마른 모래땅이 물을 흡수하듯, 그 말에 마음이 차분해졌다.

"신이 주신 선물이니 의미 있게 쓴다. 따라서 자신에게 주어진 재능은 자신뿐 아니라 남을 위해 사용해야 한다는 사고방식이죠. 그것이 옳고 그른지를 떠나 나는 그 생각을 아주 좋아해요."

미사키가 손을 뻗어 류헤이의 어깨를 살짝 어루만졌다.

"관객들이 웅성거리는 소리가 여기까지 들리죠. 그 사람들은 류헤이 씨의 피아노를 듣고 싶어서 일부러 찾아온 사람들입니다. 멀리서 온 사람도 있을 테죠. 개중에는 현실이 위태로운 사람도 있을 겁니다. 티켓을 사기 위해 오늘 점심을 굶은 사람도 있을지 모르고요."

"더 부담스러워요."

"류헤이 씨에게는 도움이 되는 부담감 아닐까요? 나 자신 말고 다른 사람을 위해서라면 의외로 열심히 할 수 있거든요."

미사키가 손을 뗐다.

어깨가 거짓말처럼 가벼워져 있었다.

이윽고 야자키 유카리가 찾아왔다.

"류헤이 씨, 갈까요?"

류헤이는 야자키의 팔꿈치를 잡고 무대로 향했다. 통로를 걸을 때마다 관객들의 소리가 커졌다. 무대 바로 뒤에 다다르자 오케스트라 단원들과 관객들의 박수가 온몸을 휘감았다.

이상한 일이었다. 조금 전까지만 해도 온몸을 짓누르던 공포와 중압감이 에너지로 바뀌었고 두려움은 용기에 산산이 부서졌다.

그 사람이 무슨 피아니스트야.

치료사가 되어야 하는 거 아닌가.

류헤이가 의자에 앉자 환청이 박수와 함께 썰물처럼 빠져나갔다.

이마와 두 손목에 조명의 열기가 느껴졌다.

좋아, 평소의 감각이 돌아오고 있어.

류헤이는 두 손을 천천히 건반 위에 얹었다.

피아노 협주곡 21번 3악장이 끝나자 박수가 일제히 터져나왔다. 처음 등장했을 때보다도, 피아노 협주곡 20번을 연주했을 때보다도 더 큰 박수였다.

건반에서 두 손을 뗀 류헤이는 안도와 만족이 섞인 숨을 내쉬었다. 여기까지는 실수가 없었다. 가슴이 더욱 뜨거워졌다. 점점 커지는 박수가 고조된 기대감을 대변했다.

드디어 피아노 협주곡 제23번 A장조 K.488, 혼자서 연주하는 피아노로서 오늘의 마지막 프로그램이었다.

제1악장 allegro A장조.

현이 경쾌하게 풀어가는 제1주제로 시작됐다. 통통 튀는 바이올린 소리가 볕내 감도는 이른 아침을 연상하게 했다. 류헤이는 빛을 볼 수 없지만 피부가 볕기를 감지하기 때문에 머릿속에 확고한 이미지가 있었다. 제1주제는 부드러운 기운이지 반짝거리는 빛이 아니다.

선율이 발랄하게 튀며 듣는 사람의 세포를 깨웠다. 지극히 모차르트다운 선율이 행복한 기분을 불러일으키지만 당시 이 곡은 그다지 환영받지 못했다. 당시의 관객들의 취향은 이 우아하고 아름다운 선율을 이해하지도 만족하지도 못했기 때문이다. 사실 모차르트의 인기는 이 곡을 발표한 기점으로 사그라들었다. 처음부터 급속도로 높아진 인기라서 떨어질 때도 순식간이었다.

그러나 23번은 그러한 상황을 보완하고도 남을 만큼 완전무결했다. 이전까지 협주곡에 많이 등장하던 오보에 대신 흔히 사용되지 않던 클라리넷을 넣었다. 협주곡이지만 축제 분위기를 내는 팀파니와 트럼펫을 뺀 것 역시 모험이었다.

제1바이올린이 반음씩 내려가며 제2주제를 연주하자 마

침내 류헤이의 손가락이 건반에 닿았다.

피아노가 부드럽게 제1주제를 변주했다. 바이올린을 비롯한 관현악기가 그 뒤를 이어받았다가 류헤이가 다시 빠른 패시지로 화답했다. 피아노와 오케스트라의 대화가 이 곡의 핵심이기에 조화로운 연주가 무엇보다 중요하다. 첫 번째 공연과 달리 오늘 류헤이의 컨디션은 최고였다. 오케스트라의 울림도 숨결도 손에 잡힐 듯 생생했다. 시각은 필요 없다. 정신만 깨어 있으면 그들의 마음이 소리가 되어 흘러들어왔다. 류헤이는 리듬으로 소통하면서 그 흐름에 몸을 맡기면 된다.

연신 오르락내리락하는 피아노에 지지 않고 오케스트라도 보조를 맞췄다. 피아노와 오케스트라가 번갈아 같은 멜로디를 만들어내는 장면은 더할 나위 없는 쾌락이었다.

이어서 류헤이가 제2주제를 조용히 노래했다. 이 주제부역시 아름답다. 모차르트의 곡은 인공적인 느낌이 적어서 마치 신이 작곡한 것처럼 느껴질 때가 있는데 피아노 협주곡 23번도 예외는 아니었다. 유려하고 섬세하며 우아하고 자연스러운 선율. 도저히 인간이 빚은 곡 같지 않았다.

곧 피아노와 클라리넷이 정답게 재잘대기 시작했다. 류헤이는 오감 중 청각과 촉각에 온 신경을 집중했고 여전히 지극한 행복감에 젖어 있었다. 왼손 반주는 단조로워졌지만 경쾌한 분위기를 잃지 않았다. 마치 클라리넷과 뛰어노는 듯했다.

이윽고 전개부에 들어서자 오케스트라가 새로운 주제를

제시했다. 이미 연주한 두 주제 못지않게 화려한 멜로디에 류헤이는 물 흐르는 듯한 피아노로 화답했다. 클라리넷이 주제 전반의 선율을 반복하며 피아노에게 속삭였다.

춤추자.

더 경쾌하게.

더 즐겁게.

슬며시 반음계를 끼워 넣어서 한없이 경쾌한 멜로디에 음영을 새겼다. 빛의 각도에 맞춰 다른 풍취를 자아내는 예술품처럼 음영이 선율에 깊이를 더했다.

아무리 즐거워도 영원한 것은 없다. 이 행복도 언젠가는 끝난다. 그러한 무상감을 내포하고 있기에 아름다운 선율이 더욱 애절하게 느껴졌다.

건반으로 오케스트라와 대화하다 보면 문득 모차르트의 마음이 손에 잡힐 듯한 순간이 있다. 모차르트는 온화하다. 쇼팽처럼 분노나 베토벤처럼 열정은 없지만 듣고 있으면 저절로 눈물샘을 자극할 정도로 다정하게 감싸준다. 진부한 표현이지만 역시 신의 존재가 떠오를 수밖에 없다. 음악의 신이 모차르트를 내려보내 인간을 구제하려는 듯했다.

대화를 마친 피아노는 경쾌한 분위기를 간직한 채 홀로 노래했다. 이미 한 시간 넘게 연주하고 있지만 류헤이의 손가락은 지치지 않았다.

지칠 틈이 없었다.

오케스트라와 나누는 호흡이, 모차르트와 나누는 대화가 즐거워 견딜 수 없었다.

게다가 관객들의 흥분이 생생하게 느껴져 피부가 저릿했다. 환호성이 터지거나 꽃가루가 날리지는 않지만 곡이 끝날 때마다 쏟아지는 박수에 열기가 담겨 있었다.

"자신에게 주어진 재능은 자신뿐 아니라 남을 위해 사용해야 한다는 사고방식이죠. 그것이 옳고 그른지를 떠나 나는 그 생각을 아주 좋아해요"

미사키의 말이 등에 날개를 달아주고 바람을 불어줬다. 너의 음악으로 사람들을 치유하라고 명령했다.

나는 도대체 무엇 때문에 겁을 먹었을까. 첫 번째 공연의 실패가 마치 거짓말인 것처럼 손가락이 자유롭게 춤을 췄다. 불안감은 봄눈 슬듯 사라지고 자신감은 그보다 충만했다.

"나 자신 말고 다른 사람을 위해서라면 의외로 열심히 할 수 있거든요"

마법 주문 같다고 생각해 처음에는 의아했지만 이제는 부정할 수 없다. 공연을 찾아준 관객들의 이름은 모른다. 얼굴도 볼 수 없다. 그러나 그들이 무엇을 원하는지는 안다. 연주를 듣는 동안 관객들이 괴로움과 슬픔, 분노와 비참함을 잠시 잊을 수 있다면 음악가로서 더없는 행복 아닐까.

미사키의 말에는 힘이 있다. 분명 그의 피아니즘과 무관하지 않으리라. 피아노 협주곡 23번을 연주하고 나면 그와 함께 만들어갈 협주곡이 기다리고 있다. 가장 좋은 상태로 연주하기 위해서라도 협주곡 23번을 실수 없이 마치고 싶었다.

재현부에 이른 류헤이는 격렬한 피아노 독주 끝에 제1주제를 권했다. 바이올린과 목관악기가 주제를 이어받았고 류헤이의 독주가 그 뒤를 이었다. 조용하고 점잖게, 여린 피아노 소리가 사라질 것 같았지만 류헤이는 한 음의 여운이 사라지기도 전에 다음 한 음을 꺼냈다.

숨을 죽이고 리듬을 수놓던 왼손이 빠르게 소리를 높였다.

제2주제를 다시 장조로 연주하자 오케스트라가 지체하지 않고 어우러졌다. 여기서부터는 단번에 종결부로 향한다. 전개부에서 등장한 주제를 류헤이가 재현했고 곧바로 바이올린이 화답했다. 류헤이는 가파른 언덕을 단숨에 뛰어 올라가 마지막 악절을 쏟아냈다.

오케스트라의 서정적인 코다가 부드럽게 이어지며 첫 번째 악장은 경쾌함을 간직한 채 끝났다.

뒤이어 찾아온 잠깐의 정적 속에서 조금도 사라지지 않은 지휘자와 오케스트라의 긴장이 느껴졌다.

제2악장 Adagio 올림A단조.

1악장과는 다르게 침울한 피아노 선율로 시작된다. 여리게 흘러가는 소리가 구슬픈 선율을 세밀하게 빚었다. 리듬은 시칠리아 무곡풍. 유명한 비루투오소인 피아니스트 호로비츠도 "이 악장은 시칠리아노다"라며 약간 강조해 연주했을 정도다. 류헤이도 호로비츠를 좋아하지만 시칠리아풍을 지나치게 강조하면 1악장과 3악장 사이의 균형이 무너지므로 다소 자제하는 느낌으로 연주했다.

Adagio(아다지오)라는 지시에 따라 어두운 화음을 느리게 연주했다. 결코 격렬해서도 멈춰서도 안 된다. 속삭이는 듯한 선율을 끊임없이 이어가는 것이 이 악장의 핵심이다.

게다가 단순히 여린 소리만으로는 의미가 없다. 꺼질 듯한 소리를 표현하면서도 정말로 꺼져서는 안 되기 때문에 pp(피아니시모)보다 더욱 여린 ppp(피아니시시모)로 건반을 어루만지며 객석에 소리를 수놓았다.

사실 피아니시시모로 연주하는 기법은 류헤이의 장기였다. 피아니시시모는 건반을 단순히 약하게 치기만 해서는 안 된다. 건반을 누르는 세기 해머 펠트와 현의 경도를 귀와 손끝 감각으로 예민하게 감지하지 못하면 결코 그런 소리를 낼 수 없다.

류헤이가 피아니시시모를 온전히 자신의 기술로 만들 수 있었던 이유는 유난히 뛰어난 청력 덕분이었다. 건반에서 해머 펠트, 해머 펠트에서 현으로 전달되는 강도와 느낌을 피부로 감지할 수 있기 때문이었다.

잔잔한 선율 뒤로 오케스트라가 서서히 일어났다. 목관악기와 바이올린이 류헤이를 살며시 따라왔다.

고독한 피아노는 비애로 물들어갔다. 이러한 음울한 선율은 연륜이 쌓이지 않으면 표현할 수 없다고 말하는 사람도 많지만 류헤이는 호로비츠를 비롯한 유명한 비루투오소들의 스타일을 완벽하게 재현할 수 있기 때문에 아무 문제가 없었다. 류헤이의 피아니즘은 테크닉이 과하다는 비판도 있지만 경험이 부족하다는 약점을 테크닉으로 보완하는 것이 무슨 문제인가. 부족한 부분을 현재의 자산으로 보완하는 것은 당연했다.

한없이 느리게, 걷는 속도로.

그리고 다음 순간, 클라리넷과 플루트가 조를 바꾸며 명랑한 악절을 연주했다. 류헤이의 피아노도 덩달아 노닐었다. 이부분은 2악장에서 유일하게 마음이 편안해지는 부분이다.

그러나 단순한 안식은 아니다. 악장 전체를 뒤덮은 음울한 분위기로 쾌활한 선율 아래에 그림자가 어른거렸다. 결국 비애를 강조하는 역할을 해 악장의 성격이 더욱 두드러졌다.

햇빛이 쏟아지던 하늘에 다시 먹구름이 드리웠다. 류헤이는 점점 소리를 낮추며 처음의 음울한 주제로 돌아갔다.

외로운 방황이 계속됐다. 피아노는 점점 고독해지며 평생의 불행을 짊어진 듯 괴로워했다.

돌연 비통한 오케스트라가 뒤에서 덮쳐 왔다. 저 앞에서 기다리는 비극을 예감케 하는 선율에 류헤이는 등골이 오싹했다.

그래.

처음 데라시타와 인터뷰를 할 때도 이와 비슷한 감정을 느꼈다. 이 남자와 엮이면 머지않아 좋지 않은 일이 생길 것이다. 지금 생각하면 자신의 직감이 옳았다.

비애에 젖은 피아노를 위로하듯 오케스트라가 부드럽게 다가왔다. 류헤이는 우두커니 서서 잿빛 하늘을 올려다봤다.

살며시 다가온 오케스트라가 피아노를 감싸 안았고 류헤이는 현악기의 피치카토 반주에 몸을 맡기며 한 음 한 음 새겨 놓았다.

방황 끝에 한 줄기 빛을 찾아내며 2악장이 끝났다.

잠깐의 휴식에도 여전히 무거운 분위기가 감돌았다. 2악장의 우울한 그림자가 아직도 드리운 듯했다. 류헤이가 의도한 대로 관객에게 전달된 셈이었다. 이 분위기를 순식간에 뒤집으면 곡 전체의 명암을 강조할 수 있다.

제3악장 Allegro assai A장조.

오케스트라가 예고도 없이 질주했다. 가장 먼저 등장한 제시부는 론도 형식 주제로 곡을 경쾌한 분위기로 이끌었다. 그동안 깊이 침전했던 기분이 돌연 가벼워졌다.

쾌활하고 기쁨 가득한 선율이 차례차례 흘러나온다. 류헤이의 손이 리듬감 있게 뛰놀았다.

침울한 2악장과 대비되는 론도 형식 멜로디는 춤을 추고 싶을 정도로 활력이 넘쳤다. 팀파니와 오보에를 없앤 파격까지는 아니지만 모차르트다운 절도 있는 화려함을 자아냈다.

피아노와 목관악기가 어우러져 쾌활하게 춤췄다. 멈추지 않고 끝없이 달리고, 달리고, 또 달렸다.

류헤이는 쏟아지는 리듬을 흩뿌렸다. 건반을 치고 있으니 자신도 모르게 온몸이 들썩거렸다. 바이올린이 생명력을 노래하는 가운데 류헤이의 피아노가 부주제를 제시하고 이를 클라리넷이 반복했다. 새로운 주제가 등장하자 피아노와 플루트와 바이올린이 어우러져 얽히고설키고 또 얽히면서 최초의 론도 형식 주제로 돌아갔다.

순간 끝난 것처럼 고요해졌다가 건반을 힘껏 내리치며 유난히 강렬한 소리를 던졌다. 본래 이 부분은 조금 더 조심스럽게 쳐도 되지만 더 극적인 명암 대비를 주려는 류헤이의 의도였다.

직전까지 들떠 있던 선율이 류헤이의 신호를 기점으로 단조로 바뀌었다. 그러자 오케스트라 선율도 애절한 빛을 띠며 두 선율이 너울거렸다. 빠르게 주고받는 선율은 단조지만 마음을 따뜻하게 했다.

이어서 클라리넷이 새로운 주제를 제시했다. 목가적인 선율에 류헤이가 화답했다.

류헤이는 주위를 살피면서 선율을 오르락내리락했다. 지금까지 제시된 주제를 변주하다 보니 곡은 어느새 어둑한 숲속을 헤매고 있었다. 그리고 이내 장조로 꾸며진 부주제가 등장하자 선율은 울창한 숲에서 빠져나왔다.

햇살이 쏟아졌다.

온기를 되찾은 류헤이의 피아노가 마지막을 향해 달렸다. 론도 형식의 주제를 소리 높여 노래하자 오케스트라가 뒤따랐다.

체력은 이미 한계에 다다랐다. 이마에서 땀이 튀고 심장은 방망이질하듯 뛰었다.

바이올린이 격렬하게 울려 퍼지며 코다의 도래를 알렸다.

류헤이는 오케스트라를 이끌며 마음껏 질주할 준비를 마쳤다. 가로막는 것을 전부 베어 넘기고 환희에 휩싸여 돌진했다.

피로를 저 멀리 떨쳐 버리고 숨죽이며 오로지 코다를 향해 달렸다.

마침내 피아노가 드높게 포효하고 불꽃을 튀기면서 피아노 협주곡 23번의 끝을 알렸다.

류헤이가 결승 테이프를 끊는 순간 터져 나온 박수가 장대비처럼 쏟아졌다. 귀가 먹먹해지는 우레와 같은 박수 소리에 류헤이는 어깨를 축 늘어뜨렸다.

실수 없이 마쳤다.

자신의 마음을 곡에 담았다. 관객들이 연주를 즐겁게 감상했을까.

물을 것도 없었다.

박수의 열기에 관객의 칭찬과 기쁨이 담겨 있었다.

누군가의 손이 등에 닿았다. 지휘자 야자키 유카리의 손이었다.

"많은 관객이 기립박수를 치고 있답니다. 화답해야죠."

야자키에게 의지해 의자에서 일어나 객석을 향해 돌아섰다.

정면에서 쏟아지는 관객의 열기에 류헤이의 얼굴이 달아올랐다. 성취감이 쾌감이 되어 온몸을 휘감았다.

아니, 아직이다.

이제 미사키와의 협연이 기다리고 있다. 류헤이뿐만이 아니다. 분명 공연장에 모인 관객 모두와 오케스트라 단원들이 손꼽아 기다릴 것이다.

열정 넘친 연주의 잔열을 음미하며 류헤이는 일단 무대를 뒤로했다. 큰 산을 넘었어도 긴장감은 점점 커져만 갔다.

짧은 휴식 후 무대 위에 피아노가 한 대 더 올라와 두 대의 피아노가 서로 마주 보는 형태로 배치됐다. 류헤이는 미사키의 얼굴을 볼 수 없지만 그가 연주하는 소리를 정면에서 들을 수 있다.

"얼굴에서 불안감이 사라졌네요."

다시 류헤이의 대기실을 방문한 미사키가 말했다.

"불안은 사라졌어도 긴장감은 장난 아니에요."

"류헤이 씨는 그 긴장감도 에너지로 바꿀 수 있는 사람이에요."

다른 사람이 말하면 뻔한 소리도 미사키가 말하면 왠지 믿음이 갔다. 과거에 그가 피아노 교사를 했다는 이야기가 사실일지도 모른다.

미사키 씨는 무대에 오르기 전에 긴장하지 않나요?

목구멍까지 올라온 질문을 황급히 삼켰다. 돌발성 난청을 앓는 사람이 연주를 앞두고 긴장하지 않을 리 없다.

"저번에도 말했지만 앙코르라고 생각해요."

"하지만 관객들이 가장 기대하는 연주일 거예요."

"대충 연주하라는 말이 아닙니다. 어깨에 들어간 힘만 빼면 돼요."

괜찮을 것이다.

당신과 이야기하는 것만으로도 이렇게 침착해지니까.

"슬슬 갈까요?"

류헤이가 손을 뻗어 미사키의 팔꿈치를 잡았다.

드디어 시작된다. 완곡을 연주하지도 않고 앙코르 대신임에도 메인 프로그램으로 여겨지는 협주곡이.

무대 뒤에 섰을 때 달라진 객석 분위기를 느꼈다. 관객들의 기대치가 최고에 달하면서 공연장 전체가 들끓었다.

피아노 협주곡 제10번 내림E장조 K.365 제3악장 Rondo, Allegro. 악기 구성은 독주 피아노 2, 오보에 2, 바순 2, 호른 2, 바이올린 2부, 비올라, 베이스, 클라리넷, 트럼펫, 팀파니.

먼저 바이올린이 시작을 알린다. 자유롭고 경쾌한 주제를 드높게 노래하는 선율이 시작의 신호였다.

프리모를 맡은 류헤이의 손가락이 가볍게 달리기 시작했다. 잠깐 쉰 덕분인지 피로감은 조금도 느껴지지 않았다. 곧바로 미사키의 세컨드가 뒤쫓아 왔는데 반주가 아니라 앞지르는 기세로 달려왔다. 두 대의 피아노에서만 느낄 수 있는 매력이 폭발하는 연주에 류헤이는 자신도 모르게 흥분했다.

주제부를 사이에 두고 오케스트라와 피아노 두 대가 뒤얽혔다. 3악장의 특징은 매우 화려한 선율인데 모차르트가 누나와의 협연을 염두에 두고 작곡했다는 일화가 있는 것도 수궁이 갔다. 이런 곡을 남매가 함께 연주한다면 얼마나 즐거울까. 전형적인 론도 형식을 연주하는 동안 온몸의 세포가 깨어나 춤추는 듯했다.

오케스트라는 우아한 음형을 유지한 채 잠시 잠잠해졌다. 피아노가 대화를 나눌 시간이다.

피아노 두 대가 유니즌*으로 연주하다가 때로는 다른 선율을 분담했다. 서로 존재감을 주장해도 되지만 음을 3도 간격으로 유지하며 한몸처럼 움직여야 한다. 피아노가 저마다 개성을 발산해도 호흡이 맞지 않으면 당연히 곡 자체가 어그러지고 만다.

류헤이 피아노의 특징이 완전무결이라면 미사키의 피아노는 어떤 유니즌도 조화롭게 연주할 수 있는 무궁무진일 것이다. 이렇게 합주하고 있으면 신기할 정도로 끝이 보이지 않는 폭과 심연 같은 깊이를 실감할 수 있다. 류헤이가 아무리 속도

* 같은 음을 두 악기가 동시에 연주하는 것.

를 올려도 태연하게 따라와 나란히 달렸다. 그리고 트랙에서 벗어난 연주를 자연스럽게 원래대로 돌려놓았다. 쇼팽 콩쿠르 결선에서 느낀 내공이 지난 육 년 동안 깊이를 더해 진화했다.

외국에서 연주회를 꾸준히 연 덕분일까? 일본의 클래식 팬은 대체로 온순해서 미지근한 물에 잠겨 있는 듯한 나태한 안정감이 들고는 한다. 그러나 외국은 전혀 다르다. 기대에 미치지 못하는 연주에는 거리낌 없이 야유를 보내며 연주자에게 끊임없이 최고를 요구한다. 그래서 연주자는 매일같이 노력하고 연마할 수밖에 없다.

언젠가는 자신도 더 넓은 세계로 나가야 한다. 유카는 함께하고 싶어 하겠지만 이제는 어머니의 울타리 안에 머물 수 없을 만큼 컸다.

갑자기 세컨드의 역습이 시작됐다. 앞질러 가는 미사키를 류헤이가 부지런히 쫓았다. 두 사람이 이끄는 대로 오케스트라가 새롭게 깨어났고 멜로디는 순식간에 고조됐다.

리듬에 맞추어 심장 박동이 빨라졌고 선율과 함께 감정이 고조됐다.

다시 둘만의 대화가 시작됐다. 저마다 주제를 변주하면서 절정으로 치달았다. 피아노 두 대가 서로 다른 선율을 만들어가는 것이 3악장의 특징이지만 류헤이와 미사키는 거기에서 머무르지 않았다. 같은 주제를 반복할 뿐인데 긴박감이 더해지고 연주하는 즐거움이 배가 됐다. 이렇게 날아오를 듯 자유롭게 손가락을 움직이고 있으니 마지막과 가까워진다는 생각에 우울하기까지 했다.

곡이 영영 끝나지 않으면 좋을 텐데.

이 시간이 영원히 계속되면 좋을 텐데.

시각장애인이자 음악가인 류헤이가 타인을 이해하는 가장 효과적인 방법은 악기를 함께 연주하는 것이었다. 상대의 타건 소리와 숨소리와 표정까지, 소리를 듣고 있으면 이미지가 생생하게 떠오른다.

미사키의 성품이 소리를 통해 명확히 전달됐다. 역시 이 남자는 온화하기만 한 사람이 아니다. 엄격하기까지 한 탐구심과 격렬한 투쟁심이 공존한다. 그의 피아니즘 그 자체 아닌가.

프리모와 세컨드는 한 치의 양보도 없이 달려갔고 오케스트라가 그들을 중재하듯 따라붙었다.

그리고 마지막 대화가 찾아왔다. 두 사람은 보조를 늦추고 환희를 즐겼다. 불안을 떨쳐내고 찬가를 소리 높여 노래했다.

류헤이는 손가락을 더욱 채찍질했다. 이제 마지막 질주다. 손가락을 한계까지 몰아붙이며 건반을 격렬하게 두드렸다. 미사키도 질세라 화답했다. 두 사람의 피아노가 이 여정의 마지막을 예고했다.

다음 순간, 두 사람이 코다의 불꽃을 터뜨리고 오케스트라가 우아하게 정리하며 마침표를 찍었다.

순간의 고요.

그리고 몰아친 폭풍 같은 박수.

"브라보!"

객석 곳곳에서 열렬한 환호성이 터져 나왔다.

류헤이는 반쯤 넋이 나갔다. 가슴속에서 잔불이 타오르고 있지만 기력과 체력을 모두 쏟아낸 상태였다.

끝났다.

힘겨운 체력 승부도, 즐거운 음악 시간도.

박수가 그치지 않았다.

기분 좋은 탈진감을 맛보는데 미사키가 다가오는 기색이 느껴졌다.

"난감하네요."

"왜요?"

"앙코르를 대신한 연주인데 더 치고 싶어서요."

미사키의 재촉에 자리에서 일어난 류헤이는 객석을 향해 인사했다. 박수 소리가 더욱 커졌다.

"아쉽지만 이제 무대에서 내려가죠."

미사키는 류헤이에게 팔꿈치를 잡게 하고 무대 뒤로 이끌었다.

"끝내야 할 일이 하나 더 남았으니까요."

3

널찍한 대기실에 일찌감치 관계자들이 모여 있었다.

류헤이와 유카, 톰 야마자키와 시오타. 그리고 데라시타 히로유키 사건을 담당한 형사 세 명.

이상한 점은 이 자리에 경시청 소속 이누카이가 있다는 사실이었다. 나가누마도 의아했는지 모두의 앞에서 물었다.

"왜 아소반의 이누카이 형사님이 여기 계신 겁니까? 아소반은 후방지원일 텐데요?"

"네가 언제부터 반장이었어?"

이누카이가 나가누마의 추궁을 쓴웃음으로 받아넘기며 대꾸했다.

"그렇게 날 세우지 마. 옆에서 밥그릇 낚아채는 짓은 안 할 테니까."

"제가 이누카이 형사님에게 부탁드렸습니다. 이번에는 아무래도 현직 형사님의 도움이 필요했거든요."

나가누마를 진정시키듯 미사키가 둘 사이를 중재했다.

"그러니까 관계자도 아닌 당신이 왜 수사에 개입합니까?"

"류헤이 씨는 제 친구, 아니 전우입니다. 콩쿠르 결선에서 겨룬 사이니까요."

"공무집행방해라고 아십니까?"

"이래 봬도 사법시험을 치른 사람이라 잘 압니다. 그런데 공무집행방해에 해당하는지 아닌지는 제 설명이 끝나고 나서 판단해 주시면 좋겠습니다."

"우리 형사들을 연주회에 초대한 사람은 미사키 씨죠?"

이번에는 세키자와가 물었다.

"미사키 씨 덕분에 대단한 연주를 들어서 감사한 마음은 크지만 티켓을 보내주신 이유를 도무지 모르겠습니다."

"말할 것도 없이 이곳에 모여 데라시타 히로유키를 살해한 용의자의 신병을 확보해 주셨으면 하기 때문입니다. 처음부터 그렇게 말씀드리면 찾아오지 않으실 테니까요."

대기실에 긴장감이 감돌았다.

톰의 눈빛이 회의감으로 물들었다.

"미사키 씨. 그 말씀은 이 안에 범인이 있다는 뜻입니까?"

"미리 양해를 구하는데, 지금부터 제가 말씀드릴 이야기는 정황증거일 뿐입니다. 따라서 용의자를 적극적으로 특정하는 건 아닙니다. 단지 여기 계신 형사님들께 도움이 되었으면 좋겠습니다."

말하는 내용은 아마추어가 아는 척하는 듯 어설퍼 보였지만 말투가 정중해 나가누마와 세키자와도 마지못해 입을 다물었다.

"저는 류헤이 씨에게 사건의 내용을 들었습니다. 여러분도 그러셨겠지만 저는 시신이 발견된 연습실 문이 아침 6시에는 닫혀 있었는데 같은 날 아침 7시에 유카 씨가 보러 갔을 때는 열려 있었다는 사실이 의문이었습니다. 피해자인 데라시타는 전날 밤에 사망했기 때문에 그가 아침 6시에서 7시 사이에 문을 열고 들어갔을 리는 없습니다. 또 누군가 시신을 옮겨 놓는다고 해도 이미 사람이 오가는 시간대에 그런 위험한 행동을 할 리도 없죠. 그래서 마음에 걸린 점이 그날 류헤이 씨의 행동입니다. 류헤이 씨는 11월 3일에 열린 연주회 결과가 불만족스러워서 몹시 불안한 상태였습니다. 이는 끊임없이 연주회에 출연하는 피아니스트로서 틀림없다고 확신할 수 있습니다."

류헤이는 고개를 끄덕였다.

"그런 식으로 연주회를 망쳤어요. 마음이 편할 수 없죠."

"감사합니다. 그럼 마음이 편치 않은 피아니스트가 어떻게 행동할까요. 다시는 실수하지 않도록 열심히 반복해 연습합니다. 그것도 평소보다 훨씬 더 혹독하게. 항상 아침 식사 후에 연습하는 사람이라면 아침 식사 전부터 연습하죠. 저는 시신을 발견한 당일, 류헤이 씨가 평소보다 이른 시간에 연습하고 있던 건 아닐까 생각했습니다. 그래서 본인에게 물었더니 사실대로 털어놓더군요. 8일 아침에는 아침 7시 전에 연습실에 들어갔다고."

나가누마와 세키자와는 동시에 류헤이를 노려봤다. 그러나 류헤이는 미사키를 향해 고개를 돌리고 있었다.

"신문 배달원이 목격했을 때 연습실 문이 닫혀 있던 이유는 이미 류헤이 씨가 들어가 있었기 때문입니다. 문이 열려 있으면 피아노 소리가 크게 퍼져나가기 때문에 류헤이 씨는 연습실에 들어가면 반드시 문을 닫을 겁니다. 자, 그렇다면 왜 아침 7시에 유카 씨가 연습실에 갔을 때는 문이 열려 있었을까요? 이 점도 생각해 보면 기이합니다. 문이 열려 있으면 피아노 소리가 새어 나갔을 텐데 아무도 그런 소리를 못 들었으니까요. 그래서 저는 유카 씨에게 물었습니다. '왜 거짓말을 했느냐'고."

나가누마와 세키자와의 시선이 이번에는 유카에게 향했다. 유카는 면목 없다는 듯 고개를 숙였다.

"유카 씨가 그제야 대답해 주더군요. 류헤이 씨를 찾았지만 보이지 않았다고 했습니다. '지금은 투어 중이고 첫 번째 연주회를 망쳤으니 이른 아침부터 연습해도 전혀 이상하지 않았다'고. 그래서 유카 씨는 류헤이 씨가 연습실에 있으리라 생각하고 문을 열었습니다. 유카 씨, 거기서 무엇을 봤습니까?"

"류헤이가 앉아 있던 의자 옆에 데라시타의 시신이 쓰러져 있었습니다."

"그렇습니다. 유카 씨는 증언한 대로 시신을 발견했지만 실은 그 옆에 류헤이 씨가 앉아 있었습니다. 누구든 유카 씨 입장이었다면 이렇게 생각할 겁니다. 시신 옆에 류헤이 씨가 있었다는 사실이 알려지면 그가 가장 먼저 의심받으리라고.

어머니인 유카 씨라면 더더욱 그랬겠죠. 그래서 유카 씨는 류헤이 씨를 연습실에서 내보내고 일부러 문을 열어둔 겁니다."

유카가 쭈뼛쭈뼛 입을 열었다.

"대문을 열면 누구나 저택으로 들어올 수 있으니 연습실 문을 열어두면 외부에서 침입한 수상한 사람에게 책임을 돌릴 수 있겠다고 생각했습니다. 설마 류헤이가 죽였다고는 생각하지 않았지만 투어 중에 경찰에게 의혹을 받는 건 어떻게든 피하고 싶었거든요."

"이것이 연습실 문이 열려 있던 이유입니다. 그러면 다른 의문이 생기죠. 사망 추정 시간을 생각하면 데라시타의 시신은 전날 밤부터 연습실에 방치되었을 겁니다. 그런데 왜 다음날 류헤이 씨가 연습실에 들어갔을 때 시신의 존재를 눈치채지 못했을까. 아니, 류헤이 씨는 분명히 눈치챘을 겁니다. 시신은 사후 다섯 시간이 지나면 부패가 진행되므로 후각이 예민한 류헤이 씨가 몰랐을 리 없습니다. 게다가 류헤이 씨는 최근에 만난 사람의 체취도 기억하죠. 의자 바로 옆에 시신이 있었다면 그 사람이 데라시타인 사실도 부패하고 있다는 사실도 알았을 겁니다. 그래도 생사를 확인하려고 시신에게 말을 걸었습니다. 손목을 잡고 맥박도 확인했죠. 손목시계에서 나온 지문은 아마 그때 묻었을 겁니다. 하지만 류헤이 씨는 아무도 부르지 않은 채 하필이면 손목시계에 묻은 자신의 지문까지 그대로 방치했습니다. 그래서 저는 류헤이 씨에게도 똑같이 물었습니다. '왜 거짓말을 했느냐'고."

그 자리에 있던 모두의 시선이 류헤이에게 쏟아졌다.

"일단 류헤이 씨는 데라시타에게 연주를 방해받았으니 살해 동기가 있지만 연습실에서 그를 살해하면 분명 가장 먼저 의심을 받을 겁니다. 그래서 그가 범인일 가능성은 매우 적죠. 그러면 류헤이 씨는 왜 사람을 부르지 않았을까. 대답은 하나, 그 역시 누군가를 감싸려고 했던 겁니다. 연습실의 존재를 알고 데라시타에게 증오를 품을 사람은 자신을 제외하면 세 명뿐입니다. 유카 씨, 톰 씨, 시오타 씨. 그렇죠, 류헤이 씨?"

나는, 하고 류헤이가 입을 뗐다.

"그때는 셋 중 누군가가 데라시타를 죽였다고 생각해서……. 지금까지 많은 도움을 받은 분들이라 조금이라도 돕고 싶었어요."

"사람을 부르지 않고 계속 시신 옆에 있자. 심지어 시신의 손목시계에는 지문이 묻어 있다. 그 상태를 발견하면 누구든 나부터 의심할 것이다. 물론 나는 죽이지 않았고 살해 방법 따위는 아예 알지도 못하니 혐의도 풀릴 것이다. 수사에 혼선을 준다면 자신이든, 세 사람 중 누구든 보호할 수 있다고 판단했죠?"

"네, 맞습니다."

"하지만 그 생각에는 큰 모순이 있었습니다. 류헤이 씨는 그 순간 세 사람을 의심했지만 세 사람은 원래부터 류헤이 씨를 염려해서 데라시타를 적으로 인식했습니다. 아시겠습니까? 류헤이 씨가 순간 판단한 것처럼 연습실에 시신이 있으면 가장 먼저 의심받는 사람은 류헤이 씨입니다. 만약 세 사람 중 한 명이 범인이라면 결코 연습실을 범행 장소로 선택하지 않겠죠. 다시 말하면 데라시타가 연습실에서 살해됐다면 류헤이 씨, 유카 씨, 톰 씨, 시오타 씨 네 사람은 용의자 목록에서 제외해야 합니다."

"그러면 용의자가 모두 없어지지 않습니까."

나가누마가 의문을 제기했지만 미사키의 표정은 조금도 변하지 않았다.

"말씀드린 대로 용의자의 조건은 첫째, 연습실의 존재를 아는 자. 둘째, 데라시타에게 강한 살의를 품은 자. 이 두 가지를 들 수 있습니다. 용의자가 한 명도 남지 않는 건 아닙니다. 그런데 아시다시피 살인은 저녁 11시에서 새벽 1시 사이에 일어났습니다. 이웃의 증언으로는 연습실 불이 계속 꺼져 있었죠. 어둠 속에서 일어난 살인이었기 때문에 경찰은 류헤이 씨를 의심했지만 달리 생각하면 상대가 있는 위치만 알면 어둠 속에서도 범행은 가능합니다. 그런데 제게 기묘한 버릇이 있어요."

이야기가 엉뚱한 방향으로 튀자 모두 고개를 갸웃했다.

"저는 전혀 이상하지 않다고 생각하는데, 사람을 처음 만날 때 반드시 상대의 얼굴보다 손끝을 먼저 관찰하는 버릇이 있어요. 상대가 연주자로서 적합한지 아닌지 확인하려는 심리 같습니다. 여기 모이신 여러분을 처음 만났을 때도 그랬습니다. 피아니스트인 류헤이 씨를 제외하고 여러분의 손가락 끝을 관찰했죠. 그랬더니 어떤 사람의 오른손 집게손가락에 녹색 도료가 묻어 있었습니다."

녹색 도료, 라고 나가누마가 앵무새처럼 되뇌었다.

"손톱 사이에 아주 조금 남아 있었죠. 제 눈에는 그 녹색 도료가 축광 도료, 보통 야광 도료라고 불리는 것으로 보였습니다. 야광 도료 대부분은 1액형* 아크릴 계열이며 물이나 비누로 씻어도 잘 안 지워집니다. 그 사람이 야광 도료가 섞인 매니큐어를 사용했을 가능성도 고려했지만 그렇다면 매니큐어 리무버로 지울 수 있었겠죠. 즉 그 사람은 매니큐어에 관심이 없으면서 손톱에 야광 도료를 남겼다고 해석할 수 있습니다. 저는 야광 도료를 보고 짐작했습니다. 어둠 속에서도 상대를 정확하게 겨누는 방법, 그것은 급소가 있을 만한 위치를 야광 도료로 표시하는 방법이었습니다. 요즘 판매하는 야광 도료는 자외선만으로도 빛을 흡수할 수 있어요. 표적의 등에 묻혀 놓으면 당사자는 눈치채지 못합니다. 그러나

* 경화제를 별도로 섞지 않고 바로 사용할 수 있는 도료.

살해한 뒤에는 도료가 묻은 재킷을 회수해야 하죠. 범인이 데라시타의 재킷을 가져간 이유는 스마트폰을 가져가려는 목적도 있었겠지만 사실은 재킷 자체를 없애야 했기 때문이라고 추측했습니다. 물론 이건 우연일 가능성이 큽니다. 그래서 저는 이누카이 형사님에게 그 인물과 데라시타의 관계를 조사해 달라고 부탁했습니다."

"거기서부터는 내가 이야기하지."

이누카이는 한 손을 들며 이야기를 이어받았다.

"결론부터 말하면 빙고였다. 데라시타는 연예인 조작 사진으로 협박을 일삼던 쓰레기였는데 피해자 중에는 돈이나 협상으로는 해결할 수 없어서 데뷔의 꿈이 좌절돼 자살한 구보데라 미유키라는 여성이 있었어. 가족관계가 아니라서 기록은 남아 있지 않지만 알고 보니 사촌 오빠에 해당하는 자가 있더군. 구보데라 미유키의 부모와도 만나고 왔다. 나이 차이가 얼마 나지 않아 구보데라와 그 인물은 친남매나 다름없는 사이였다더군. 장례식 때는 타인의 시선도 신경 쓰지 않고 오열했다고 해."

"감사합니다. 자, 그 인물이라면 친남매나 다름없던 구보데라 미유키 씨를 자살로 몰아넣은 데라시타를 원수로 여겼다고 해도 무방할 겁니다. 게다가 그 인물은 사건이 일어나기 전에 연습실에 방문해 구조와 상태까지 확인했습니다. 사건 직후에도 손톱 사이에 야광 도료가 남아 있어 어둠에서 범행을 실행했을 가능성을 짐작하게 합니다. 게다가 사람의 급소가 어디인지 잘 알고 있으며 단 두 발로 상대를 죽음에 이르게 했습니다. 그 인물은…… 나가누마 형사님, 세키자와 형사님. 그 남자에게서 눈을 떼지 마세요. 당신입니다. 구마마루 다카히토 씨."

그때까지 남일 구경하듯 방관하던 구마마루는 허를 찔렸다. 저항할 틈도 없이 양옆으로 포위당했다.

"미사키 씨. 당신의 추리는 한 번은 들을 만하지만 그게 다입니다. 본인 입으로도 말했지만 물증이 없지 않습니까."

"네, 모든 것은 정황증거일 뿐입니다. 사라진 재킷과 스마트폰은 이미 오래전에 없앴을 테니까요. 범행을 실행할 때도 모발을 남기지 않도록 만반의 준비를 했을 테고 인근 CCTV에 잡히지 않도록 데라시타와는 현장에서 만나도록 했죠."

미사키의 지적대로였다.

피해 신고가 접수되어 데라시타와 여러 번 얼굴을 마주쳤다. 상대는 구마마루를 생활안전과 형사라고만 생각했겠지만 구마마루에게 데라시타는 죽여도 시원치 않을 인간이었다. 언젠가 기회가 오면 죗값을 치르게 하겠다고 마음먹었다.

천재일우의 기회가 찾아온 것은 류헤이의 전국 투어 첫날이었다.

원수의 동향을 살피던 구마마루는 연주회 도중 데라시타가 방해했다는 사실을 알게 됐다. 그리고 다음 날, 피해 상황을 조사할 목적으로 류헤이의 집을 방문했다가 데라시타를 살해하기에 더없이 좋은 장소를 발견했다. 데라시타를 쉽게 유인할 수 있는 데다 의심의 눈초리를 류헤이에게 돌릴 수 있는 곳이었다.

장소가 정해지니 계획은 일사천리로 진행됐다. 경찰이 추적할 수 없는 모조 권총을 준비하고 데라시타를 꾀어냈다. 자신을 공범으로 끼워달라고 제안하고 사카키바 저택을 안내했다.

"사카키바 류헤이의 시각장애가 거짓이라고 의심한다면 몰래카메라를 설치하면 어때? 외부인의 눈이 없는 곳에서는 방심해서 맹인 연기를 하지 않을 테니."

"하지만 구마마루 씨. 상대가 나를 경계하는데 어떻게 그런 걸 설치하겠어?"

"그럼 인터뷰 전날 숨어들면 되지. 연습실은 항상 열려 있더군. 내가 집 안을 안내할게."

구마마루는 이렇게 데라시타를 유인하는 데 성공했고 연습실에서 살해했다. 연습실로 데려가는 도중에 심장이 있는 위치에 재킷 위로 야광 도료를 묻혀 표시했다. 어둠 속에서도 또렷하게 빛나서 명중시키는 데 아무 문제가 없었다. 기억을 더듬어 봤지만 어디에도 증거를 남기지 않았다. 저택

안에서 구마마루의 족적이나 모발이 채취되더라도 예전에 방문한 적이 있으니 얼버무릴 수 있다. 모조 권총을 만든 3D 프린터도 처분했다.

"한 가지 더 걸리는 점이 있었습니다. 데라시타의 과거 악행을 설명할 때 당신은 자살한 구보데라 미유키 씨에 대해서는 한마디도 하지 않았죠. 톰 씨도 소문으로 들어 알고 있는 사건이었는데도 말이에요. 그 사실 때문에 오히려 당신과 구보데라 미유키 씨와의 관계를 의심했습니다."

"물증은 없다고 했나?"

미사키 대신 이누카이가 앞으로 나섰다.

"진심으로 한 말이라면 형사로서 자질이 의심되는군. 아니면 본인이 저지른 일은 꼼꼼하게 확인하지 않는 스타일인가. 아마 집은 깨끗이 정리하고 3D 프린터도 처분했겠지만 구매 기록은 없앨 수 없고 무엇보다 집 구석에서 모조 권총을 만든 수지 조각이라도 발견되면 어떻게 발뺌할 셈이지? 그뿐만이 아니야. 철저하게 압수 수색하면 그 밖에도 털릴 게 많아. 사람 한 명 죽여 놓고 아무 흔적도 남기지 않는 건 몹시 어려운 일이야. 형사라면 뼈에 사무칠 정도로 잘 알 텐데?"

양 겨드랑이를 꽉 잡힌 구마마루는 서서히 패배감에 젖어 들었다.

그래도 사촌 여동생이 느꼈을 억울함보다는 훨씬 나으리라 생각했다.

"역시 가시는 건가요?"

"전에도 말했지만 저는 당분간 노예의 몸이라서요. 부르면 갈 수밖에 없어요."

연습실에는 류헤이와 미사키 단 둘뿐이었다. 그 덕분에 숨김없이 이야기를 나눌 수 있었다.

"그 연주회 직후에 매니저에게 연락이 왔어요. 곧바로 미국으로 가야 합니다."

"조금 더 함께 공연하고 싶었어요. 야자키 씨도 나중에 말씀하시더라고요. 지금까지 들은 두 대의 피아노를 위한 협주곡 중 가장 완성도가 높았다고요."

"영광스러운 말씀이지만 빨리 잊도록 하죠. 베스트는 경신해야 의미가 있잖아요. 류헤이 씨도 다른 연주자와 더 완벽한 협주곡을 연주하는 걸 목표로 하세요."

"미사키 씨보다 훌륭한 파트너는 찾기 힘들어요."

"저 정도 되는 피아니스트는 얼마든지 있어요. 세상은 정말 넓고도 넓거든요."

미사키는 넌지시 일본 밖으로 나가라고 말했다.

안다. 자신의 가능성을 키우기에 이 나라는 너무 답답하고 고리타분하다. 다른 나라가 낙원이라고 생각지는 않지만 적어도 미사키 같은 재능이 가득한 곳이라면 어떤 고난이라도 물리치고 갈 만한 가치가 있었다.

하지만 아직은 때가 아니다. 전국 투어도 있고 준비도 해야 한다.

"오늘 떠나시죠?"

"11시 비행기예요, 이만 가보겠습니다."

"마지막으로 연탄곡이라도 함께 연주하고 싶었어요."

"다음 공연은 24일이죠?"

"네, 요코하마 아레나에서 해요."

"연습 시간이 필요하겠어요. 저는 노예니까 시간 여유가 없답니다. 아쉽지만 다음 기회에 함께하죠. 세상 어디에 있더라도 저는 류헤이 씨의 피아노를 듣고 있으니까요."

미사키는 조심스럽게 류헤이의 손을 잡았다.

"여러모로 신세 많이 졌습니다. 그럼 또 만나요."

신세를 진 사람은 나 아닌가.

"그럼 또 만나요."

미사키는 발소리도 내지 않고 연습실을 나갔다.

홀로 남겨진 류헤이는 부질없이 건반을 어루만지며 미사키에게는 하지 못했던 말을 반추했다.

세상 어디에 있더라도 내 피아노 연주를 듣고 있겠다고 했나.

그러면 요코하마 아레나에서 연주하는 모차르트는 당신에게 바치겠다. 작별 인사로 모차르트를 연주하면 분명 기뻐하리라.

숨을 깊게 한 번 들이마신 류헤이는 천천히 첫 번째 음을
연주했다.

옮긴이의 말

언어가 끝나는 곳에서 음악은 시작된다

　'루바토(rubato)'라는 음악 용어가 있습니다. 템포 루바토(tempo rubato)라고 표시하기도 하는데 낭만파 음악에서 주로 등장하는 이 기호는 자유로운 템포로 연주하라는 뜻입니다. 정해진 박자의 틀에서 벗어나 자유롭게 감정을 표현하라는 의미죠. 나카야마 시치리에게 '미사키 요스케 시리즈'는 템포 루바토와 같은 존재 아닐까, 문득 그런 생각이 들었습니다.

　데뷔작인 《안녕, 드뷔시》로 시작해 《잘 자요, 라흐마니노프》, 《안녕, 드뷔시 전주곡》, 《언제까지나 쇼팽》, 《어디선가 베토벤》, 《다시 한번 베토벤》, 《합창—미사키 요스케의 귀환》까지. 오랫동안 꾸준한 사랑을 받아온 '미사키 요스케 시리즈'는 미스터리 소설, 음악 소설, 성장 소설, 스릴러, 법정 미스터리 등 장르를 넘나들며 다양한 이야기를 들려줍니다. 이 시리즈야말로 작가가 일정한 틀에서 벗어나 본인이 그리고 싶은 캐릭터, 표현하고 싶은 장르, 들려주고 싶은 음악을 마음껏 표현할 수 있는 템포 루바토 아닐까요. 매번 '다음 작품의 작곡가는 누구일까?' 기대하게 되는 미사키 요스케 시리즈. 이번에는 《이별은 모차르트》입니다.

맹인 피아니스트로서 쇼팽 콩쿠르 2위에 입상하며 일약 스타덤에 오른 사카키바 류헤이. 일본 클래식계가 주목하는 이 젊은 피아니스트에게 데라시타 히로유키라는 프리랜서 기자가 접근하고, '사카키바 류헤이가 가짜 시각장애인인 것 같다'라는 가짜뉴스를 퍼뜨리며 협박합니다. 그러던 어느 날 데라시타가 류헤이의 연습실에서 총에 맞아 숨진 채 발견되고 류헤이는 졸지에 범인으로 의심받습니다. 그때, 류헤이와 함께 쇼팽 콩쿠르 결선에 올라 경연을 펼쳤던 미사키 요스케가 곤경에 처한 친구를 구하기 위해 찾아옵니다.

2010년 쇼팽 콩쿠르가 열리는 폴란드 바르샤바를 배경으로 펼쳐지는 이야기를 그린 시리즈 세 번째 작품 《언제까지나 쇼팽》을 기억하실 테죠. 그 작품에 등장했던 반가운 얼굴 사카키바 류헤이가 스물네 살의 젊은 피아니스트가 되어 다시 등장했습니다. 육 년이라는 시간이 흘러 조금 더 성장한 모습으로 이번에는 모차르트를 들려줍니다.

꾸미지 않아도 선명하게 드러나는 풍부한 선율과 굳이 애쓰지 않아도 빛나는 우아한 풍취. '순수한 아름다움'은 어려운 곡을 쉽게 풀어낸 천재 모차르트의 특징입니다. 이런 특징이 아이 같은 순수함을 간직한 때묻지 않은 천재 피아니스트 류헤이와 잘 어울린다고 느꼈습니다. 특히 류헤이가 모차르트를 연주할 때는 캐릭터에 생명력을 불어넣은 것처럼 찬란하게 빛나서 나카야마 시치리 작가가 이번에도 주인공과 궁합이 딱 맞는 작곡가를 선택했다고 생각했습니다.

작품에 모차르트 곡을 연주하는 장면이 나올 때마다 다양한 피아니스트들의 연주를 들었습니다.

피아노 협주곡 제20번 K.466은 마르타 아르헤리치, 우치다 미츠코, 니콜라이 루간스키 의 연주를,

피아노 협주곡 제21번 K.467은 조성진의 연주를,

피아노 협주곡 제23번 K.488은 블라디미르 호로비츠, 마우리치오 폴리니, 다닐 트리포노프의 연주를,

피아노 협주곡 제10번 K.365는 다니엘 바렌보임과 블라디미르 아슈케나지, 루카스 & 아르투르 유센의 연주를 즐겨 들었습니다.

피아노 소나타 제11번 K.331 터키 행진곡은 연주보다는 악보를 주로 참고했습니다.

특히 협주곡 23번 3악장은 다닐 트리포노프가 루빈스타인 국제 피아노 콩쿠르에서 아직 풋풋한 분위기로 순수함이 반짝이는 선율을 연주하는 장면을 볼 때마다 같은 악장을 흥겹게 연주하던 류헤이의 모습과 겹쳐 보여 매우 즐거웠습니다. 독자 여러분도 마음에 드는 연주와 함께 이별은 모차르트에 흠뻑 빠지셨기를 바랍니다.

모차르트의 여운에 빠져 벌써부터 시리즈 다음 작품을 기다릴 독자님에게 반가운 소식을 귀띔해 드리면 '미사키 요스케 시리즈'는 현재《이별은 모차르트》의 다음 편인《지금이야말로 거슈인》이 2024년에 일본에서 출간됐으며, 그 다음 편의 제목은《전해줘 차이콥스키》라고 예고됐습니다. 미국 뉴욕을 배경으로 한《지금이야말로 거슈인》이 몹시 기대됩니다.

모차르트는 '언어가 끝나는 곳에서 음악은 시작된다'고 했습니다.

사람과 관계가 서툰 사카키바 류헤이가 세상과 소통하는 언어도 음악이었죠.

때로는 현란한 미사여구가 들어간 백 마디 말보다 의미가 담긴 음악 한 곡이 더 큰 힘이 되기도 합니다.

세파에 지친 나를 위로하고 빛나는 멜로디로 영혼을 영글게 해줄 아름다운 음악이 담겨 있는 '미사키 요스케 시리즈'가 오래도록 계속됐으면 하는 바람을 담아봅니다.

2025 봄
문지원